पुलिसनामा

जहाँ मुर्दे भी गवाही देते हैं

ज़ैग़म मुर्तज़ा

सम्पादन

अशोक कुमार पाण्डेय

राजपाल

₹ 250

ISBN : 9789393267443

पहला संस्करण : 2023, दूसरा संस्करण : 2024

POLICENAMA (Reportage) by Zaigham Murtaza

कार्टून : मोहम्मद यूसुफ़ 'मुन्ना'

मुद्रक : जी. एस. ऑफसेट, दिल्ली

राजपाल एण्ड सन्ज़

1590, मदरसा रोड, कश्मीरी गेट, दिल्ली-110006

फोन : 011-23869812, 23865483, 23867791

website : www.rajpalpublishing.com

e-mail : sales@rajpalpublishing.com

www.facebook.com/rajpalandsons

क्रम

आमुख

किसी भी समाज में पुलिस की महत्त्वपूर्ण भूमिका होती है। सामान्यतया पुलिस का काम कानून एवं व्यवस्था बनाए रखना तथा अपराध को रोकना और उसका पता लगाना होता है। इसके लिए पुलिस को कई प्रकार की शक्तियाँ दी जाती हैं ताकि वह अपने कर्तव्य को सफलतापूर्वक अंजाम दे सके। यह एक सचाई है कि पुलिस के हरेक काम के लिए कोई–न–कोई कानून तथा नियम बने होते हैं। पुलिस से यह अपेक्षा की जाती है कि वह अपने कर्तव्य निर्वहन में कानून का अनुपालन करेगी तथा सभी के साथ निष्पक्ष व्यवहार करेगी। पुलिस वर्दीधारियों से यह भी अपेक्षा की जाती है कि अपनी ड्यूटी निभाते समय वे सभी प्रकार के लिंग, जाति, धर्म तथा क्षेत्र के भेद से ऊपर रहेंगे। पुलिस का यह भी कर्तव्य होता है कि वह समाज के कमज़ोर तबकों, महिलाओं तथा अल्पसंख्यकों के प्रति हमदर्दी का रुख अख्तियार करे। परंतु व्यवहार में देखा गया है कि अधिकतर पुलिस वाले इन अपेक्षाओं पर खरा नहीं उतरते हैं। उनमें से काफ़ी लोग व्यक्तिगत पूर्वाग्रह तथा कुंठाओं से ग्रस्त रहते हैं जो उनके कार्य सम्पादन को प्रभावित करता है।

पुलिस के विरुद्ध प्रायः कानूनी प्रक्रिया का उल्लंघन, कानून का दुरुपयोग, ज़रूरत से अधिक बल प्रयोग, भ्रष्टाचार, पक्षपात तथा फ़र्ज़ी मामले में फँसाने की शिकायतें आती रहती हैं। लॉ कमीशन ऑफ़ इंडिया ने अपनी रिपोर्ट (2005) में कहा है कि पुलिस द्वारा गरीब तथा बिना पहुँच वाले लोगों की विधि विरुद्ध गिरफ़्तारियों की शिकायतें लगातार आती रहती हैं। परंतु अब तो उन लोगों की गिरफ़्तारियाँ भी हो जाती हैं जो कमज़ोर नहीं हैं परंतु सरकार विरोधी हैं। इसके अनेक उदाहरण देखे जा सकते हैं।

पुलिस के बारे में एक आदर्श अवधारणा यह है कि उसे जनता का सेवक होना चाहिए परंतु व्यवहार में पुलिस सत्ताधारी पार्टी का डंडा होती है जिसका इस्तेमाल अपने विरोधियों को दबाने के लिए किया जाता है। वास्तव में हमारी पुलिस अंग्रेज़ों के समय की पुलिस है जिसका मुख्य काम जनता को दबा कर राजसत्ता बनाए रखना था। आज़ादी मिलने के बाद न तो पुलिस संबंधी कानून बदला गया और न ही पुलिस की संरचना में ही कोई परिवर्तन किया गया।

इसीलिए पुलिस का स्वरूप एवं आचरण आज भी पूरी तरह से औपनिवेशिक ही है। देश में लोकतंत्र की स्थापना के बाद पुलिस का भी लोकतंत्रीकरण होना चाहिए था परंतु नहीं किया गया जिस कारण हमारी पुलिस आज भी शासकतंत्र का चरित्र धारण किए हुए है।

पुलिस के खिलाफ़ एक बड़ी शिकायत फ़र्ज़ी केसों में फँसाने की रहती है। पुलिस या तो अपने मन से या फिर सत्ताधारियों के दबाव में कुछ लोगों को झूठे मामलों में फँसा देती है और उनके ख़िलाफ़ फ़र्ज़ी गवाहियाँ और सुबूत खड़े कर देती है। इसमें कानून का भी खुला दुरुपयोग होता है। इन फ़र्ज़ी मामलों में आरोपियों को कई-कई साल जेल में रहना पड़ता है। फ़र्ज़ी होने के कारण इनमें बहुत कम लोगों को सज़ा होती है परंतु अदालतों में मामलों के निस्तारण में लंबा समय लगने के कारण लोगों के जीवन का बड़ा हिस्सा बर्बाद हो जाता है। ऐसा तथाकथित आतंकवाद से जुड़े मामलों में देखा जाता है। यह भी हमारी व्यवस्था की कमी है कि निर्दोष लोगों को झूठे मामलों में फँसाने वाले पुलिसकर्मियों के विरुद्ध न तो कोई कार्रवाई होती है और न ही निर्दोष सिद्ध हुए लोगों को कोई मुआवज़ा ही मिलता है। इसके लिए दोषी पुलिस वालों को सज़ा देने और निर्दोष सिद्ध हुए लोगों को मुआवज़ा देने का क़ानून बनना चाहिए।

यह देखा गया है कि बहुत सारे मामलों में पुलिस क़ानून का अनुपालन न करके उसका उल्लंघन करती है। पुलिस का काम तो क़ानून के राज की स्थापना करना तथा उसका अनुपालन कराना होता है परंतु वह स्वयं ही कई बार क़ानून का उल्लंघन करती है। वह गलत तथा ग़ैर क़ानूनी गिरफ़्तारियाँ करके लोगों के मानवाधिकारों का हनन करती है। यह भी पाया गया है कि इस संबंध में पुलिस के ख़िलाफ़ जो शिकायतें मिलती हैं उनमें उचित जाँच तथा कार्रवाई नहीं होती है। इससे जनता का पुलिस से विश्वास उठ जाता है और वह पुलिस को अपराध रोकने तथा विवेचना में सहयोग अथवा गवाही देने से कतराती है। यह स्थिति पुलिस तथा जनता दोनों के लिए हितकर नहीं है।

यद्यपि समय-समय पर अलग-अलग राज्यों तथा राष्ट्रीय स्तर पर विभिन्न आयोगों द्वारा पुलिस की कार्य-प्रणाली में उसे क़ानून सम्मत कार्रवाई करने, क़ानून तथा जनता के प्रति उत्तरदायी बनाने, अपराधों की विवेचना में व्यावसायिक दक्षता दिखाने तथा नागरिकों के मानवाधिकारों की रक्षा करने एवं निष्पक्ष व्यवहार करने हेतु संस्तुतियाँ की जाती रही हैं परंतु उनसे पुलिस के कार्य एवं व्यवहार में कोई बुनियादी परिवर्तन अथवा सुधार नहीं आ सका है।

वर्ष 2006 में सुप्रीम कोर्ट ने श्री प्रकाश सिंह की राष्ट्रीय पुलिस आयोग

की संस्तुतियों को लागू करने हेतु दायर जनहित याचिका में केंद्र तथा प्रांतीय सरकारों को पुलिस सुधार लागू करने के आदेश दिए थे। इन सुधारों में नया पुलिस ऐक्ट बनाने के अलावा पुलिस को राजनीतिक प्रभाव से मुक्त करके कार्य करने की स्वतंत्रता देने तथा क़ानून के प्रति उत्तरदायी बनाने के आदेश दिए गए थे। परंतु यह बहुत चिंता तथा अफ़सोस की बात है कि एकाध राज्य को छोड़ कर किसी भी राज्य ने इन सुधारों को ईमानदारी से लागू नहीं किया है। यह इसलिए, क्योंकि कोई भी राज्य सरकार पुलिस को राजनीतिक नियंत्रण से मुक्त नहीं करना चाहती है; अपने विपक्षियों तथा सरकार विरोधियों को दबाने के लिए पुलिस उसके डंडे का काम करती है।

अत: इस बात की ज़रूरत है कि पुलिस सुधारों को लागू करने के लिए जनता की तरफ़ से ज़ोरदार माँग उठाई जानी चाहिए। इसके साथ ही जनता द्वारा सभी राजनीतिक पार्टियों पर यह दबाव बनाया जाना चाहिए कि वे पुलिस सुधारों को अपने एजंडा पर रखें और सत्ता में आने पर उनको लागू करें तथा कराएँ।

श्री ज़ैगम मुर्तज़ा की पुस्तक *पुलिसनामा : जहाँ मुर्दे भी गवाही देते है* में जिन मामलों को दर्ज किया गया है वह इस बात के प्रतीक हैं कि हमारी वर्तमान पुलिस का असली चरित्र और चेहरा क्या है जिसे बदलने की ज़रूरत है। मुझे उम्मीद है कि यह पुस्तक पाठकों में पुलिस सुधारों की ज़रूरत के प्रति जागरूकता पैदा करेगी तथा उन्हें इसके लिए आवाज़ उठाने के लिए प्रेरित करेगी।

22 दिसंबर, 2022
लखनऊ

—एस.आर. दारापुरी
2003 में आई.जी. के पद से
सेवानिवृत्त आई.पी.एस. अधिकारी

भूमिका

अब्राहमिक धर्मों में आदम और हव्वा को जन्नत से निकाले जाने की कहानी बड़ी मशहूर है। दोनों इस ज़मीन पर आकर रहने लगे। उनका बड़ा बेटा क़ाबील यानी केन किसान था और दूसरा बेटा हाबील यानी एबल एक चरवाहा। एक दिन परमेश्वर ने सोचा कि मेरा इतना बड़ा भक्त होने के बावजूद, अगर इब्लीस के मन में ईर्ष्या और अहंकार आ सकता है तो फिर आदम के बच्चों में क्यों नहीं। उन्होंने दोनों की परीक्षा ली। ईश्वर को अपने भाई का पक्ष लेता समझ क़ाबील ने हाबील की हत्या कर दी। इस तरह धरती का पहला अपराध आदम के बेटे ने किया। यह इस धरती का अंतिम अपराध न था।

जैसे-जैसे धरती पर आदम की नस्ल फैली, वैसे-वैसे ही अपराध बढ़ते गए। समाज की शांति भंग हुई तो लोग चिंतित हुए। शायद यहीं से अपराध शास्त्र, क़ानून और पुलिसिंग व्यवस्था की ज़रूरत महसूस हुई होगी। हालाँकि पुलिस व्यवस्था बहुत पुराने काल से चली आ रही है लेकिन आधुनिक पुलिसिंग का इतिहास चार सौ साल पुराना भी नहीं है।

हैरत की बात है कि इन चार सौ सालों में पुलिस उसी बीमारी का शिकार बन गई जिसका पहला अध्याय आदम के बच्चों ने लिखा था। यानी पुलिस के बीच भी अच्छे और बुरे, दोनों तरह के लोग पाए जाने लगे। जिनको समाज से बुराइयाँ ख़त्म करने, और अपराध रोकने की ज़िम्मेदारी मिली थी वे ही रास्ता भटकने लगे। इसके साथ ही पुलिस सुधार, व्यवस्था में बदलाव, ट्रेनिंग और तमाम तरह की बातें कही जाती रहीं, मगर असर कुछ ख़ास नहीं हुआ।

बहरहाल, सवाल यह है कि यह किताब लिखने का क्या प्रयोजन है? यह किताब न तो पुलिसिया व्यवस्था में बदलाव सुझाने के लिए है और न ही पुलिस का मज़ाक़ बनाने के लिए। यह इसलिए है कि पुलिस को भी इसी समाज का हिस्सा समझा जाए। वह कुछ अलग नहीं है। जैसे-जैसे हम कहानियाँ पढ़ते जाएँगे, हमारी समझ में आ जाएगा कि वर्दी में जो लोग हैं वे हमारी तरह ही समझदार हैं, हमारी तरह ही क़ानून का पालन करने वाले और हमारे जितने ही चालाक और मूर्ख भी।

इस किताब की शुरुआत बड़ी दिलचस्प है। हुआ यूँ कि 2018 में पुलिस ने

एक एनकाउंटर किया। इसे लेकर सोशल मीडिया पर लंबी बहस छिड़ी। जो लोग पुलिस के समर्थन में थे, उनका कहना था कि अपराधी का कोई मानवाधिकार नहीं होता। उनका दावा था कि पुलिस जो कह रही है वही सच है। समर्थन करने वाले यह भूल रहे थे कि इसी तरह पुलिस किसी दिन उनको भी शिकार बना सकती है। ग़लत हमेशा ग़लत ही रहता है. चाहे जो भी करे। उनको बताना ज़रूरी था कि पुलिस हमेशा सही नहीं होती है।

व्यवस्था में ऐसे लोग हैं जो अपने फ़ायदे के लिए ग़लत को भी सही बता कर काम करते हैं। लोगों को यही बात समझाने की नीयत से मैंने कुछ पोस्ट लिखीं। इनमें पुलिस के तरह-तरह के झोल--झपाल और फ़र्ज़ी क़िस्से गढ़ने की योग्यता का ज़िक्र था। ये सब पोस्ट सत्य घटनाओं पर आधारित थीं। सत्य इसलिए कह सकता हूँ कि बतौर पत्रकार कई जगह मैं चश्मदीद था और कुछ मेरे पास स्टाफ़ रिपोर्टरों के ज़रिए पहुँचीं।

पुलिस पर लिखी यह पोस्ट काफ़ी लोकप्रिय हुईं। इस दौरान कम-से-कम तीन लोगों ने कहा कि यह किताब का मैटिरियल है। इसमें अशोक कुमार पाण्डेय, शाहिद हसनैन और मोहम्मद सज्जाद ने बाकायदा फ़ोन करके कहा कि किताब लिखो। उनका मानना था कि सोशल मीडिया पर बात/हवा में उड़ा दी जाती है, जबकि किताबें दस्तावेज़ बन जाती हैं। यह बात समझने में मुझे लंबा वक़्त लगा। इसमें शायद मेरी काहिली और ज़िम्मेदारी से भागने की आदत का बड़ा योगदान है। लेकिन हर चीज़ का समय होता है। लगता है कि आख़िरकार इस किताब का भी समय आ ही गया है।

इस किताब में तमाम क़िस्से सच्चे हैं। जगह भी वही हैं जहाँ की घटना हैं। बस रिश्तों के लिहाज़ और पुलिस बल के अच्छे कामों के सम्मान में पात्रों के नाम बदल दिए गए हैं। जैसा पहले कहा, इस किताब का मक़सद किसी का मज़ाक़ बनाना नहीं है। इसके ज़रिए लोगों को बताना है कि पुलिस के कामकाज में कितने झोल हैं। मक़सद यह बताना है कि हमारे पुलिस बलों में सुधार की ज़रूरत है। ज़रूरत है पुलिसकर्मियों को मानवीय, सामाजिक और बौद्धिक ट्रेनिंग देने की।

हालाँकि तंत्र में सुधार के लिए पहले समाज की सोच में बदलाव ज़रूरी है। पहली ज़रूरत है कि तंत्र पुलिस वालों को रोबोट नहीं इंसान माना जाए। वह महामानव या मशीन नहीं हैं, उन्हें इंसानों की तरह समझा जाए। उनके इंसान बने रहने पर ज़ोर दिया जाए। साथ ही साथ, उनकी ग़लतियों को इंसानी ग़लती माना जाए। उनकी बेवक़ूफ़ियों को इंसानी फ़ितरत समझा जाए। और अंत में, उनके

द्वारा अंजाम दिए गए अपराधों को भी सामान्य इंसान के अपराध की तरह ही सज़ा योग्य समझा जाए। छोड़िए, आगे बढ़ते हैं।

इस दौर में सूचनाओं का प्रवाह बेतरतीब ही सही लेकिन बढ़ा है। एक तरह से टीवी, इंटरनेट और मोबाइल ने हमारी दुनिया बदल दी है। हमें दुनिया जहान की बातें अब पलक-झपकते ही पता लग जाती हैं। इससे पीछे मुड़कर देखें तो तंत्र और लोकतंत्र के बारे में लोगों को उतना ही पता लग पाता था जितना अख़बार और सरकार की सूचना विज्ञप्तियाँ बता दिया करती थीं। हालाँकि आप कह सकते हैं कि पत्रकारिता मूल्यों को लालच और निजी फ़ायदे के गड्ढों में दफ़्न करने के गुनाह भी टीवी पत्रकारिता का ही है।

बात सच है मगर सरकार से सवाल करना, तंत्र की कमियाँ उजागर करना बहुत हद तक टीवी ने सिखाया। लोगों तक तंत्र के मारों की आवाज़ पहुँचना भी इसी टीवी पत्रकारिता से शुरू हुआ। ऐसा नहीं है कि टीवी या सोशल मीडिया ने तंत्र की पूरी तरह पोल खोल कर रख दी है। तंत्र अभी भी शोषण करता है। भ्रष्टाचार अब शायद पहले से ज़्यादा है। दंगे अब भी होते हैं। पुलिस की गोली से अभी भी लोग मारे जाते हैं। मगर अब यह सब छिपा नहीं रह पाता। सामने आ ही जाता है।

मैं भाग्यशाली हूँ कि टीवी के स्वर्णिम काल में इससे जुड़ा। मेरा पत्रकारिता करियर उस काल में शुरू हुआ जब अख़बार अपनी विश्वसनीयता खो रहे थे। हालाँकि उस दौर में अख़बार का हॉकर आज के टीवी रिपोर्टर से ज़्यादा दबंग और दमख़म वाला होता था। लेकिन ख़बरें छिपाने और फ़र्ज़ी ख़बरें छापकर अख़बारवाले कितने दिन रोटी खा सकते थे? टीवी ने आकर सबसे पहले पूछताछ और ड्रॉइंगरूम पत्रकारिता को ख़त्म किया। टीवी बिना दृश्य के नहीं चल सकता था और तब तक स्टूडियो वाली मुर्ग़ा-तीतर ब्रांड डिबेट लोकप्रिय नहीं हुई थीं। टीवी रिपोर्टर के लिए मौक़ा-ए-वारदात पर पहुँचना एक तरह की मजबूरी थी।

इससे एक फ़ायदा तो यह हुआ कि ख़बरों के बहाने लोगों से सीधा जुड़ाव हुआ। दूसरा तंत्र के नज़दीक आने का मौक़ा मिला। मेरे पत्रकारिता करियर का एक लंबा अरसा या तो क्राइम रिपोर्टिंग में गुज़रा या फिर राजनीतिक ख़बरों के बीच। इस दौरान हर तरह के पुलिस वालों से सामना हुआ। तमाम पुलिस वालों के साथ अच्छे-बुरे रिश्ते बने। कई मज़ेदार वाक़ये नज़रों के सामने से गुज़रे। कई ऐसी कहानियों का चश्मदीद बना जो शायद कहीं पढ़ने को भी नहीं मिलतीं।

हमने भी अपनी तरफ़ से कोई कसर नहीं छोड़ी है। ख़बर पाने के लिए एक पत्रकार दुष्टता के जिस स्तर तक जा सकता है, हम गए। कई बार लोगों में

टीवी पर दिखने की बीमारी भाँपकर, इसे इस्तेमाल भी किया। इस दौरान लाइव एनकाउंटर देखे। आरोपियों की पुलिसिया ख़ातिरदारी देखी। थाने, कोतवाली के हालात समझे। पुलिस वालों की मानसिकता जानी। और फिर जाना कि यह भी हम जैसे ही इंसान हैं। दो हाथ, दो पैर, दो आँख, नाक-कान वाले।

इस बीच यह भी समझ आया कि वर्दी रुतबा बढ़ा देती है। अक्सर दिमाग़ को गर्मी चढ़ा देती है। लेकिन तब भी तंत्र में कई अच्छे और मासूम लोग हैं। इन कहानियों को पढ़कर आपको भी अहसास होगा कि पुलिस तंत्र में कम ही सही, मगर सीधे और मासूम लोग भी हैं। लेकिन इसी तंत्र में दुष्ट भी हैं जो वर्दी के साथ मिली ज़िम्मेदारी समझने को राज़ी नहीं हैं।

पुलिस बल में सभी लोग ज़िम्मेदार और समझदार होते तो शायद हमारा समाज ज़्यादा सुकून से रह पाता। साम्प्रदायिक, आपराधिक, या दुष्ट प्रवृत्ति वाले पुलिसकर्मी न होते तो देश आज बेहतर हालात में होता। लेकिन साथ ही पुलिसबल में अच्छे और ईमानदार लोग बिलकुल न होते तो हमारा जीना एकदम मुहाल हो जाता। फिर हमारे जीवन में इतना भी सुकून नहीं होता. जितना अब है।

किताब की भाषा ऐसी है कि कई जगह लगता है कि जैसे मज़ाक बनाया जा रहा है। इसमें पुलिस तंत्र के उस दूसरे पहलू को समझने की कोशिश है जिसे हम अनदेखा करते हैं। यह उन ग़लतियों की तरफ़ इशारा है जिनसे सबक़ सीखना ज़रूरी है। विफलताओं से सीखकर ही तो आगे बढ़ा जाता है। उम्मीद है, इस किताब में जिनका ज़िक्र है वे आहत नहीं होंगे। सब कुछ उसी तरह हँसकर बर्दाश्त कर लेंगे जैसा कि उन्होंने मुझे पहले भी झेला है। वैसे भी इन कहानियों में कुछ नया नहीं है। अख़बारों में ये सब पहले से छप चुकी हैं। बस लिखने का तरीक़ा थोड़ा-सा अलग है। बाक़ी जिन्हें इस किताब में शामिल नहीं किया गया। वे दूसरों की ग़लतियों से सबक़ लें। इसी में समझदारी सबकी भलाई निहित है।

10 दिसंबर, 2022

—ज़ैग़म मुर्तज़ा

जहाँ मुर्दे भी गवाही देते हैं

मेरठ ज़िले में एक क़स्बा है किठौर। अगर आप मेरठ ज़िला मुख्यालय से गढ़मुक्तेश्वर की तरफ़ चलें तो यह क़रीब 28 किलोमीटर की दूरी पर है। क़स्बा सड़क के दोनों ओर बसा है और इसके बीच से एक रास्ता मवाना होते हुए बिजनौर की तरफ़ चला जाता है। 2011 की जनसंख्या के आँकड़े बताते हैं कि इस क़स्बे की आबादी लगभग पचास हज़ार है। खेती यहाँ के लोगों का मुख्य पेशा है। किसान मुख्यतः तंबाक़ू और गन्ने की खेती करते हैं। हालाँकि स्थानीय समाज में नेताओं की पैदावार भी ख़ूब है। आम के बाग़ और पेड़-पौधों की नर्सरी के अलावा सियासत यहाँ के लोगों की आमदनी का मुख्य ज़रिया है।

सियासत ने किठौर को देश भर में पहचान दिलाई है। वैसे तो लोग कहते हैं कि नेतागीरी से इस क़स्बे का अपना कुछ ख़ास भला नहीं हुआ है। फिर भी कुछ बड़े-बड़े घर यहाँ दिखते हैं। इन घरों की बुलंदी से आप अंदाज़ा लगा सकते हैं कि सियासत अभी भी मुनाफ़े वाली खेती है। विकास के नाम पर शायद ही कोई बड़ा काम किठौर में हुआ हो। बावजूद इसके कि यहाँ से राज्य और राष्ट्रीय स्तर के कई प्रमुख नेता निकले हैं। क़स्बे में साक्षरता की दर राष्ट्रीय औसत से काफ़ी कम है। अशिक्षा है लेकिन लोगों के पास पैसा ख़ूब है। दिखता कुछ भी हो मगर पैसा सबके पास बराबर नहीं है। देश के बाक़ी हिस्सों की तरह ही

किठौर में भी अमीर और ग़रीब के बीच की खाई भी उतनी ही चौड़ी है जितनी क़स्बे के दरम्यान से गुज़र रही गंगा नहर।

पैसा और राजनीति विवादों का खाद-पानी हैं। जिस जगह लोगों के पास पैसा हो, जहाँ ख़ूब सारे नेता हों, तालीम की कमी हो, और उस इलाक़े में सरकार पुलिस थाना भी बनवा दे...ऐसी जगह झगड़े न भी होते हों तो होने लग जाएँ। पश्चिमी उत्तर प्रदेश में यूँ भी कहते हैं कि जाहिल के पास पैसा मतलब बारूद का ढेर। ऐसे इंसान की नाक उसकी परछाईं से बड़ी होती है। जिस समाज में ऐसे लोगों की भरमार हो वहाँ झगड़े ख़ूब होते हैं। लाज़िमी है कि जब झगड़े हैं तो पुलिस की ज़रूरत भी है। हालाँकि बुद्धिजीवी आज तक ठीक से बता नहीं पाए कि झगड़ों की वजह से पुलिस है या पुलिस की वजह से झगड़े हैं।

बहरहाल, हम किठौर की बात कर रहे थे। इस क़स्बे में अपराध और लड़ाई-झगड़ों का इतिहास नया नहीं है। ऐसे अंदाज़ा लगाइए कि प्राचीन काल में इस जगह का नाम कृष्णपुरी था। यह इतनी पुरानी बात है कि अब किसी को भी याद नहीं है कि कितनी पुरानी। बस इतना पता है कि उस काल में कुमुद सिंह नाम के एक राजा का यहाँ से गुज़र हुआ। कुमुद सिंह की रियासत कितनी बड़ी थी हमें ख़बर नहीं, लेकिन नाम में राजा लगा कर घूमता था इसलिए कुछ तो रहा ही होगा। लेकिन कृष्णपुरी वासियों ने उसको भाव नहीं दिया। यूँ समझ लो कि राजा माना ही नहीं।

किठौर ऐसे भी समाजवादियों और चरण सिंह के अनुयायियों का गढ़ है। ऐसे में क्या ही राजा और क्या रंक? राजा अपनी अकड़ में था और प्रजा अपनी धुन में। बस पहली फ़ुरसत मिलते ही स्थानीय लोगों ने राजा को लूट लिया। लूटा ही नहीं, पकड़ कर कूटा भी। राजा बस किसी तरह जान बचाकर भागा। जान तो बच गई लेकिन राजा अपने अपमान को नहीं भूला। घर पहुँच कर लोग जुटाए। संसाधन जोड़े और पहले से थोड़ी बड़ी सेना लेकर यहाँ आ धमका। इस बार राजा का पलड़ा भारी था। कृष्णपुरी में सब चोर तो नहीं रहे होंगे मगर राजा को इससे मतलब न था। पकड़-पकड़ कर सबकी एक तरफ़ से सुताई लगवाई और तब तक नहीं छोड़ा जब तक जनता त्राहिमाम-त्राहिमाम न कर उठी। मगर राजा का मन मार-कूट कर नहीं भरा। लोगों को अपराधबोध में दबाए रखना राजा का फ़र्ज़ है। उसने कृष्णपुरी का नाम बदल कर कुठौर कर दिया। कुठौर वो जगह जहाँ बुरे लोगों का ठौर-ठिकाना हो। "लो ससुरो, रहो इस अभिशप्त नाम के साथ," यह कहकर राजा वहाँ से विदा हो गया। लोग चालाक थे। उन्होंने कुठौर को किठौर कहना शुरू कर दिया। देखें भला, अब

कौन इसका सही मतलब निकाले?

ख़ैर, किठौर होने का फ़ायदा यह हुआ कि अब यहाँ बुरे और अच्छे, दोनों ही प्रकार के लोग रहने लगे हैं। कुछ हमेशा से यहाँ के वासी हैं, कुछ आस-पास के गाँव से बेहतर जीवन की तलाश में आकर बस गए हैं। मगर कुठौर नाम वाला वंशानुगत गुण अभी भी यहाँ है। मतलब, वह किठौर ही नहीं जहाँ हफ़्ते में एक-दो लड़ाई-झगड़े थाने की चौखट तक न पहुँचें। उस दिन भी यही हुआ। उस दिन मतलब, दिन याद नहीं लेकिन यह जुलाई 2018 की बात है। क़स्बे के मवाना रोड पर अचानक दो पक्ष आपस में भिड़ गए। बात किसी को याद नहीं क्या थी मगर इतनी बढ़ी कि बढ़ते-बढ़ते पहले गाली-गलौच तक गई और फिर मारपीट तक पहुँच गई।

बड़ी लड़ाई के लिए चूँकि दो पक्षों का होना ज़रूरी है लिहाज़ा दो लश्कर तैयार हो गए। एक पक्ष का नेतृत्व इमरान नाम शख़्स कर रहा था, जबकि दूसरे पक्ष के ख़लीफ़ा कोई ख़िलाफ़त हुसैन साहब बने। दस्तूर के मुताबिक़ दोनों पक्षों में पहले ज़बानें चलीं, फिर लात-घूंसे आज़माए गए और जब फ़ैसले की बात नहीं बनी तो नौबत लाठी-डंडों तक आ गई। घमासान का रण पड़ा। दोनों लश्करों में से जिसका जैसे दाँव लगा, उसने सामने वाले को वैसे ही कूटा। युद्ध समाप्त होते-होते कई योद्धा घायल हो गए। शुक्र था कोई वीरगति को प्राप्त नहीं हुआ। बस जैसे-तैसे लोगों ने बीच-बचाव कराया। इस तरह झगड़े का पहला राउंड हार-जीत का फ़ैसला हुए बिना ही ख़त्म हो गया।

लड़ाई में सबके जीवित बच जाने की एक वजह यह भी रही कि योद्धा मार से ज़्यादा शोर मचा रहे थे। रौला इतना काटा मानो आईपीएल का मैच चल रहा है। हर तरफ़ से तमाशबीन इकट्ठा हो गए। लोग रुक-रुक कर लड़ाई का मज़ा लेने लगे। सड़क जाम हो गई। जब संग्राम थमा तो फूटे सिर और ज़ख़्मी बदन गिने गए। इस हिसाब-किताब में ख़िलाफ़त हुसैन का गुट बाज़ी मारता नज़र आया। ये कहो कि ख़िलाफ़त के गुट ने अपने नाम की लाज रख ली और इमरान की सेना के कई योद्धा लहूलुहान कर दिए। इस दौरान किसी अत्यधिक अक़्लमंद ने पुलिस कंट्रोल रूम को फ़ोन कर दिया। अब होते हैं कुछ मूर्ख जो अच्छी-ख़ासी लड़ाई का मज़ा ख़राब कर देते हैं। बहरहाल पुलिस आई और दोनों पक्ष के दर्जनों लोगों को पकड़ कर ले गई।

थाने पहुँचकर दोनों पक्षों ने अपनी-अपनी तरफ़ से शिकायती तहरीर दी। दोनों पक्ष ख़ुद को पाक और सदाचारी बता रहे थे लेकिन घायलों की संख्या के आधार पर पुलिस ने इमरान पक्ष को शिकायत सुनने लायक़ माना। इसके बाद

फ़रमान अहमद की तहरीर को मुकदमे में तब्दील कर दिया गया। ख़िलाफ़त हुसैन, सलीम, अज़ीम और नईम के अलावा पुलिस ने चार अन्य अज्ञात लोगों को भी आरोपी बनाया। जानलेवा हमले समेत तमाम गंभीर धाराओं में मामला दर्ज हुआ था सो कार्रवाई होना ज़रूरी हो गई। इसके बाद आरोपियों की धर पकड़ शुरू हुई।

मामले की विवेचना का ज़िम्मा किठौर के थाना कोतवाली में तैनात एक सब-इंस्पेक्टर यानी दारोग़ा को सौंपा गया। इसके बाद धारा 307, 120बी के आरोपी ख़िलाफ़त और उसके साथियों को गिरफ़्तार करके जेल भेज दिया गया। मामला अब अदालत की चौखट पर था। पुलिस को वाद से जुड़ा आरोप पत्र भी दाख़िल करना था और आरोपियों के ख़िलाफ़ अपराध साबित भी करना था। काग़ज़ी कार्रवाई पूरी कर पुलिस ने केस डायरी के पर्चे काटे। पुलिस को अपना पक्ष मज़बूत करने के लिए गवाहों की ज़रूरत थी सो मौक़ा-ए-वारदात पर मौजूद चश्मदीदों की तलाश शुरू हुई। इस दौरान वादीगण के अलावा तमाम अन्य गवाहों के बयान दर्ज किए गए। पुलिस ने जिन लोगों को मामले में गवाह बनाया उनमें एक नाम महफ़ूज़ अहमद का भी था।

अदालत में पुलिस ने बताया कि घटना के वक़्त महफ़ूज़ अहमद मौक़ा-ए-वारदात पर मौजूद था। जाँच अधिकारी के मुताबिक़ ख़ुद महफ़ूज़ ने उसे घटना का आँखों देखा हाल सुनाया है। उसने केस डायरी को अदालत में पेश किया। केस डायरी में दर्ज हवाले के मुताबिक़, जाँच अधिकारी ने महफ़ूज़ का बयान क़लमबंद किया है। इसके बाद सरकारी वकील ने अदालत के सामने केस डायरी के पन्ने पढ़कर सुनाए। जिसमें लिखा था—महफ़ूज़ ने उसे बिना किसी दबाव के बताया है कि ''वारदात के वक़्त मैं अपने घर में बैठा खाना खा रहा था। अभी खाना खाकर निबटा भी न था कि बाहर से अचानक तेज़ आवाज़ें आने लगीं। ऐसा मालूम होता था कि पड़ोस में कहीं ज़बरदस्त फ़साद हो गया है।''

इसके बाद का आँखों देखा विवरण भी केस डायरी में बाक़ायदा दर्ज था। महफ़ूज़ की ज़बानी, ''हर तरफ़ गाली-गलौच, वा-वैला, लीजो-दीजो, मारियो-बचाइयो की सदाएं बुलंद थीं। शोर सुनकर मैं घर से बाहर निकला। क्या देखता हूँ कि भीड़ लगी है और अपने मुहल्ले के ही लोग आपस में भिड़े पड़े हैं। मैं भीड़ को चीरकर आगे बढ़ा। मैंने सोचा कि लड़कों की लड़ाई है और डाँट-डपट कर सब को भगा दूँगा। आगे आया तो देखता हूँ कि ख़िलाफ़त हुसैन और उनके साथी लाठी-डंडों से फ़रमान को धुन रहे हैं। फ़रमान लहूलुहान ज़मीन पर पड़ा था और मदद के लिए आस-पास के लोगों को आवाज़ लगा रहा था। फ़रमान बहुत गिड़गिड़ाया, लेकिन न उसे बख़्शा गया और न ही कोई उसे बचाने के लिए आगे बढ़ा।''

महफ़ूज़ का बयान यहीं ख़त्म नहीं हुआ। उसने आगे कहा, "मुझसे बर्दाश्त नहीं हुआ। यह सब माजरा देखकर मैं बीच-बचाव के लिए लड़ाई में कूद पड़ा। मैंने हमलावरों से पीड़ित को बख़्शने की गुहार लगाई। इस बीच और लोग भी बीच-बचाव के लिए आगे आए तब जाकर कहीं मामला शांत हुआ। मगर जब तक लड़ाई ख़त्म हुई तब तक फ़रमान की काफ़ी पिटाई हो चुकी थी और वह बुरी तरह घायल था।" कुल मिलाकर अपने दो पन्नों से ज़्यादा के बयान में महफ़ूज़ ने वह सब कुछ कहा जिससे फ़रमान की पिटाई करने वालों को सज़ा से बचाने के तमाम रास्ते बंद हो जाएँ। इतनी मज़बूत गवाही के बाद बड़े-से-बड़ा वकील आरोपियों को नहीं बचा सकता था।

महफ़ूज़ अहमद का बयान आरोपियों को सज़ा दिलाने के लिए जितना अहम था उतना ही ज़रूरी उसका अदालत में आकर अपने बयान की तस्दीक़ करना था। अगर वह अदालत में आकर बयान में यही बात दोहरा देता तो मारपीट करने वालों को सज़ा मिलनी तय थी। लेकिन महफ़ूज़ अहमद का कोई अता-पता ही नहीं था। अदालत उसे दूसरी बार समन जारी कर चुकी थी। पुलिस ने उसे अदालत में आने के लिए बार-बार सिपाही भेजे। मगर बताए पते पर न तो महफ़ूज़ मिलता था और न उसकी कोई ख़ैर-ख़बर। हर बार कह दिया जाता कि इस नाम-पते का इस मुहल्ले में कोई रहता ही नहीं है।

महफ़ूज़ अहमद समन जारी होने के बाद भी अदालत नहीं पहुँचा तो उसके ख़िलाफ़ ग़ैर-ज़मानती वारंट जारी कर दिया गया। अब पुलिस की ज़िम्मेदारी थी कि महफ़ूज़ को गिरफ़्तार करके अदालत में पेश करे। पुलिस ने महफ़ूज़ के पते पर दबिश दी। उसके घरवालों को थाने में बैठाया। लेकिन घरवाले बार-बार कहते थे कि महफ़ूज़ को हम भला कहाँ से लाकर दे दें?

सवाल अब यह था कि महफ़ूज़ अहमद आख़िर है कहाँ? अगर पुलिस के डर से फ़रार हो गया है तो कहाँ जा सकता है? मुज़रिमों के दबाव में गवाही से फिर गया है तो फिर मुक़दमे का क्या होगा? इधर मामले में एक बहुत बड़ा ट्विस्ट आ गया। अदालत से गिरफ़्तारी वारंट पहुँचे तो महफ़ूज़ अहमद के घरवाले एक वकील से जाकर मिले। वकील ने उन्हें अदालत में पेश किया। अदालत बैठी और सुनवाई शुरू हुई। महफ़ूज़ के परिजनों के वकील ने अदालत के सामने अपनी बात रखने की इजाज़त माँगी। अदालत की इजाज़त से वकील ने बोलना शुरू किया।

"हुज़ूर मैं इस मामले के जाँच अधिकारी से कुछ पूछना चाहता हूँ।"

"परमिशन ग्रांटेड"...अदालत ने कहा।

जाँच अधिकारी दारोग़ा रमन सिंह कठघरे में आकर खड़ा हो गया।

"हाँ, तो दारोग़ा जी आप ख़िलाफ़त बनाम उत्तर प्रदेश सरकार मामले में विवेचना अधिकारी हैं?"

"जी..."

"मामले की विवेचना आपने की है?"

"जी बिलकुल।"

"तो महफ़ूज़ का बयान भी आपने ही दर्ज किया है?"

"हाँ, और क्या? मेरे अलावा कौन करता? मैं ही इस मामले में विवेचक हूँ।"

"महफ़ूज़ से आप कहाँ मिले?"

"जनाब, मैं स्वयं उनके घर गया था।"

"सच में उनसे आपकी मुलाक़ात हुई थी?"

"जी बिलकुल।"

"आपको ठीक से याद है?"

"हाँ। आप मेरी कर्त्तव्यनिष्ठा पर सवाल उठा रहे हैं वकील साहब?"

"नहीं, नहीं! सवाल नहीं उठा रहे। बस ज़रा-सी तस्दीक़ कर रहे हैं। आपका गवाह ग़ायब है इसलिए पता करना ज़रूरी है। ख़ैर, तो महफ़ूज़ साहब ने आपसे अपने घर में बैठकर बात की और बयान दर्ज कराया?"

"जी जनाब।"

"कौन से घर में?"

"वहीं अपने घर में। मवाना रोड पर, जहाँ वह रहते हैं।"

"आपको सही से याद है महफ़ूज़ साहब मवाना रोड पर रहते हैं?"

"अरे तो क्या मैं झूठ बोल रहा हूँ?"

"हाँ आप झूठ बोल रहे हैं।"

"अरे, आप हम पर इल्ज़ाम लगा रहे हैं।"

"नहीं। आप झूठ बोल रहे हैं क्योंकि महफ़ूज़ साहब अब मवाना रोड पर नहीं रहते।"

"लेकिन जब यह वारदात हुई, तब तो रहते थे?"

"नहीं, तब भी नहीं रहते थे?"

"तब कहाँ रहते थे, आप ही बता दीजिए..."

"क़ब्रिस्तान में..."

"क्या मतलब?"

"यही मतलब कि उनको इस ख़ाकी दुनिया से सिधारे पन्द्रह बरस गुज़र चुके हैं दारोग़ा साहब। उनकी गवाही दर्ज करानी है तो उनको क़ब्र से उठाकर लाइए। शायद उनका शरीर कुछ बोल दे। हालाँकि मुर्दे गवाही देने नहीं आते। लेकिन आपने चूँकि उनका बयान दर्ज किया है तो शायद आपके साथ आ भी जाएँ।

दारोग़ा रमन सिंह चकरा गया। अदालत में मौजूद तमाम लोग हँसने लगे। अदालत को भी माजरा समझ न आया। जज ने कहा, "ऑर्डर, ऑर्डर"...कुछ देर के लिए ख़ामोशी छा गई। वकील ने अदालत में कुछ काग़ज़ रखने की इजाज़त माँगी। अदालत की रज़ामंदी के बाद वकील ने महफ़ूज़ अहमद का मृत्यु प्रमाण पत्र, उनकी बीमारी के कागज़ और दूसरे दस्तावेज़ पेश किए। दारोग़ा रमन सिंह को अब काटो तो ख़ून नहीं। उसने जाँच में गड़बड़ी की थी, जो अब खुलकर सामने आ गई।

अब अदालत के सामने सवाल यह था कि अगर महफ़ूज़ अहमद ज़िंदा नहीं है तो फिर वह कौन था जिसका बयान पुलिस की केस डायरी में दर्ज है? क्या महफ़ूज़ अहमद का भूत पुलिस के सामने अपने बयान दर्ज करा गया था? क्या कोई ऐसी तकनीक थी जो भूतों की गवाही दर्ज कराने में मददगार साबित हो? जी नहीं।

दरअसल यह सारा मामला विवेचक की घोर लापरवाही और स्थानीय लोगों पर उसके अति विश्वास का था। विवेचक ने न तो महफ़ूज़ अहमद का बयान दर्ज किया था और न ही महफ़ूज़ का भूत पुलिस के सामने झगड़े का आँखों देखा हाल बयान करके गया था। जब मवाना रोड पर मारपीट की घटना हुई तब महफ़ूज़ अहमद को वाक़ई इस दुनिया से गए पन्द्रह बरस से ज़्यादा गुज़र चुके थे। जब ख़िलाफ़त और इमरान मारपीट कर रहे थे, उस वक़्त तक महफ़ूज़ की क़ब्र भी लगभग सपाट हो चुकी थी। जो आँखों देखा बयान दर्ज किया गया था वह पूरी तरह फ़र्ज़ी था। अदालत में उसकी पुष्टि कराने के लिए पुलिस उनको ज़िंदा करके ला नहीं सकती थी।

इधर पुलिस के आला अधिकारी और अदालत दोनों ही इस तथ्य से अनजान थे कि महफ़ूज़ अहमद अब इस दुनिया में नहीं हैं। अगर उनके घर सम्मन और वारंट न जाते तो शायद विवेचक की करतूत कभी भी सामने नहीं आती। अब मामले में हंगामा होना लाज़िमी था। सियासी लोगों के शहर में इतनी बड़ी बात भला बिना सियासत का मुद्दा बने कैसे गुज़र जाती? कई स्थानीय नेता मामले की पैरवी करने एसपी ग्रामीण के दफ़्तर तक पहुँच गए। उन्होंने पुलिस पर मामले में पक्षपातपूर्ण कार्रवाई का इल्ज़ाम लगाया। पुलिस अधिकारी अभी भी दारोग़ा जी की ग़लती मानने को तैयार न थे।

महफ़ूज़ हुसैन का मृत्यु प्रमाण पत्र अदालत में दाख़िल हुआ तो पुलिस अधिकारियों को चक्कर आ गया। मामले की जाँच शुरू हुई। भला तकनीक का कितना भी विकास हो गया हो लेकिन पन्द्रह साल पहले मर चुके व्यक्ति का घटना में चश्मदीद होना और फिर उसका बयान दर्ज हो जाना किसी अजूबे से कम न था। जाँच में जो बात खुलकर आई वह बहुत ही मज़ेदार थी। इस पूरे मामले में विवेचना अधिकारी मुज़रिम था। उसने जाँच में बला की कामचोरी दिखाई थी। अपने नाकारापन की वजह से वह इस झगड़े में शामिल लोगों के शातिरपन का शिकार बन गया। मज़े की बात यह थी कि दारोगा जी लोगों के हाथों उल्लू बने घूम रहे थे और उनको अभी तक इस बात की भनक तक न थी।

असल में हुआ यूँ था कि जाँच अधिकारी रमन कुमार विवेचना करने ख़ुद मौक़े पर नहीं गया। न ही किसी गवाह से उसकी मुलाक़ात हुई। उन्होंने क़स्बे में ही अपने कुछ संपर्कों को फ़ोन किया। उनका इस्तेमाल करके विवेचक ने थाने में बैठे-बैठे ही विवेचना निबटा दी। बस अपने संपर्क सूत्रों से घटना में शामिल लोगों के नाम-पते लिए और अपने सरकारी आवास में बैठकर केस डायरी की चिट काट दी। मगर जिन लोगों को कुमार साहब ने फ़ोन किया था उनमें से एक आरोपियों का रिश्तेदार भी था। उसने शातिरपन दिखाते हुए पन्द्रह साल पहले मर चुके महफ़ूज़ अहमद को घटना का चश्मदीद बता दिया।

दारोग़ा जी ने न तो इस बात की और न ही किसी तथ्य की ठीक से पुष्टि की। ज़ाहिर है कि वह अपने सूत्र पर हद से ज़्यादा भरोसा करते थे। मगर उनके भरोसे का क़त्ल हो चुका था और मामले की विवेचना का भी। मगर यह मामला पुलिसिया लापरवाही के इतिहास की किताब में दर्ज हो चुका था। अदालत में एक भूत की गवाही ने मारपीट की घटना में शामिल तमाम आरोपियों को बचा लिया। फ़र्ज़ी ही सही, थी तो गवाही ही। यह गवाही न होती तो भला कैसे पता चलता कि पुलिस मुर्दों के भी बयान दर्ज कर सकती है?

अजब-ग़ज़ब चालान

लोग कहते हैं कि लखनऊ अदब और तहज़ीब का शहर है। हालाँकि अदब बस आदाब में सिमट कर रह गया है और तहज़ीब पान-गुटखे की पीक से रंगी दीवारों में दफ़्न नज़र आती है। फिर भी अगर आप नखलऊ...सॉरी, लखनऊ में हैं तो मुस्कराइए, चाहे आप पर जो भी सितम गुज़र जाएँ। यह क्या कम है कि आप तहज़ीब के मज़ार पर हाज़िरी दे रहे हैं।

हाज़िरी से याद आया। उस रोज़ अपने रज़ी भाई बहुत जल्दी में थे। दफ़्तर में नई-नई बायोमिट्रिक मशीन लगी थी। देर हो जाती तो उस रोज़ की हाज़िरी कट जाती। सितम यह भी था कि मुल्क में उन्हीं दिनों मोटर यान क़ानून का नया संशोधन नया-नया ही लागू हुआ था। यह शायद जुलाई या अगस्त 2019 की बात है। नए क़ानून का ज़बरदस्त ख़ौफ़ था। चालान कटने का डर ऐसा था मानो वाहन नहीं, लॉकडाउन के ज़माने में कोविड का मरीज़ साथ लेकर निकल आए हों।

ख़ैर, अपने रज़ी अहमद बाइक लेकर घर से निकले। घर छोड़ने से पहले उन्होंने पूरी तरह सुनिश्चित कर लिया था कि मोटरसाइकिल का पंजीकरण प्रमाण पत्र, ड्राइविंग लाइसेंस, प्रदूषण मुक्ति प्रमाण पत्र और बीमा की रसीद सही सलामत उनके झोले में मौजूद हैं या नहीं। हालाँकि उन्होंने अपने अधगंजे सिर पर कभी टोपी नहीं लगाई थी लेकिन उस रोज़ हैलमेट लगा कर निकले। यह हैलमेट अभी पिछले है हफ़्ते ही तो ख़रीदा था बर्लिंगटन चौराहे से। सस्ता था लेकिन मोटा-मोटा आईएसआई मार्का बना था। इतना ही काफ़ी था।

सिर पर हैलमेट रखकर बाइक पर सवार हुए तो रज़ी भाई को एकदम सुपरमैन वाला फ़ील आया। हैलमेट लगाने के तमाम फ़ायदे थे लेकिन सबसे बड़ा फ़ायदा चालान के ख़तरे से बचने में ही था। बीस हज़ार रुपल्ली की बाइक का चालान चालीस हज़ार रुपये। भला यह कोई बात हुई? पुलिस वाले न हुए मुंबई के भिंडी बाज़ार वाले वसूली भाई हो गए। मानो देश की डूबी अर्थव्यवस्था और दिवालिया हुई सरकार को सँभालने का ज़िम्मा गाड़ी मालिकों पर आन पड़ा था।

बहरहाल, मोटर वाले घोड़े यानी डिस्कवर मोटरसाइकिल पर सवार रज़ी भाई स्वयं को स्पार्टा का सैनिक मान कर घर से निकले। सीना फुलाए, मुर्ग़े सी

गर्दन अकड़ाए, दाएँ-बाएँ देखते निकल पड़े हज़रतगंज की तरफ़। अभी मुश्किल से एक चौराहा पार करके चौक तक ही पहुँचे थे कि उनके अश्वमेघ का घोड़ा दो दर्जन सिपाहियों ने रोक लिया। रोक क्या लिया ऐसे घेर लिया मानो अपने रज़ी भाई न हों पूर्वांचल के कोई कुख्यात गैंगस्टर हों। सिपाहियों का नेतृत्व कर रहे दारोग़ा रमेश चंद्र ने तुरंत बाइक की चाबी निकाल ली।

एक तो पेशे से पत्रकार, ऊपर से क़ाग़ज़ पूरे। रज़ी भाई चाबी छिनते ही बिलबिला गए। "क्या है जी? क्या बिलकुल भी तमीज़, तहज़ीब नहीं है आप लोगों को? यह कौन-सा तरीक़ा है चैकिंग का?" इस सवाल पर पुलिस वाले बौखला गए।

"जी तमीज़ तो है, लेकिन फ़र्ज़ से मजबूर हैं। आप अपनी गाड़ी के काग़ज़ दिखाइए," एक सिपाही ने जवाब दिया।

"दिखा देंगे कागज़। लेकिन पहले तमीज़ से बात कीजिए। आप लखनऊ में हैं, मेरठ या गोरखपुर में नहीं।"

अब ट्रैफ़िक कांस्टेबलों का धैर्य जवाब देने लगा था। फिर भी चेहरे पर नक़ली मुस्कराहट चिपकाते हुए उस मोटी मूँछ वाले कांस्टेबल ने कहा, "हुज़ूर, अगर आपको तकलीफ़ न हो तो अपनी सवारी के काग़ज़ दिखा दीजिए।"

रज़ी भाई का अहम् शांत हुआ तो वह दनदनाते हुए बाइक से उतरे। उन्होंने सीट कवर हटाया, यूटिलिटी बॉक्स में से काग़ज़ निकाले। रज़ी भाई अब मुड़े और फेंक कर मार दी क़ाग़ज़ों की पोटली चेकिंग कर रहे ट्रैफ़िक इंस्पेक्टर की तरफ़। अब पुलिस वाले तो पुलिस वाले ही हैं। एक तो ख़ुद तहज़ीब का पहाड़ा पढ़ा रहे थे ऊपर से ये बेअदबी। पुलिस वालों के लिए ये अकड़ नाक़ाबिले बर्दाश्त थी। एक ने पलटकर पूछा, "ये क्या है?"

"क़ाग़ज़ पूरे हैं," रज़ी भाई ने जवाब दिया।

"तो?"

"तो क्या? पेपर पूरे हैं, सिर पर हैलमेट है, पैर में जूते हैं, बाइक साबुत, सलामत है। आपको और क्या चाहिए?"

"बाइक का टेल लैंप जलता है?" कांस्टेबल ने पूछा।

"हाँ...जलता है।"

"नंबर प्लेट?"

"आगे-पीछे नई वाली स्टैंडर्ड हाई-सिक्योरिटी प्लेट लगी हैं। नंबर एकदम दूर से चमकते हैं।"

"इंडिकेटर, ब्रेक, ब्रेक लाइट?"

''एक दम सही हैं...''

''स्टैंड, साइड स्टैंड?''

''साबुत हैं...''

''तब आप बस 200 रुपये का चालान कटवा लीजिए,'' कांस्टेबल ने कहा।

''हैं? वो क्यों जी?'' रज़ी भाई ने हैरत से पूछा।

''हैडलैंप पर काले रंग की पट्टी नहीं है जी,'' कांस्टेबल ने उतनी ही मासूमियत से जवाब दिया।

''लेकिन हम कभी चालान नहीं कटवाते।''

''क्यों, आप मंत्री हैं?''

''नहीं बहुत ही ज़लील पेशे में हैं?''

''वकील हैं क्या?''

''जी नहीं, पत्रकार हैं।''

''ओह, पत्रकार हो तो काग़ज़ क्यों दिखाए? सीधे अकड़ दिखानी चाहिए थी।'' दारोग़ा ने मासूमियत और तंज़ के एक मिले-जुले लहजे से सवाल किया।

''पहली बार पूरे काग़ज़ लेकर निकला था, सो दिखा दिए,'' रज़ी भाई ने इतना कहा, बाइक स्टार्ट की और अपनी राह पकड़ ली। ज़्यादा देर यहाँ रुकना अब सही न था। हालाँकि जाने से पहले पुलिस वाले पत्रकार साहब को अदब और तहज़ीब के आदाब सिखाना नहीं भूले। मगर इससे भला रज़ी भाई का क्या ही बिगड़ना था? बहरहाल रज़ी भाई पत्रकार थे सो थोड़ी-सी खरी-खोटी सुनकर बच गए। बस दस-पाँच मिनट की क़ुर्बानी देकर पुलिस से छूट जाना बेहद सस्ता सौदा है। शुक्र मनाइए, छूट गए। पत्रकार थे तो क्या हुआ? अदब के केंद्र, इसी शहर-ए-लखनऊ ने पुलिस वालों के क्या-क्या सितम नहीं देखे हैं वरना...

कहते हैं, एक ज़माना था जब नवाबों के सिपाहियों ने बड़े-बड़ों की धूल उतार दी। इसके बाद अंग्रेज़ आ गए। लोगों ने वह वक़्त भी देखा जब अंग्रेज़ों के सिपाहियों ने नवाबों की भी धूल झाड़ दी। इसके बाद मुल्क आज़ाद हो गया। अब अपना राज था लेकिन पुलिस अब भी अपनी न थी। पुलिस सरकार की थी और मौक़े-बे-मौक़े, किसी-न-किसी बहाने आमजन की धूल उतारती रहती है। क्या-क्या सुनोगे मियाँ? बड़े-बड़े क़िस्से हैं इस शहर में पुलिस वालों के।

बहरहाल, तीन घंटा लगातार चैकिंग करके दारोग़ा रमेश चंद्र थक चुके थे। दिल में रज़ी भाई वाली घटना को लेकर बार-बार उबाल आ रहा था। मगर अब कुछ हो नहीं सकता था। वैसे ये वाले दारोग़ा जी मिज़ाज़ से शरीफ़ आदमी माने जाते हैं। मगर क्या करें? वर्दी पहनकर अच्छे-अच्छे सींकिया पहलवानों में

गर्मी आ जाती है। अपने दारोग़ा जी तो फिर भी अब 95 किलोग्राम के हो चले थे। उम्र के साथ दिन-ब-दिन वज़न बढ़ रहा था। मानो उनकी तोंद और उम्र में होड़ लगी थी कि कौन पहले अंतिम हद को छुए।

ख़ैर, काम से निबट कर दारोग़ा जी का दिल लिट्टी-चोखा खाने को हुआ। लिट्टी और चोखा यानी दो अलग व्यंजन जो एक साथ खाए जाते हैं। लिट्टी-चोखा बिहार और पूर्वी उत्तर प्रदेश में काफ़ी लोकप्रिय है। लखनऊ में लोग इसे बाटी-चोखा भी कहते हैं। हालाँकि लखनऊ की पुरानी तहज़ीब में इसका ज़िक्र शायद ही मिलता हो लेकिन पिछले पच्चीस-तीस सालों में यह शहर में काफ़ी लोकप्रिय हुआ है। इसकी एक वजह राजधानी होने के नाते लखनऊ में पूर्वांचल के लोगों की मज़बूत उपस्थिति भी है। जगह-जगह इसके स्टॉल हैं। ठेले से लेकर रेस्टोरेंट वाले अपने माल को सर्वश्रेष्ठ बताकर बेचते हैं लेकिन जो बात कन्हैया लाल के बाटी-चोखे में है, वो शायद किसी और के नहीं।

दारोग़ा रमेश चंद्र अपनी मोटरसाइकिल पर सवार हुए और बिना हैलमेट लगाए ही कन्हैया लाल के ठेले पर जा पहुँचे। ये उन्हीं दिनों की बात है जब देश में नया मोटर वाहन क़ानून लागू हुआ था। इस क़ानून के आने के बाद से दारोग़ा जी की तोंद के साथ-साथ अकड़ और आमदनी में भी काफ़ी इज़ाफ़ा हुआ था। इस सबसे वर्दी की ख़ुमारी बढ़ना लाज़िमी था। ख़ैर, लिट्टी के ज़ायक़े को ज़हन में बसाए दारोग़ा जी ने मोटरसाइकिल रोकी, उससे उतरे और मदमस्त हाथी की तरह टहलते हुए कन्हैया लाल के पास जा पहुँचे।

"ऐ, कन्हैया, एक ठौ, लिट्टी-चोखा दो बे"...दारोग़ा जी ने फ़रमान सुनाया।

कन्हैया लाल का जन्म भी लखनऊ में ही हुआ था। क्या हुआ जो उनके माता-पिता दूसरे शहर से आकर बसे थे? कन्हैया ने भी लखनऊ की तहज़ीब की घुट्टी घोल-घोल कर पी थी। दारोग़ा की बेअदबी पर कन्हैया के दिल में गज़ब उबाल आया। वह भन्नाकर पलटे लेकिन सामने वर्दी वाले को देखकर चुप्पी साध गए। उन्होंने ख़ामोशी तो ओढ़ ली लेकिन दारोग़ा को भी सुनकर अनसुना कर दिया। 'कम-से-कम उम्र का ही लिहाज़ कर लेता,' कन्हैया ने दिल में सोचा।

कन्हैया न सिर्फ़ उम्र में ज़्यादा थे बल्कि रुतबे से भी कमज़ोर न थे। उनका काम ख़ूब चलता था सो पैसे की कोई कमी न थी। ठेले पर दोपहर से लेकर रात तक जुटने वाली लोगों की भीड़ और लखनवी दुलार ने कन्हैया लाल जी का दिमाग़ भी सातवें आसमान तक न सही, चौथे, पाँचवें तक तो पहुँचा ही दिया था। पुलिस वाले और लिट्टी वाले के बीच हैसियत का फ़ासला तो बिलकुल भी न था। हाँ, दोनों के बीच जो फर्क़ था वह बस उम्र और वर्दी का ही था। लिट्टीवाले

का स्वाभिमान वर्दीवाले के अहंकार के सामने झुकने को तैयार नहीं हुआ।

ठेले पर भीड़ लगी थी। कन्हैया दूसरे ग्राहकों को निबटाने में लगे रहे। इधर बाटी मिलने में ज्यों-ज्यों देरी होती गई, दारोग़ा रमेश चंद्र का ब्लड प्रेशर उतना ही बढ़ता गया। आख़िर पेट की आग बढ़ते-बढ़ते दिमाग़ तक आ गई। जब सब्र ने जवाब दिया तो वर्दी का रौब दिमाग़ से निकल कर ज़बान तक आ गया। आव देखा न ताव, ठेलेवाले की शान में अवधि के चार-छह पुलिसिया श्लोक पढ़ दिए। इतना ही नहीं कन्हैया की अक़्ल ठिकाने लगाने की धमकी भी दे डाली।

"क्या कर लेंगे आप?" कन्हैया लाल ने सवाल किया।

"अब चालान भर देना," रमेश चंद्र ने अपना ब्रह्मास्त्र फेंका।

"काहे का चालान?" कन्हैया लाल ने अपना लहज़ा थोड़ा ऊपर करते हुए कहा।

"अपने ठेले का," रमेश चंद्र ने अपनी आवाज़ को एक स्वर और ऊँचा करके जवाब दिया।

"ठेले का चालान? वो कैसे जी?"

"ठेला है तो क्या हुआ, है तो चौपहिया ही न जी?" रमेश चंद्र ने पलट कर कहा। इसके बाद दारोग़ा जी पलटे, अपनी मोटरसाइकिल में लगी टोकरी से एक चालान बुक निकाली और कन्हैया लाल के हाथ में पर्ची थमा कर, ये जा और वो जा...

दारोग़ा रमेश चंद्र तो चले गए लेकिन कन्हैया लाल परेशान। उसके ठेले में न तो मोटर लगी थी और न कोई पंख लगे थे। समझ नहीं पाया कि दारोग़ा जी उनको किस चौपहिया मोटर यान के चालान की रसीद थमा गए हैं। ख़ैर, उस वक़्त कन्हैया लाल कुछ न कर पाए। अगले रोज़ अपने ठेस खाए अहम् और चालान की रसीद लेकर वह पुलिस कप्तान के पास पहुँचे। रसीद दिखाई। रसीद देख कर एक बार को तो एसएसपी को भी चक्कर-सा आ गया। भैया, यह किस चीज़ का चालान काट दिया? कप्तान की समझ से बाहर था कि ठेले का चालान किस अधिनियम या नियम के तहत काटा गया है। बहुत सिर खुजाया लेकिन माजरा समझ न आया।

जब कुछ पल्ले नहीं पड़ा तो कप्तान साहब ने मामले की जाँच कराने का फ़ैसला किया। सर्किल ऑफ़िसर यानी सीओ बाज़ार ख़ाला को जाँच सौंप दी गई। जाँच हुई तो पता चला कि कन्हैया लाल ने अपने ठेले पर सवार होते वक़्त सीट बेल्ट नहीं लगाई थी।

"भला ठेले पर सीट बेल्ट का क्या काम," सीओ साहब ने सवाल किया?

"ठेले में चार पहिए लगे हैं, चौपहिया है," दारोग़ा जी ने जवाब दिया।

तमाम बिंदुओं पर बात हुई। बातचीत से सीओ साहब समझ गए कि मामला क़ानून का नहीं अहम् को ठेस पहुँचने का है।

मामला यहीं नहीं थमा। इसके बाद शहर में पिछले दिनों हुए तमाम अगले-पिछले चालानों की जाँच हुई। पता चला कि दारोग़ा रमेश चंद्र ने कोई अनोखा काम नहीं किया है। शहर के दूसरे दारोग़ाओं ने भी तमाम तरह के उल्टे-सीधे चालान काट रखे हैं। लेकिन फिर बात वहीं आकर ठहर गई। पुलिस आख़िर पुलिस ही है। वह कुछ भी कर सकती है। बरसों पहले चोरी हो चुकी गाड़ियों को ओवर स्पीडिंग का चालान थमाया जा सकता है। कार मालिक को हैलमेट न लगाने के लिए जुर्माना भरने को कहा जा सकता है। स्कूटर मालिक को पुलिस ट्रैक्टर का चालान भेज देती है। पुलिस का काम लोगों की सेवा करना और न्याय दिलाना है। कौन नहीं मानेगा कि पुलिस अपने काम के साथ पूरा न्याय करती है? चालान कटवाना है क्या?

खेल-खेल में

कहते हैं कि अमरोहा में बिच्छू डंक नहीं मारते। लोगों में यह धारणा हज़रत शाह शरफ़ुद्दीन शाह विलायत की दरगाह की वजह से बनी है। अमरोहा में बिजनौर रोड पर सल्तनत कालीन इस दरगाह के आस-पास ख़ूब बिच्छू पाए जाते हैं। लोगों का विश्वास है कि दरगाह के आँगन में ख़तरनाक से ख़तरनाक बिच्छू शांति से रहते हैं और डंक मारने की अपनी फ़ितरत भूल जाते हैं। बिच्छू भले ही डंक न मारें लेकिन यही बात इतने विश्वास के साथ अमरोहा के लोगों और वहाँ तैनात पुलिस वालों के लिए नहीं कही जा सकती। दरगाह के आँगन में बिच्छू लोगों को छोड़ सकते हैं लेकिन लोगों में जो क़ुदरती फ़ितरत है वह नहीं बदल सकती।

पुलिस वालों की फ़ितरत पर बहुत कुछ लिखा जा सकता है लेकिन यह हमारा मकसद नहीं है। हमारी कहानी ज़्यादा पुरानी नहीं है। यह शायद 2004 या 2005 की बात रही होगी। जगह वही अपनी, अमरोहा सदर कोतवाली। हमेशा की तरह उस रोज़ भी बाहर बाज़ार में ख़ूब चहल-पहल थी लेकिन कोतवाली में उस दिन सन्नाटा ही था। वैसे भी अमरोहा शहर में पुलिस के पास ज़्यादा काम नहीं होता। लोग एक-दूसरे को डंक मार कर हलक़ान करते हैं और अक्सर आपस में मामले निबटा लेते हैं। पुलिस के पास जाना अमरोहा वालों के बीच अच्छी नज़र से नहीं देखा जाता। यही वजह है कि अपराधों की दर भी इस शहर में ज़िले के बाक़ी हिस्सों और राज्य के दूसरे शहरों से कम ही है। इसके चलते पुलिस वालों के पास यहाँ इतना वक़्त है कि कोतवाली के आँगन में दो-चार घंटे बतिया सकें या फिर खेल-कूद सकें।

कोतवाली की पुरानी इमारत अंग्रेज़ों के ज़माने में बनी थी। शायद किसी वक़्फ़[1] की संपत्ति थी लेकिन सरकार के पास अठन्नी-चवन्नी वाली किराएदारी का क़ब्ज़ा था। 1997 में मुरादाबाद से अलग करके जब अमरोहा को ज़िला बनाया गया तो शहर में कई विभागों के नए दफ़्तर खुले। कोतवाली के मुख्य गेट के ऊपर दो-तीन कमरे थे। ये रेडियो यानी संचार वालों के हिस्से आए और

1. अल्लाह के नाम पर दान की हुई संपत्ति

आँगन में बने खपरैल की छत वाले चार कमरे स्थानीय अभिसूचना इकाई यानी एलआईयू और विशेष अभिसूचना इकाई वालों को मिले। कोने वाला कमरा मालख़ाने का गोदाम बन गया।

शाम होने वाली थी और रूटीन के हिसाब से बैडमिंटन खेलने का वक़्त हो चला था। रेडियो विभाग के प्रभारी शानदार हुसैन और एलआईयू वाले दारोग़ा जी फतेहयाब मियां बैडमिंटन का नेट बाँध रहे थे। दीवान जी मलिक और अनिल कुमार कोर्ट की सफ़ाई में व्यस्त थे। कोतवाली का गेट होमगार्ड की और पूरा दफ़्तर एक मुंशी की निगरानी में रह गया। चार आदमी कोर्ट पर पहुँच गए, एक रेफ़री बन गया। बाक़ी के तमाम लोग दर्शक दीर्घा में यानी कि कोतवाल दफ़्तर के चबूतरे पर विराजमान हो गए। जिनको इधर जगह नहीं मिली वे अभिसूचना इकाई की पुरानी, टूटी बैंच पर प्रकट हुए।

आख़िरकार, खेल शुरू हुआ। रोज़ाना की तरह तक़रीबन तीन-चार घंटे तक अलग-अलग योद्धाओं ने रैकेट को तलवार की तरह भांजा और फिर अंधेरा होते-होते थक कर निढाल हो गए। लाइट का उन दिनों को भरोसा न था इसलिए रौशनी के साथ खेल का सिमटना लाज़िमी था। उस रोज़ का खेल ख़त्म हुआ,नेट खुला, खिलाड़ी और दर्शक अपने-अपने काम पर रवाना हो गए। लेकिन खेल सिर्फ़ बैडमिंटन का ख़त्म हुआ था, पुलिसिया खेल तो अब शुरू होना था। वैसे भी बैडमिंटन का खेल तो कोतवाली में कुछ ही दिन पहले शुरू हुआ था। मगर जिस खेल का यहाँ ज़िक्र हो रहा है वह पुलिसिया खेल इस कोतवाली में बरसों से जारी था।

बहरहाल खेल तो खेल है। खेल के कुछ नियम-क़ायदे भी होने चाहिए। लेकिन पुलिस अपने खेल के नियम ख़ुद तय करती है। अमरोहा कोतवाली के उस खेल में खिलाड़ी कौन था और दर्शक कौन, इसे लेकर सस्पेंस शायद कभी ख़त्म नहीं हो पाएगा। मगर जब तक खेल ख़त्म हुआ, इसमें फँसकर सैकड़ों लोगों के जीवन के सुनहरे साल ख़त्म हो गए। जो इस खेल में फँस गया वह बरसों बरस जेल में गुज़ार कर ही बाहर निकला।

खेल क्या था, कोतवाली के कोने वाले कमरे में जो गोदाम था, वहाँ से एक विशेष 'प्रसाद' का वितरण होता था। इस प्रसाद की पोटली जिस क़ैदी के साथ अदालत पहुँच जाती वह बरसों, बरस ज़मानत को तरस जाता था। यह खेल शुरू हुआ था 1990 के दशक में। तब तक अमरोहा ज़िला नहीं बना था और ज्योतिबा फुले नगर जैसा शब्द यहाँ के लोगों ने सपने में भी नहीं सुना था। उन दिनों अमरोहा मुरादाबाद ज़िले की एक तहसील हुआ करता था। उसी दौरान, एक

दिन पुलिस ने रुटीन चैकिंग के लिए एक ट्रक को रोका। ड्राइवर से पूछा गया कि ट्रक में क्या लदा है। उससे सामान से जुड़े काग़ज़ात दिखाने को कहा गया। ड्राइवर ने इधर-उधर की बातें कीं लेकिन वह पुलिस के सवालों का संतोषजनक उत्तर नहीं दे पाया। बातचीत में पुलिस को ट्रक ड्राइवर की तमाम बातें संदिग्ध-सी लगीं।

जब शक बढ़ा तो ट्रक में लदे माल को जाँचा गया। ट्रक में बोरियाँ लदी थीं। उन बोरियों में कुछ भूसे जैसी चीज़ थी। ड्राइवर उसे कृषि अपशिष्ट बता रहा था लेकिन पुलिस ठहरी पुलिस। पुलिस वाले देखते ही भाँप गए कि ट्रक में जो माल लदा है वह मादक पदार्थों की श्रेणी में आने वाली अफ़ीम का डोडा चूरा था। असल में पोस्त के पौधे पर जब फूल आता है तो उसके ठीक नीचे एक गाँठ जैसी होती हैं। इस गाँठ में से बीज निकलते हैं जिन्हें ख़शख़श या पोस्त दाना कहते हैं। इसी गाँठ के हरा रहते यदि चीरा लगा दिया जाए तो एक दूधिया पदार्थ निकलता है। निकलने वाला यह दूध या गोंद जैसा रस असल में अफ़ीम होता है। ख़शख़श और अफ़ीम निकलने के बाद तने और गाँठ का बचा हुआ अपशिष्ट यानी भूसा डोडा चूरा कहलाता है।

नशीली दवाओं और मादक पदार्थों से जुड़े क़ानून, यानी एनडीपीएस ऐक्ट के तहत अफ़ीम या अफ़ीम के पेड़ का कोई हिस्सा जैसे पोस्त या भूसी निर्धारित तादाद से ज़्यादा अपने पास रखना जुर्म है। पकड़े गए पदार्थ की मात्रा ढाई किलो से ज़्यादा है तो ये व्यावसायिक श्रेणी की अनुमति से भी ज़्यादा माना जाता है। यहाँ तो पूरा एक ट्रक भरा हुआ था लेकिन ड्राइवर के पास जो क़ाग़ज़ थे उनमें कहीं भी डोडा चूरा का ज़िक्र नहीं था। ज़ाहिर है कि ट्रक में नशीला पदार्थ ग़ैर-क़ानूनी तरीक़े से ले जाया जा रहा था।

नियमानुसार, पुलिस ने ट्रक ड्राइवर और क्लीनर को गिरफ़्तार करके जेल भेज दिया। ट्रक में लदा डोडा चूरा अब केस प्रॉपर्टी यानी अपराध से जुड़ा सबूत था जिसकी हिफ़ाज़त मामले का निबटारा होने तक स्थानीय पुलिस को करनी थी। इसके बाद अदालत इसके निबटारे के लिए जो व्यवस्था करती वह पुलिस को पूरी करनी थी। पुलिस ने पकड़े गए डोडा चूरे को सील करके कोतवाली के माल ख़ाने में जमा करा दिया। कुछ दिन बाद ट्रक मालिक ने अपने ट्रक की ज़मानत करा ली लेकिन डोडा चूरा मामले के निबटारे तक मालख़ाने में ही रहना था।

कुछ महीने बाद ड्राइवर, क्लीनर भी ज़मानत पर रिहा हो गए लेकिन केस चलता रहा। अदालत में तारीख़ पर तारीख़ पड़ती रहीं। इस बीच अमरोहा अब हसनपुर और मंडी धनौरा तहसील को मिलाकर नया ज़िला बन चुका था। अमरोहा शहर के एक सिरे पर बहने वाली बान नदी अब तक़रीबन विलुप्त हो

चुकी थी जबकि दूसरे सिरे पर बहने वाली सोत नदी अब नाला थी और उसकी गहराई की कहानियाँ अब किंवदंती बन कर रह गई थीं। कुल मिलाकर बरसों, बरस गुज़र गए और मामले का निबटारा नहीं हुआ।

कोई आठ या दस साल बाद सुनवाई सबूत और गवाहों तक पहुँची। इस दौरान एक दिन बचाव पक्ष के वकील ने अदालत में कहा कि इस केस में पुलिस का दावा झूठा है। उसके मुवक्किल के ट्रक से पुलिस ने कोई नशीला पदार्थ बरामद नहीं किया था। इस पर सरकारी वकील ने पुलिस की तरफ़ से अदालत में पकड़े गए पदार्थ की रासायनिक जाँच यानी एफएसएल रिपोर्ट पेश की। इस रिपोर्ट से साबित होता था कि पुलिस ने जो माल बरसों पहले पकड़ा था वह डोडा चूरा ही था। लेकिन अदालत से अपराधियों को सज़ा दिलाना इतना आसान नहीं है। अब पुलिस को साबित करना था कि उसने जो पदार्थ पकड़ा था वह तय मात्रा सीमा के भीतर था या नहीं।

वैसे भी एनडीपीएस से जुड़े मामलों में सज़ा होने की दर काफ़ी कम है। इस तरह के मामलों में औसतन सैंतीस फ़ीसदी आरोपियों को ही सज़ा हो पाती है जबकि बाक़ी बाइज़्ज़त बरी हो जाते हैं। बहरहाल, बचाव पक्ष के वकील ने कहा कि पकड़े गए पदार्थ के डोडा चूरा होने पर उन्हें कोई शक नहीं है। उनका सवाल पकड़े गए पदार्थ की मात्रा को लेकर था। वकील ने कहा कि पुलिस का दावा ग़लत है। किलो दो किलो की बात मानी जा सकती है लेकिन आरोपियों के पास से एक ट्रक डोडा चूरा बरामद हो ही नहीं सकता। अगर पुलिस का दावा ठीक है तो एक ट्रक माल उसके पास होगा ही। पुलिस बस इतना करे कि उसका भौतिक परीक्षण करा दे।

बचाव पक्ष के वकील की दलील मज़बूत थी। एक तो पुलिस को अब एक ट्रक डोडा चूरा साबित करना था। दूसरे, बचाव पक्ष क़ानून के एक प्रावधान का फ़ायदा लेने की फ़िराक़ में था। एनडीपीएस एक्ट के तहत नशीले पदार्थ की मात्रा कम है तो महज़ एक साल तक की सज़ा का प्रावधान है जबकि यह साबित हो जाए कि नशीले पदार्थ की मात्रा व्यावसायिक सीमा से ज़्यादा है तो आरोपी को बीस साल तक की सज़ा और दो लाख रुपये तक का जुर्माना हो सकता है।

एक ट्रक डोडा चूरा का भौतिक सत्यापन न होना था और न हुआ। होता भी कैसे? वह तो पुलिस पहले ही धीरे-धीरे करके ठिकाने लगा चुकी थी। अरे नहीं। आप ग़लत समझ रहे हैं। पुलिस कोई नशा थोड़े न करती है। इसमें कोई शक नहीं है कि पुलिस ने डोडा चूरा ही पकड़ा था। इस बात में भी शंका का कोई आधार नहीं है कि जो ट्रक पकड़ा गया था वह डोडा चूरा से पूरा लदा था।

तो फिर एक ट्रक डोडा चूरा गया कहाँ?

दरअसल पुलिस उस डोडा चूरा से पूरे मुरादाबाद मंडल में अपराधियों की खेती कर रही थी। मंडल भर में कोई भी अपराधी, चाहे किसी भी मामले में पकड़ा जाता, पुलिस उसके मामले में एनडीपीएस की धारा जोड़ने के लिए एक पोटली डोडा चूरा बरामद दिखा देती। इस खेल से यह होता कि अपराधी को कम-से-कम छह महीने तक ज़मानत न मिलना सुनिश्चित हो जाता। कई ऐसे आरोपी जिनके पास हाईकोर्ट तक जाने के संसाधन न थे, वे तो एनडीपीएस ऐक्ट लगने के बाद बरसों-बरस भी जेल से बाहर ही न आ पाए।

एक ट्रक माल से इस दौरान कम-से-कम 500 लोग तो एनडीपीएस ऐक्ट के आरोपी बना ही दिए गए होंगे। यूँ समझिए कि पुलिस ने कोई छोटा-मोटा चोर पकड़ लिया तो वह हफ़्ते या दस-पंद्रह दिन में ज़मानत पर रिहा हो जाता है। ऐसे में जेल भेज भी दिया तो जितनी देर वह जेल में रहेगा, उससे ज़्यादा की तो पुलिस की जनरल डायरी और केस डायरी के पन्ने काले हो जाते हैं। ऐसे में पुलिस मामूली जेबकतरों और चोरों को भी एनडीपीएस ऐक्ट के तहत आरोपी बना देती है। वे सोचते हैं कि अब पकड़ ही लिया है तो कम-से-कम छह महीने को तो जेल जाना ही चाहिए। इसके लिए क़रीब सौ दो सौ नशे की गोलियां या फिर दो-ढाई किलो डोडा चूरा बरामद दिखा देते हैं।

इस दो-ढाई किलो की पोटली के वज़न में जाने कितने आरोपी दब कर मर जाते हैं। ज़िला या सेशन अदालत से तो ज़मानत भूल ही जाइए। हाईकोर्ट जाने और वकीलों की फ़ीस चुकाने भर के पैसे सभी लोगों के पास नहीं होते। ऐसे में पुलिस की इस लपेट में कई निर्दोष भी आए और उनकी ज़िन्दगी जेल में ही निपट गई। रिकॉर्ड के हिसाब से अमरोहा ज़िले के 11-12 थानों में नशे के सैकड़ों कारोबारी हैं। हर दूसरा-तीसरा अपराधी उन दिनों डोडा चूरा ज़रूर बेचता था। चाहे वह जेबकतरा हो, चाहे मामूली सटोरिया।

लेकिन ये सब अपराधी डोडा चूरा लाते कहाँ से थे? अदालत के आदेश पर भौतिक सत्यापन हुआ तो पता चला कि नशीले पदार्थ का ज़िले भर में एक ही स्रोत है, और वह है अमरोहा कोतवाली का मालख़ाना। जिस ट्रक से डोडा चूरा पकड़ा गया, जब अदालत में साबित करने की बारी आई तो उसमें पुलिस दो किलो की मात्रा भी साबित नहीं कर पाई। आख़िर में पुलिस ने कहा कि कोतवाली के मालख़ाने में रखे डोडा चूरे को चूहे और दीमक निगल गए। लेकिन इससे क्या? असली अपराधी सबूत के अभाव में बरी हो गए लेकिन उनके अपराध में सैकड़ों लोगों की ज़िन्दगियाँ जेल की सलाख़ों के पीछे कट गईं।

चाय, नाश्ता और गुडवर्क

उत्तर प्रदेश के अमरोहा ज़िले में मलकपुर नाम का एक छोटा-सा गाँव है। ज़िला मुख्यालय से क़रीब चालीस किलोमीटर दूर बसा यह गाँव इतना छोटा है कि अपने ही छोटे से ज़िले के अख़बार के किसी छोटे से कोने में बरसों बरस जगह नहीं पाता है। इससे ही मलकपुर की मौजूदा अहमियत का पता चलता है। गंगा की खादर में बसा यह गाँव अपने ब्लॉक मुख्यालय गंगेश्वरी से भी ग्यारह किलोमीटर की दूरी पर है। यहाँ की ख़बर छोड़िए, दुनिया की ख़बरें यहाँ तक पहुँचने में पहले कई दिन लग जाते थे।

मलकपुर कब बसा कोई नहीं जानता। पास ही में गंगा बहती है और यह खादर का इलाक़ा कहलाता है। एक ज़माने में यहाँ घने जंगल हुआ करते थे। गंगा के उस पार अनूपशहर और इस पार संभल के लिए जाने वाले मुख्य मार्ग के आस-पास बसे गाँवों में मलकपुर भी एक है। ज़िन्दगी की रफ़्तार यहाँ धीमी है और पिछड़ापन दूर से ही नज़र आ जाता है। लेकिन 2019 में थाना आदमपुर इलाक़े का यह गाँव अचानक सुर्ख़ियों में आ गया।

हुआ यूँ कि इस गाँव के रहने वाले सुरेश खड़गवंशी की बेटी विमलेश अचानक ग़ायब हो गई। विमलेश के परिवार ने आरोप लगाया कि सुरेश की अपने भाइयों से ज़मीन के मसले में रंजिश चल रही है। उन्होंने शक जताया कि इसी रंजिश के चलते उनकी बेटी का अपहरण कर लिया गया है। पुलिस ने शुरू में मामला रफ़ा-दफ़ा करना चाहा लेकिन जब स्थानीय नेताओं का दबाव पड़ा तो शिकायत दर्ज करके जाँच शुरू कर दी।

सुरेश खड़गवंशी का परिवार आर्थिक तौर पर बहुत मज़बूत नहीं था फिर भी किसी तरह गुज़र-बसर हो रही थी। गाँव के किनारे पर सुरेश के पास खेती की कुछ पुश्तैनी ज़मीन थी। हालाँकि इससे होने वाली आमदनी परिवार का ख़र्च पूरा करने लायक़ नहीं थी। घर की महिलाएँ खेती में हाथ बँटाया करतीं और पुरुष खेती के अलावा दूसरी जगहों पर मज़दूरी कर लिया करते। इस तरह परिवार की गाड़ी किसी तरह से खिंच ज़ाती थी। कुल मिला कर दिन आराम से

नहीं तो बहुत मुश्किल में भी नहीं गुज़र रहे थे। सब-कुछ ठीक सा ही था लेकिन अचानक एक दिन एक हादसा हो गया।

बात लगभग नवंबर 2019 के आख़िरी हफ़्ते की है। सुरेश की बेटी विमलेश खड़गवंशी घर से निकली और फिर लौट कर नहीं आई। विमलेश के इस तरह अचानक से ग़ायब होने से परिवार में कोहराम मच गया। उस दिन विमलेश सुबह के वक़्त घर से यह कहकर निकली थी कि वह खेत पर जा रही है। घरवालों के लिए यह कोई अनोखी बात नहीं थी। अक्सर वह पिता और भाई का हाथ बँटाने खेत पर चली जाती थी। उस दिन खेत में सिंचाई भी हो रही थी। ऐसे में विमलेश की माँ को लगा कि वह खेत पर जाकर कुछ काम ही करा लेगी। माँ आश्वस्त थी लेकिन दोपहर को विमलेश का भाई रूप किशोर खाना लेने घर आया तो घर में हंगामा बर्पा गया। उसने बताया कि विमलेश तो खेत पर पहुँची ही नहीं है।

विमलेश उस रोज़ न तो खेत पर पहुँची और न ही शाम होने पर घर लौट कर आई। जैसे-जैसे घड़ी की सुइयाँ आगे बढ़ती रहीं, वैसे-वैसे उसके परिजनों की बेचैनी बढ़ती गई। शुरू में ऐसा लगा कि शायद विमलेश किसी सहेली के घर चली गई है और शाम से पहले लौट आएगी। लेकिन अब अंधेरा घिरने लगा था और उसका कहीं अता-पता न था। रात आते-आते विमलेश की गाँव में तलाश शुरू हुई। तमाम रिश्तेदारों और जान-पहचान वालों के घर पूछताछ की गई लेकिन विमलेश को न मिलना था और न वह मिली।

रात जैसे-तैसे कटी। अगले दिन सुरेश खड़गवंशी अपनी पत्नी के साथ नज़दीक़ के पुलिस स्टेशन पहुँचे और पुलिस को विमलेश के ग़ायब होने की सूचना दी। पुलिस ने शुरूआती आनाकानी के बाद विमलेश की तलाश शुरू की। दिन भर आस-पास के इलाक़ों में उसको तलाश किया, लोगों से पूछा, गश्ती टोली और चौकीदारों से ख़बर माँगी, वायरलेस संदेश भेजे, मुख़बिरों को सक्रिय किया लेकिन विमलेश के बारे में कोई जानकारी न मिली। जब कोई सुराग़ नहीं मिला तो उसकी गुमशुदगी दर्ज कर ली गई।

मुक़दमा दर्ज करके पुलिस ने सबसे पहले विमलेश के रिश्तेदारों से पूछताछ की। इस दौरान उसकी माता ने पुलिस को बताया कि सुरेश खड़गवंशी की अपने भाइयों से आपसी रंजिश है। उन्होंने शक जताया कि विमलेश के ग़ायब होने के पीछे सुरेश के बड़े भाई रोहताश का हाथ हो सकता है। रोहताश और सुरेश के बीच पहले भी लड़ाइयाँ हो चुकी थीं। पुलिस ने गाँववालों से इस बात की पुष्टि की तो गाँववालों ने भी माना कि दोनों भाई आपस में दुश्मनी रखते हैं। इसके

बाद पुलिस ने भी मान लिया कि रोहताश या उसके नज़दीकी रिश्तेदारों ने ही विमलेश को ग़ायब कराया है।

विमलेश के भाई रूप किशोर की तहरीर पर उसके ताऊ रोहताश खड़गवंशी, ताई खेमवती खड़गवंशी और रोहताश के दामाद हरफूल सिंह के ख़िलाफ़ अपहरण की धाराएँ मुक़दमे में दर्ज कर ली गईं। पुलिस ने अपनी रिपोर्ट में हरफूल के एक मित्र होराम को भी नामज़द किया। पुलिस ने मुक़दमा भी दर्ज कर लिया और अपनी शुरूआती पूछताछ के आधार पर लोगों को आरोपी भी बना दिया लेकिन इसके बाद आगे पूछताछ करना ज़रूरी नहीं समझा। मामला दर्ज करने के अगले ही दिन अमरोहा पुलिस ने दो आरोपियों, हरफूल और होराम को गिरफ़्तार करके जेल भेज दिया। इसके बाद पुलिस शांत होकर बैठ गई लेकिन न विमलेश ज़िंदा बरामद हुई और न ही उसकी लाश मिली।

इधर रोहताश अभी भी फ़रार था। पुलिस मान कर बैठी थी कि रोहताश को मालूम है कि विमलेश कहाँ गई। उसके गिरफ़्तार होते ही विमलेश का सुराग़ मिल जाएगा। पुलिस को रोहताश की तलाश थी लेकिन वह पुलिस के हाथ नहीं आया। वह ख़ुद को बेगुनाह साबित करने के लिए इधर-उधर दौड़ता फिर रहा था। इस बीच कई महीने गुज़र गए। पुलिस न विमलेश का सुराग़ ढूँढ़ पाई और न रोहताश को गिरफ़्तार कर पाई। इधर पुलिस अदालत में कोई सबूत न पेश कर पाई तो हरफूल और होराम को ज़मानत मिल गई।

रोहताश इलाक़े के विधायक, क्षेत्र के सांसद और राज्य सरकार में मंत्रियों समेत तमाम अफ़सरों के यहाँ अपने बेगुनाह होने की गुहार लगाता घूम रहा था। उसने मुख्यमंत्री और तमाम आला अधिकारियों को पत्र लिख कर अपने आपको बेवजह फँसाए जाने की शिकायत दर्ज कराई। अपने पत्रों में उसने मामले की सही से तफ़्तीश कराने की माँग की। आख़िर शासन ने उसकी शिकायतों पर संज्ञान लिया और पुलिस अधिकारियों को नियमानुसार कार्रवाई करने के लिए कहा। ऊपर से दबाव पड़ा तो पुलिस की नींद में ख़लल पड़ा। मामले की नए सिरे से तफ़्तीश शुरू हुई। विमलेश और उसके तमाम जानने वालों के कॉल डिटेल खंगाले गए, इधर-उधर लोगों से पूछताछ हुई। इस सबके आधार पर पुलिस ने आख़िर में तय पाया कि हो-न-हो, यह मामला ऑनर किलिंग यानी परिवार के कथित सम्मान के नाम पर बेटी की हत्या का है।

इस जाँच के बाद रोहताश का नाम एफआईआर से निकाल दिया गया। नए तथ्यों के आधार पर दिसंबर 2019 में पुलिस ने मामले में विमलेश के पिता सुरेश, भाई रूप किशोर और रूप किशोर के एक दोस्त देवेंद्र को आरोपी बना

दिया। इन तीनों को इस सबकी भनक भी न लगी। वे कुछ कर पाते, इससे पहले ही पुलिस ने दबिश देकर तीनों को अपने-अपने घर से गिरफ़्तार कर लिया।

पुलिस महकमे का एक दस्तूर है। जब भी किसी आपराधिक वारदात से जुड़े आरोपी पकड़ में आते हैं, तब पुलिस अपने कथित 'गुडवर्क' का ज़ोर-शोर से ढिंढोरा पीटती है। बाक़ायदा पत्रकार बुलाए जाते हैं। उनको चाय-नाश्ते के साथ घटना से जुड़ी जानकारियाँ परोसी जाती हैं। बताया जाता है कि किस तरह दिन-रात एक करके, जान पर खेल कर आरोपियों को दबोचा गया है। एक प्रेस विज्ञप्ति बना कर दी जाती है और उम्मीद की जाती है कि यह लंबी-चौड़ी विज्ञप्ति अगले दिन के अख़बार में ज्यों-की-त्यों बड़ी-सी तस्वीर के साथ छप जाएगी। यह ऐसा ही है जैसे पुराने ज़माने में हाँका देकर शिकारी आदमखोर शेर को घेर कर मार लेते थे फिर उसके शव पर पैर रखकर तस्वीरें निकलवाते थे।

थाना स्तर पर ख़बर जुटाने के काम अक्सर स्ट्रिंगर यानी दिहाड़ी पर काम करने वाले पत्रकार करते हैं। आम दिनों में शायद थाने का सिपाही भी उनकी बात सुनना पसंद नहीं करता। लेकिन जब गुडवर्क की छपाई का मामला होता है तो उनकी मिन्नतें की जाती हैं। पुलिस से अचानक इतना सम्मान पाकर स्थानीय पत्रकार भी भाव-विभोर हो जाते हैं। उनके सामने जो बोल दिया जाता है या विज्ञप्ति में जो लिखकर दे दिया जाता है, वे उसको ज्यों-की-त्यों ख़बर बना कर आगे बढ़ा देते हैं। यह तफ़्तीश करने की ज़हमत कोई नहीं उठाता कि यह ख़बर पूरी तरह सही है भी या नहीं?

ख़ैर, आदमपुर थाने में पुलिस ने परम्परा निभाते हुए एक प्रेस कॉन्फ्रेंस बुलाई। पत्रकारों को चाय-नाश्ता दिया गया। इसके बाद सीना फुलाकर बड़ी-बड़ी कहानियाँ सुनाई गईं। उनको बताया गया, किस तरह दिन-रात एक करके, जासूस लगा कर, सर्विलांस सिस्टम की मदद ली गई। दर्जनों लोगों से पूछताछ की गई, गाँव-गाँव जाकर पुलिस ने ख़ाक छानी, चौकीदार और मुख़बिरों को सक्रिय किया गया तब कहीं जाकर इस मामले का खुलासा हुआ। अपनी कहानी में पुलिस ने मीडिया को बताया कि विमलेश की हत्या हो गई है और हत्यारे उसके अपने सगे हैं।

पुलिस ने जो कहानी सुनाई उसके मुताबिक़, देवेंद्र पास के गाँव में दर्ज़ी का काम करता था और रूप किशोर से उसकी दोस्ती थी। देवेंद्र ने रूप किशोर को बताया कि विमलेश का पास के गाँव के किसी युवक से 'चक्कर' चल रहा है। इस पर रूप किशोर आगबबूला हो गया और उसने अपनी बहन विमलेश की हत्या करने का फ़ैसला किया। दोस्त होने के नाते देवेंद्र उसका साथ देने के लिए

राज़ी हो गया। इसके बाद सुरेश, रूप किशोर और देवेंद्र ने मिलकर विमलेश की गोली मार कर हत्या कर दी क्योंकि वह किसी युवक के साथ भाग कर परिवार को कलंकित करने वाली थी।

पुलिस ने बताया कि सबूत मिटाने के लिए तीनों आरोपियों ने विमलेश का शव गाँव से क़रीब 12 किलोमीटर दूर ले जाकर गंगा नदी में बहा दिया है और देवेंद्र की निशानदेही पर हत्या में इस्तेमाल हुआ तमंचा बरामद कर लिया गया है। पत्रकारों ने पूछा कि विमलेश की लाश तो बह गई। अब हत्या कैसे साबित होगी। इस पर पुलिस ने कहा कि गंगा के किनारे, जहाँ पर शव बहाया गया, वहाँ से विमलेश के कपड़े और चप्पल मिले हैं। विमलेश भले ही नहीं मिली थी लेकिन उसके कपड़े और चप्पल तो मिल ही गए थे। सबूत के लिए इतना काफ़ी है।

क़त्ल में इस्तेमाल हुआ तमंचा, मुर्दे के कपड़े और चप्पल बरामद होने के बाद पुलिस की कहानी में झोल या शक की गुंजाइश तलाशने के मौक़े ही ख़त्म हो चुके थे। तमाम सबूत चीख़-चीख़ कर पुलिस की कहानी को सच साबित कर रहे थे। ऐसे में पत्रकार भी भला क्या खोजी पत्रकारिता करते। चाय, नाश्ते के साथ उन्होंने पुलिस की कहानी भी हज़म कर ली। अगले दिन के अख़बारों में पुलिस के 'गुडवर्क' को इतनी जगह मिल गई जितने में चाय-नाश्ता जायज़ ठहराया जा सके। तस्वीर के साथ तीन कॉलम की ख़बर भर में पुलिस से अगली बार के लिए पत्रकार थोड़ा बेहतर सम्मान पाने का इंतज़ाम कर चुके थे।

विमलेश का मामला मीडिया की सुर्ख़ी और फिर वक़्त के पन्नों में दफ़्न हो गया। तीनों आरोपी जेल चले गए। बात आई गई हो गई। लेकिन कहानी अभी ख़त्म नहीं हुई थी। पुलिस की कहानी में अभी एक बहुत ही बड़ा ट्विस्ट आने वाला था। पुलिस ने तो समझ लिया था कि गंगा का पानी विमलेश की कहानी को अपने साथ बहाकर ले गया है और गंगा मैया की मेहरबानी से उनकी बनाई कहानी सुपरहिट भी हो गई है। इतने दिनों में तो शायद यह कहानी गंगा की लहरों के साथ बंगाल की खाड़ी तक पहुँच कर विशाल सागर में विसर्जित भी हो गई होगी। लेकिन ऐसा नहीं हुआ।

हुआ यूँ कि पुलिस के खुलासे के क़रीब दो महीने बाद मलकपुर गाँव का एक व्यक्ति किसी काम से पास ही में बसे पौरारा गाँव गया। यह गाँव भी आदमपुर थाना क्षेत्र में ही है। इस व्यक्ति ने पौरारा में जो देखा वह उसके होश उड़ा देने के लिए काफ़ी था। वह अपना काम भूल गया और तुरंत मलकपुर लौट कर आया। वापस लौट कर उसने विमलेश के परिजनों को जो जानकारी दी वह उनके लिए एक तरह से जीवनदान की तरह थी। उस व्यक्ति ने पौरारा में

विमलेश को ज़िंदा देखा था। वह पूरी तरह आश्वस्त होकर ही लौटा था कि जिसे उसने देखा है वह कोई भूत नहीं बल्कि जीवित युवती है और विमलेश ही है।

जानकारी पाकर विमलेश के परिजन फिर से आदमपुर थाना पहुँचे। उन्होंने पुलिस को विमलेश के ज़िंदा होने की जानकारी दी। यह खुलासा पुलिस के लिए अजूबा तो नहीं था लेकिन पुलिस ने इस कहानी को मानने से इनकार कर दिया। अपनी बुनी 'मनोहर' कहानी को पुलिस भला झूठ कैसे मान लेती? पुलिस ने विमलेश के घरवालों को झिड़क कर भगा दिया। साथ ही चेतावनी भी दी कि मामले में एक-दो लोगों को और नामज़द करके जेल भेज देंगे।

जब पुलिस ने दुत्कार दिया तो विमलेश के रिश्तेदार भारतीय किसान यूनियन के स्थानीय नेताओं के पास गए। किसान यूनियन के सदस्यों ने पूरा मामला सुना। फिर पौरारा में अपने आदमी भेजकर पुष्टि कराई। बात सच थी। ग़ुस्साए किसान नेताओं ने स्थानीय लोगों को साथ लेकर आदमपुर थाना घेर लिया। हंगामा हुआ तो बात बढ़ी। बात बढ़ी तो फिर ऊपर के अधिकारियों तक पहुँची। जानकारी मिलने पर अमरोहा पुलिस अधीक्षक ख़ुद आदमपुर पहुँचे और मामले को सुना। इसके बाद उन्होंने जाँच के लिए एक पुलिस दल को पौरारा गाँव भेजा। इस जाँच से स्थानीय थाने के स्टाफ़ को अलग रखा गया।

जाँच दल ने लौट कर पुलिस अधीक्षक को बताया कि ग्रामीणों ने जो जानकारी दी है वह एकदम दुरुस्त है। जिस घर में विमलेश को देखा गया था वह उसके प्रेमी राकेश सैनी का था। इसके बाद पुलिस टीम भेजकर विमलेश और जिस घर में वह थी, उसके मालिक को बुलाया गया। अब जो पूछताछ हुई तो पुलिस को अलग ही कहानी पता लगी।

विमलेश ने पुलिस को बताया कि पौरारा के युवक से उसकी एक प्राइवेट बस में मुलाक़ात हुई। वे दोनों प्रेम में पड़ गए और छिप-छिप कर मिलने लगे। दोनों शादी करना चाहते थे लेकिन चूँकि दोनों अलग-अलग जाति के थे इसलिए विमलेश को डर था कि उसके परिजन उनका प्यार स्वीकार नहीं करेंगे। घरवालों से डरकर एक दिन वह अपने प्रेमी के साथ भाग गई। इसके बाद उसे नहीं पता कि घर पर परिवारवालों के साथ क्या हुआ। इस बीच उसने अपने घरवालों के बारे में कुछ पता करने की कोशिश भी नहीं की।

लेकिन पुलिस से चूक कहाँ हुई। पुलिस ने विमलेश के कॉल रिकॉर्ड खंगाले थे और लोगों से पूछताछ की थी। ऐसे में यह संभव ही नहीं कि प्रेम-प्रंसग का मामला उस पर खुला न हो। पुलिस को पता तो चला लेकिन कामचोरी के चलते उसने ज़्यादा ज़हमत नहीं उठाई। बस सतही जाँच की और प्रेम-प्रसंग के मामले

को ऑनर किलिंग मान कर जाँच ख़त्म कर दी। इस दौरान न विमलेश के प्रेमी से पूछताछ की गई और न उसकी तलाश करना ज़रूरी समझा।

ऐसे मामलों में अक्सर पुलिस की प्रेस कॉन्फ्रेंस में बैठे-बैठे ही पत्रकार या संवाद-सूत्र डेस्क को ब्रेकिंग ठेल देता है। अचानक टीवी स्क्रीन पर ख़बर ब्रेक होती है और स्टूडियो में बैठा हुआ एंकर उछल-उछल कर आरोपियों को अपराधी साबित कर देता है। अगले दिन का अख़बार लोगों को पुलिसिया कहानी में मिर्च-मसाला झोंक कर शानदार कहानी परोसता है और लोग उस पर यक़ीन कर लेते हैं। किसी को पता नहीं चलता कि कहानी सच है या झूठ। लेकिन विमलेश के मामले में पुलिस का झूठ खुल चुका था।

इस मामले में उच्च अधिकारियों ने जाँच बैठाई। कह दिया गया कि निष्पक्ष जाँच होगी। दोषियों के ख़िलाफ़ कड़ी कार्रवाई का आश्वासन दे दिया गया। वक़्त के साथ यह बात आई-गई हो गई। पत्रकार इस आश्वासन को भी पुलिस के चाय-नाश्ते के साथ हज़म कर गए।

आओ चोर-सिपाही खेलें

आपने जीवन में कभी चोर-सिपाही खेला है? ज़ाहिर है खेला ही होगा। बचपन में यह हमारे पसंदीदा खेलों में से एक रहा है। इस खेल में चोर चकमा देकर भागते हैं और सिपाही उनको पकड़ने की जुगत लगाते हैं। असल ज़िन्दगी में भी पुलिस के साथ ऐसा हो जाता है। यक़ीन न आए तो अलीगढ़ ज़िले की इगलास थाना पुलिस से पूछ लीजिए। बबलू नाम के एक बदमाश ने अलीगढ़ पुलिस को ऐसा छकाया कि उन्हें ज़िन्दगी भर यह क़िस्सा याद रहेगा।

इगलास उत्तर प्रदेश के अलीगढ़ ज़िले की एक तहसील है। यह ज़िला मुख्यालय से क़रीब 24 किलोमीटर दूर है। आज का इगलास किसी ज़माने के गंगापुर और असावर गाँवों के बीच बसा है। 1762 के आस-पास ग्वालियर के मराठा राजा महादजी सिंधिया ने यहाँ ऊँचे टीले पर एक गढ़ी का निर्माण कराया। इसे लोग मराठों का क़िला कहते हैं। मराठा शासन काल में इस जगह पर स्थानीय विवादों की सुनवाई हुआ करती थी। चूँकि उस ज़माने में अदालतों की ज़बान फ़ारसी थी सो अदालती कार्यवाही को इजलास कहा जाता था। बाद में यह जगह अंग्रेज़ों के क़ब्ज़े में आ गई। इसके बाद गंगापुर और असावर के बीच जहाँ आबादी फैली वह जगह इजलास के नाम से मशहूर हुई। इजलास का नाम कालांतर में बिगड़ कर इगलास हो गया।

ख़ैर, अलीगढ़-मथुरा मार्ग पर इगलास पुलिस कोतवाली है। जुलाई, 2020 में पुलिस ने आवश्यक वस्तु अधिनियम यानी ईसी एक्ट के तहत बबलू पहलवान नाम के आदमी को पूछताछ के लिए कोतवाली बुलाया। बबलू एक मामले में अपनी गिरफ़्तारी के ख़िलाफ़ हाईकोर्ट से स्टे ले आया था। उसे लगा होगा कि गिरफ़्तारी तो होने से रही। बबलू पहलवान अपनी स्कॉर्पियो कार से कोतवाली पहुँचा तो वहाँ मौजूद बेसवां चौकी इंचार्ज योगेंद्र सिंह धामा और गोरई चौकी इंचार्ज शक्ति राठी ने उसको हिरासत में ले लिया। हिरासत में लेने के बाद बबलू को एक कमरे में बैठा दिया गया। उसकी गाड़ी कोतवाली प्रांगण में ही एक कोने में खड़ी करा दी गई।

बबलू पहलवान अलीगढ़ ज़िले के मोहकमपुर गाँव का प्रधान था। लेकिन आरोप था कि वह राजनीति के अलावा तेल और शराब का अवैध कारोबार भी

करता है। उसके ख़िलाफ़ इगलास कोतवाली में ईसी ऐक्ट के अलावा आबकारी अधिनियम के तहत भी एक मामला लंबित था। सुबह से दोपहर हो गई लेकिन बबलू से न पूछताछ हुई और न कोई अधिकारी उसके पास आया। वह एक कमरे में अकेला बैठा रहा। जब बहुत देर तक किसी ने कोई ख़ैर ख़बर नहीं ली तो बबलू ने बाहर खड़े सिपाही को इशारे से पास बुलाया।

बबलू ने सिपाही से कहा कि उसे लघुशंका के लिए जाना है। सिपाही ने उसे वहीं ठहरने के लिए कहा और ड्यूटी पर मौजूद दारोग़ा से इजाज़त लेने के लिए चला गया। बबलू ने मौक़ा ग़नीमत जाना और वह कमरे से खिसक लिया। बाहर निकला तो उसने देखा कि कोतवाली के गेट पर पहरा है। मुख्य रास्ते से निकलता तो पकड़ा जाता। उसने जुगत लगाई और कोतवाली की दीवार फाँद कर भाग गया। सिपाही कमरे में वापस आया तो उसके होश उड़ गए।

सिपाही ने शोर मचाया लेकिन तब तक देर हो चुकी थी। आनन-फ़ानन में बबलू को पकड़ने के लिए पुलिस टीमें दौड़ाई गईं। सभी चौकी, नाकों और आस-पास के थानों को फ़ोन किया गया। एक टीम बबलू के घर उसकी तलाश में पहुँची। उसके तमाम साथियों और जान-पहचान वालों के यहाँ तलाश किया गया लेकिन बबलू पुलिस के हाथ नहीं लगा। बबलू की स्कॉर्पियो अभी तक कोतवाली में ही खड़ी थी लेकिन गाड़ी की चाबी उसके पास थी।

पुलिस परेशान थी कि उसकी हिरासत से एक शातिर तेल माफ़िया भाग निकला। बात ऊपर के अधिकारियों तक पहुँच चुकी थी। कोतवाली का तमाम स्टाफ़ बबलू की तलाश में जुटा था लेकिन वह कोतवाली के पास ही छिपा था। वह अपनी गाड़ी वहाँ से निकालने की फ़िराक़ में था। इतने में उसे अपना साथी जगदीश शर्मा उर्फ़ डाले आता हुआ नज़र आया। उसका दिमाग़ तेज़ी से दौड़ रहा था। बबलू पहलवान को मालूम था कि कोतवाली का तमाम स्टाफ़ उसकी तलाश में जुटा है, ऐसे में गाड़ी की तरफ़ किसी का ध्यान नहीं जाएगा।

बबलू ने जगदीश शर्मा को अपनी योजना समझाई। जगदीश न तो पुलिस के रडार पर था और न ही कोतवाली में कोई उसे पहचानता था। वैसे भी कोतवाली में उस वक़्त कुछ होमगार्ड और एक-दो सिपाही ही थे। बाक़ी सभी लोग बबलू की तलाश में इधर-उधर ख़ाक छान रहे थे। जगदीश शर्मा आराम से कोतवाली में गया। वह बबलू की गाड़ी में जाकर बैठ गया और गाड़ी स्टार्ट की। उसे न किसी ने रोका और न किसी ने टोका।

जगदीश बड़े आराम से गाड़ी लेकर कोतवाली से निकल आया। बाहर निकल कर वह बबलू की बताई जगह पर पहुँचा। वहाँ बबलू पहलवान को गाड़ी में बैठाया और दोनों फ़रार हो गए। पुलिस टीमें जब कोतवाली लौटीं तो उन्होंने

बबलू की कार ग़ायब पाई। कोतवाली स्टाफ़ के होश उड़ गए। एक तो पहले से ही आरोपी ग़ायब था, अब उसकी कार भी फ़रार हो गई। तो क्या बबलू खुद गाड़ी लेकर भाग गया था?

कोतवाली गेट पर लगे सीसीटीवी कैमरे की फ़ुटेज खंगाली गईं। उससे पता चला कि एक शख़्स आराम से टहलता हुआ कोतवाली में आया। कुछ देर कोतवाली में टहला और फिर गाड़ी स्टार्ट करके वहाँ से निकल लिया। किसी ने उससे पूछना भी गवारा नहीं किया कि तुम कौन हो और गाड़ी क्यों लेकर जा रहे हो। फ़ुटेज से कार ले जाने वाले की फ़ोटो निकाली गई। बबलू के गाँव के लोगों को दिखाई गई। स्थानीय लोगों ने उसकी शिनाख़्त जगदीश शर्मा के रूप में की।

अब पुलिस को बबलू पहलवान के साथ-साथ जगदीश शर्मा की भी तलाश थी। शाम होते-होते पुलिस ने जगदीश को बबलू पहलवान की स्कॉर्पियो कार समेत दबोच लिया। उसके पास से पुलिस को एक अवैध तमंचा भी मिला, लेकिन बबलू गाड़ी में नहीं था। इसके बाद पंद्रह दिन गुज़र गए मगर बबलू पहलवान का कहीं कोई अता-पता न था। उसकी धरपकड़ के लिए पुलिस लगातार दबिश दे रही थी। अदालत से उसके खिलाफ़ धारा 82 और 83 के तहत कुर्की का नोटिस जारी कराने की कोशिशें की गईं। उसके दो-दो साथियों को पूछताछ के लिए पकड़ा गया लेकिन उनसे जब कुछ हासिल न हुआ तो उनको निजी मुचलकों पर रिहा कर दिया गया।

बबलू इगलास से भाग कर पहले मथुरा पहुँचा और फिर वहाँ से आगरा चला गया। कुछ दिन आगरा में रहने के बाद वह नोएडा भाग गया। नोएडा में उसे अपने पकड़े जाने का डर था। वह इलाहाबाद हाईकोर्ट से अपनी गिरफ़्तारी पर रोक लगवाने की कोशिशें करता रहा। इस दौरान कुछ दिन हरियाणा के रोहतक में भी छिपा रहा। पुलिस उसकी लगातार तलाश कर रही थी और वह पुलिस को लगातार चकमा दे रहा था।

जब बबलू को लगा कि पुलिस अब शांत होकर बैठ गई होगी तो वह अपने गाँव लौट आया। पुलिस को तब भी उसका पता न चलता। वह तो उससे रंजिश रखने वाले किसी शख़्स ने पुलिस से उसकी मुख़बिरी कर दी। पुलिस ने मोहकमपुर में बबलू के घर को घेर लिया। बबलू पहलवान आख़िर पकड़ा गया लेकिन इस दौरान भी उसका एक साथी घर से पुलिस को चकमा देकर भाग निकला।

एक मामूली अपराधी क़रीब बीस दिन तक पूरे ज़िले की पुलिस को दौड़ाता रहा। इससे अंदाज़ा लगाया जा सकता है कि पुलिस कितनी मुस्तैद है। यह क़िस्सा जानने के बाद भी क्या पुलिस की मुठभेड़ वाली कहानियों पर यक़ीन किया जा सकता है?

दारोग़ा जी का तोता

लखनऊ का नाम लखनऊ कैसे पड़ा, इसे लेकर तमाम विद्वान और इतिहासकार कभी एकमत नहीं हो पाए। पढ़े-लिखे व्यक्ति कभी एक बात पर ऐसे भी सहमत नहीं हो पाते हैं। सहमत तो लोग अभी इस बात पर भी नहीं हैं कि यह लखनऊ है या नखलऊ?

वैसे लखनऊ का नाम लखनऊ होने के पीछें दो प्रचलित मत हैं। इन दोनों ही दावों की बुनियाद इतिहास और ऐतिहासिक ज्ञान से ज़्यादा धर्म और धार्मिक विभाजन पर टिकी है। एक पक्ष है जो कहता है कि यह इलाक़ा कौशल राज्य का हिस्सा था, यानी राजा दशरथ के पुत्र मर्यादा पुरुषोत्तम राम की विरासत था। उन्होंने अपने भाई लक्ष्मण को यह इलाक़ा भेंट कर दिया, और उनके नाम पर यह लखनऊ कहलाने लगा। एक दूसरा पक्ष है जो कहता है कि सन् 1523 के आस-पास यहाँ बिजनौर के शेख़ आकर बसे। उन्होंने वास्तुविद लखना पासी की देख-रेख में इस जगह पर एक क़िला बनवाया। लखना का यह क़िला कालांतर में लखनऊ नाम से जाना गया।

बहरहाल, कहने को लखनऊ नवाबों का शहर है मगर लखनऊ के लोगों में बस नाम की नवाबी रह गई है। ऐसे तो बरसों पहले अंग्रेज़ यहाँ से नवाबियत ख़त्म कर गए थे। जो कुछ बची है वह बस अतीत की चिरांध (मुसीबत) है। ग़ौर किया जाए तो लखनऊ शहर में बस अब अवध, पहाड़ी और पूर्वांचली इलाक़ों के रहने वाले बाबू पाए जाते हैं।

तथ्य यह भी है कि यहाँ थोक के भाव नेता मिलते हैं। सड़कों पर निकल जाइए तो विधायक, पार्षद भी थोक में ऐसे नज़र आते हैं जैसे सब्ज़ी मंडी में टमाटर, आलू। पुराने लोग कहते हैं कि कभी इस शहर में तहज़ीब भी रहती थी। अब कहाँ गई, किसी को नहीं पता। शायद लॉर्ड डलहौज़ी के सिपाही आख़िरी नवाब के साथ उसको भी गिरफ़्तार करके ले गए होंगे। अब यहाँ अबे, तबे और कइबे रहते हैं। इन्हीं सबके बीच अपने दारोग़ा राम भुलावन भी समय गुज़ार रहे हैं।

राम भुलावन रहने वाले तो पूर्वांचल में कहीं के थे मगर अब यहीं नखलऊ, सॉरी लखनऊ में अपना एक आशियाना बना लिया था। पीएसी में दारोग़ा थे और

इसी बीच कभी लखनऊ में पोस्टिंग मिल गई। फिर राजधानी में रहते-रहते ही सिर छिपाने के लिए छत का जुगाड़ कर लिया। अब उनकी ज़िन्दगी मज़े में कट रही थी।

दारोग़ा जी का अपना घर था, और उस घर में एक भरा-पूरा परिवार भी। परिवार का मन लगा रहे और बच्चों का दिल बहलता रहे, यही सोचकर उन्होंने घर में एक तोता भी पाल लिया था। कुल मिलाकर अब दारोग़ा जी इस घर में अकेले ऐसे प्राणी नहीं थे जो दारोग़न की हर जायज़-नाजायज़ बात पर 'टें' बोल जाया करते थे। दारोग़ा जी की ही तरह उस तोते की जान, सॉरी कमान भी दारोग़न के ही हाथ में थी। तोता बेगम का लाडला था और मुँहलगा भी। दारोग़ा जी भी बेगम के इतने ही लाड़ले थे, इस बारे में सही-सही दावा नहीं किया जा सकता।

अब होता यूँ था कि दारोग़ा जी तो अक्सर ड्यूटी पर ही रहते। बच्चे स्कूल चले जाते थे। घर में अकेली दारोग़न रह जातीं और उनका तोता। तोता दोपहर तक दारोग़न का और फिर जब बच्चे स्कूल से लौट आते तो उनका खिलौना हो जाता। ख़ूब पटर-पटर बोलता था। लखनऊ में रहता था, सो मेहमानों के लिए आदर सत्कार के कुछ शब्द भी बोलना सीख गया था। 'कैसे हैं आप', 'कब आए' और 'अब कब जाएँगे आप' जैसे सवाल भी मेहमानों से कर लेता था। मेहमान बुरा मान जाएँ तो मीठी-मीठी बातें करके मना भी लेता। ग़रज़ यह कि तोता घर में हर वह काम करता था जो दारोग़ा जी दफ़्तर में करते थे। अकड़ से लेकर जी हुज़ूरी तक

लेकिन समय हमेशा एक-सा नहीं रहता। एक दिन दारोग़ा जी के घर की ख़ुशियों को किसी की नज़र लग गई। मंगलवार का दिन था। दारोग़न पूजा करके मंदिर से आईं और फिर किसी काम से बाज़ार तक चली गईं। लौट कर घर आईं तो पाया कि जान से प्यारा तोता घर में कहीं है ही नहीं। हे भगवान! पिंजरा यहीं दरवाज़े के पास ही तो लटका था...पता नहीं कौन करमजला उतार कर ले गया। इधर-उधर तलाशा, आस-पड़ोस में पूछा, लेकिन तोते का कहीं पता न चला। तोते के ग़म में उस रोज़ शाम का खाना भी न बना। तोते का ऐसा शोक मना मानो कोई सगा जन इस दुनिया से विदा हो गया है।

दारोग़ा जी ने बीवी को समझाया कि सब्र करो, कहीं से दूसरा तोता ले आएँगे। मगर दारोग़न की जान तो उसी तोते में अटकी थी। घर से निकलतीं तो निगाहें तोते को ही ढूँढ़ती रहतीं। किसी के घर या दुकान पर कोई तोता नज़र आता तो उसमें अपना मिट्ठू तलाशतीं। कहीं से तोते की आवाज़ आती तो भाग कर देखने जातीं कि कहीं अपना मिट्ठू तो उड़कर नहीं आ गया। अपने पाले हुए पक्षी की पहचान आँखों में बसी होती है। दारोग़न का मिट्ठू से ऐसा लगाव था

कि बस दिल में उसकी तस्वीर लेकर घूमती थीं। मिट्ठू न दिल से निकलता था और न कहीं मिलता था। दिन ऐसे ही गुज़रते चले गए।

एक दिन दारोग़न घर के पीछे वाली गली से गुज़र रही थीं कि तोते के बोलने की आवाज़ आई। दारोग़न ने एकदम पहचान लिया। यह तो अपने ही मिट्ठू की आवाज़ है। आवाज़ का पीछा करते-करते दारोग़न दबे पाँव एक घर में दाख़िल हो गईं। अब जो गेट में दाख़िल हुईं तो क्या देखती हैं कि मिट्ठू का पिंजरा टँगा है। पिंजरा भी वही था जो घर से चोरी हुआ था। अब तो शक की कोई गुंजाइश ही न थी।

दारोग़न से सब्र नहीं हुआ। जिस घर में मिट्ठू था वहाँ मौजूद लोगों को ललकार दिया। उधर वाले भी कुछ कम न थे। होंगी दारोग़न अपने घर की, हमारे घर में घुसने की हिम्मत कैसे की भला? इधर दारोग़न को भला किस बात का लिहाज़? कितना ही बड़ा घर सही, थे तो चोर ही। दारोग़न ने बहुत देर तक अकेले ही तीन-चार लोगों से लोहा लिया। जब लगा कि बाज़ी न जीत पाएँगी तो पीछे से रसद-कुमुक लेने घर लौट आईं। घर आकर सबको मिट्ठू की कहानी सुनाई। शाम को दारोग़ा जी घर लौटे तो दारोग़न ने मोटे-मोटे आँसुओं के साथ उस दिन अपने साथ घटा तमाम माजरा सुनाया।

सारी बात सुनकर दारोग़ा जी को भी ख़ूब गुस्सा आया। मन तो किया कि अभी जाकर चोरों की धुनाई कर दें और मिट्ठू को घर ले आएँ। मगर उस घर का मालिक सतीश तिवारी भी कोई हल्का-फुल्का आदमी न था। फिर दारोग़ा जी दिन भर के थके हुए भी थे। लड़ने का न दम बचा था और न हिम्मत। घर में तय पाया कि दिन निकलते ही थाने जाएँगे और इस तिवरिया को स्थानीय पुलिस से तोते समेत खिंचवाकर थाने बुलवाएँगे। ज़्यादा चूँ-चपड़ करेगा तो थाने में दो-चार डंडे भी लगवा देंगे।

जैसे-तैसे रात कटी और दिन निकला। दारोग़न की आँखों में उस रात भला नींद कहाँ थी। तोते से मिलने की ख़ुशी में वह रात भर न सोईं। दिन निकलने से पहले ही दारोग़ा जी को जगा दिया। दारोग़ा जी आँखें मलते, बिलबिलाते, कसमसाते बिस्तर से उठे। बीवी को समझाया कि दस बजे से पहले कौन-सा थानेदार या दारोग़ा थाने में मिल जाएँगे? ख़ैर, जहाँ इतना वक़्त कटा था वहाँ थोड़ा-सा और सही। चाय-नाश्ता करा कर दारोग़न ने दारोग़ा जी को रणक्षेत्र के लिए रवाना किया। जाते-जाते उनको समझाया कि हार नहीं माननी है। तिवारी का कुनबा बड़ा ज़बानदराज़ है मगर किसी भी हाल में दबना नहीं है। तोता हमारा है, हमें देखते ही पहचान लेगा।

ग़रज़ यह कि दारोग़ा जी पूरी तैयारी के साथ थाने पहुँचे। पीछे-पीछे उनकी बेटी और बेगम भी थाने में आ धमकीं। थाने पहुँचकर दारोग़ा जी ने वहाँ बैठे मुंशी से मुलाक़ात की। उसको अपनी परेशानी सुनाई। स्टाफ़ में होने का हवाला भी दिया। उसने कहा कि थानेदार साहब को आने दो, वही कुछ कर पाएँगे। ख़ैर, क़रीब ग्यारह बजे थानेदार साहब आँखें मलते हुए अपने क्वार्टर से बाहर आए। आते ही दारोग़ा परिवार ने उनको लपक लिया। उनको भी तोते के चोरी होने की दास्तान सुनाई गई। मोटे-मोटे आँसुओं के साथ दारोग़न ने तोता वापस दिलाने की गुहार लगाई। स्टाफ़ का लिहाज़ या फिर दारोग़न के आँसुओं की धार, थानेदार के बात समझ में आ गई। उसने दो सिपाही तुरंत तिवारी जी के घर की तरफ़ रवाना किए। सिपाहियों को ताक़ीद कर दी गई कि तिवारी को तोते के पिंजरे सहित साथ लाना है। तिवारी आने में आनाकानी करे तो घसीटते हुए ले आएँ।

सिपाही सतीश तिवारी के घर पहुँचे तो वह कहीं जाने के लिए घर से निकल रहे थे। सिपाहियों को देखकर तिवारी जी समझ गए कि मामला क्या है? ज़रूर वह कल वाली लड़ाका औरत तोते की शिकायत लेकर थाने चली गई है। पहले तो तिवारी जी ने थाने चलने के लिए थोड़ी ना-नुकर की, फिर कहा कि तोता उन्होंने बाज़ार से ख़रीदा है और वह दुकानदार से इसकी पुष्टि करा सकते हैं। मगर पुलिस वाले उनको तोते समेत थाने ले जाने पर अड़े थे। जब सिपाहियों ने पुलिस वाला रंग दिखाना शुरू किया तो तिवारी समझ गए कि अब दाल गलने वाली नहीं है।

तिवारी जी हाथ में तोते का पिंजरा लटकाए थाने पहुँचे। पीछे-पीछे उनकी पत्नी, बेटा, बेटी और दो-चार तमाशबीन भी पहुँचे। थानेदार ने तोता दारोग़ा जी के सुपुर्द करने को कहा मगर तिवारी जी का परिवार अड़ गया। कहा कि हम ख़रीद कर लाए हैं और ऐसे कैसे लौटा दें? दारोग़न ने दलील दी कि ख़रीदा भी है तो माल चोरी का है। चोर के साथ-साथ तिवारी जी भी मुजरिम हैं। तिवारी चोरी का इल्ज़ाम लगते ही उखड़ गए। भला तोते का कौन-सा रजिस्ट्रेशन नंबर या आधार कार्ड बना है? तुरंत अपने किसी रिश्तेदार को फ़ोन लगाया। उधर से जिसकी आवाज़ आई वह भी ठीक-ठाक रसूख़वाला ही लगता था।

जब थानेदार साहब से उस शख़्स की फ़ोन पर बात कराई गई तो वह धर्मसंकट में पड़ गए। एक तरफ़ स्टाफ़ था तो दूसरी तरफ़ तगड़ी सिफ़ारिश थी। एक भी पक्ष असंतुष्ट रह जाता तो बात भी ख़राब होती और बाद में परेशानी भी हो सकती थी। थानेदार साहब ने थोड़ी देर दिमाग़ चलाया, हालात पर ख़ूब मंथन किया और आख़िर में धर्मराज बनने का फ़ैसला किया। अब तक दोनों पक्षों में

कांय-कांय शुरू हो गई थी। थानेदार साहब ने दोनों पक्षों को शांत किया और कहा कि अब न्याय होगा।

न्याय किस क़ानून और किस धारा के तहत हो इसे लेकर सभी पक्ष संशय में थे। थानेदार साहब ने कहा कि फ़ैसला आईपीसी की धारा से नहीं बल्कि नैसर्गिक न्याय के नियम से होगा। अब सभी हैरत में थे। थानेदार साहब ने कहा कि थाने के बीचोंबीच एक बड़ी-सी टेबल लगा दी जाए। सिपाही दफ़्तर की पुरानी, बड़ी-सी मेज़ उठा लाए। मेज़ पर बीचोंबीच तोते का पिंजरा रख दिया गया। दोनों पक्षों से मेज़ के एक-एक सिरे पर खड़े होने को कहा गया। पिंजरे के ठीक सामने थानेदार साहब की कुर्सी सजा दी गई। जैसे-जैसे थानेदार साहब बोलते गए, वैसे-वैसे लोग करते गए।

मैदान सज चुका था। मेज़ के चारों तरफ़ तमाशबीन इकट्ठा हो गए। थाने में असामान्य गतिविधि देखी तो राह चलते लोग भी रुककर खड़े हो गए। सभी लोग इंतज़ार में थे कि थानेदार अब क्या करेंगे। कुछ देर ठहर कर थानेदार साहब राम भुलावन और सतीश तिवारी से मुख़ातिब हुए। "तो तुम दोनों का दावा है कि तोता तुम्हारा है?" दोनों ने एक साथ 'हाँ' में जवाब दिया।

"मालिक हो तो तोता तुम्हें पहचानता होगा?" थानेदार साहब ने सवाल किया।

सतीश तिवारी ने कहा कि अभी दो-चार दिन ही हुए हैं ख़रीदे हुए। इतना भर ही पहचानता है। राम भुलावन बोले कि वह तो अधिकतर समय ड्यूटी पर ही गुज़ार देते हैं लेकिन तोता उनकी बेगम का लाडला है। इस पर थानेदार साहब ने व्यवस्था दी कि तोता अपने मालिक को पहचानता होगा तो उसकी तरफ़ जाएगा। एक तरफ़ तिवारी जी का परिवार खड़ा है और दूसरी तरफ़ दारोग़ा राम भुलावन जी का। पिंजरे का दरवाज़ा खोला जाए। जिसकी तरफ़ तोता जाएगा, तोता उसको मिल जाएगा।

सभी लोग साँस थाम कर खड़े हो गए। सतीश तिवारी ने आँखें बंद कर लीं। मन-ही-मन सोचा, 'हे भगवान! लाज रख लेना। तोता उस तरफ़ चला गया तो इस बुढ़ौती में चोरी का दाग़ लग जाएगा।' यूँ तिवारिन की ज़बान ख़ूब चटर-पटर चलती थी लेकिन इस समय वह तलुए से मानो चिपक गई। ऊपर की सांस ऊपर और नीचे की नीचे। उनके बच्चों की अलग चिंता थी। बड़ी मुश्किल से घर में एक पक्षी आया था। इस तरह चला गया कि पिता जी के भीतर का कंजूस जाग जाएगा। अब ज़िंदा तोता दूर, प्लास्टिक का तोता न मिलने वाला।

दारोग़ा राम भुलावन के परिवार के चेहरों पर फिर भी थोड़ा-सा इत्मीनान

था। दारोग़न को तो पूरा यक़ीन था कि तोता पिंजरा खुलते ही उनके पास आ जाएगा। कितना ही नमकहराम पक्षी सही मगर ऐसा भी तोता चश्म क्या कि मालकिन को न पहचाने? इतने बरस खिलाया, सिखाया, पढ़ाया। दारोग़ा जी के बच्चे मिट्ठू, गुड मॉर्निंग, हाय, हैलो करके फुसलाने में व्यस्त थे। जितना सिखाया था सब उसी वक़्त बुलवा लेना चाहते थे। कहीं भूल गया और उधर चला गया तो बड़ी किरकिरी होगी। दारोग़ा राम भुलावन को तोते से क़ोई ख़ास लगाव न था फिर भी चाहते थे कि वह वापस आ जाए। आख़िर तोते के जाने के बाद से दारोग़न तमाम पहाड़े उन्हीं को तो पढ़ा रही थीं। तोता आ जाएगा तो जीवन में थोड़ा सुकून आ जाएगा।

बहरहाल, फ़ैसले की घड़ी आ गई। थानेदार ने सभी पक्षों से चुप हो जाने को कहा। उनको चेतावनी दी कि कोई भी पक्षी को किसी तरह फुसलाएगा नहीं। तोता स्वयं जिधर चाहे, चला जाए। सिपाही रामवीर को तोते का पिंजरा खोलने की ज़िम्मेदारी दी गई। रामवीर पिंजरे की खिड़की खोलने आगे बढ़ा। सबने आँखें बंद कर लीं। तिवारिन से दारोग़न तक सभी मन-ही-मन अपने-अपने इष्टदेव को याद करने में जुट गए।

आख़िरकार पिंजरा खुला। कुछ देर तोता पिंजरे में ही बैठा रहा। फिर थोड़ा इधर-उधर फुदक कर पिंजरे से बाहर आया। पहले एक-दो क़दम तिवारी परिवार की तरफ़ बढ़ाए। राम भुलावन का दिल हलक़ में आ गया। मन-ही-मन तोते की नस्ल पर नमकहरामी की दर्जनों तोहमतें लगा डालीं। उधर तिवारी परिवार की उमंगे सातवें आसमान पर थीं। तोते ने उनकी इज़्ज़त रख ली। लेकिन यह क्या? तोता दो-तीन क़दम चलकर थम गया। उसने गर्दन घुमाई। थोड़ा-सा स्टाइल से पलटा और वापस पिंजरे के सामने आकर रुक गया।

बाज़ी पलट चुकी थी। अब दारोग़ा राम भुलावन का परिवार ख़ुशी के मारे सातवें आसमान पर था। दारोग़न ने मन-ही-मन भगवान और तोते का शुक्रिया कहा। मन में कहा, 'देखो मैं न कहती थी कि तोता हमें छोड़कर कहीं नहीं जाएगा।' अब तोता राम भुलावन के परिवार की तरफ़ फुदका। तिवारी जी का दिल धक् से रह गया। तिवारिन की साँसें अटक गईं। बच्चों के चेहरे पर निराशा के बादल छा गए। तोता एक-दो बार वहीं पर फुदका। लोग तमाशा देखते रहे।

मगर यह क्या? तोते ने एक बार फिर पिंजरे को देखा, एक बार तिवारिन को और एक बार दारोग़न को। फिर इत्मीनान से थानेदार साहब की तरफ़ घूमा, मानो उनकी मूर्खता के लिए थैंक्स बोल रहा हो। गर्दन ऐसे झुकाई जैसे एहसान में दबकर अभिवादन कर रहा हो। फिर आख़िरी बार पिंजरे की तरफ़ देखा जैसे

कह रहा हो कि यह घर भी ख़ूब याद रहेगा। इसके बाद तोता फुर्र...से उड़ गया। सभी लोग देखते रह गए। कोई कुछ न कर पाया। तोता उड़कर पास के ऊंचे से पेड़ पर बैठ गया। थानेदार साहब ने दोनों पक्षों को दिलासा दिया कि पालतू तोता है, उड़कर कहीं नहीं जाएगा। लेकिन क़ैद से निकल कर भला कभी कोई लौटता है? तोता इतना मूर्ख थोड़े था। उड़ गया, सो उड़ गया। उसको न लौटना था न लौटा। लौटे तिवारी और राम भुलावन के परिवार। अपने घर, भारी क़दमों से मन में लाड़ले तोते की यादें और ज़बान पर उसकी नमकहरामी के चर्चे लेकर।

हेलिकॉप्टर तो उड़ गया

1939 में सोहराब मोदी की फ़िल्म 'पुकार' रिलीज़ हुई। इस फ़िल्म के गीत और कहानी कमाल अमरोही ने लिखे थे। उस वक़्त कमाल अमरोही की उम्र लगभग 21 साल थी। लोग कहते हैं कि जब सोहराब मोदी ने पहली बार कमाल अमरोही के लिखे डायलॉग सुने तो वह हैरत में पड़ गए। उन्होंने पूछा कि "ऐसा लिखना कहाँ से सीखा है बरख़ुरदार?" इस पर कमाल ने जवाब दिया, "इसमें सीखने जैसा क्या है? यह तो हमारे अमरोहा में आम बोलचाल की ज़बान है।"

यह कहानी सच भी हो सकती है और महज़ एक क़िस्सा भी। लोग अक्सर बड़े लोगों के इर्द-गिर्द इस तरह के क़िस्से बुन भी लेते हैं। यह क़िस्सा झूठा हो सकता है, मगर इस बात में कोई शक नहीं है कि अमरोहा के लोग हाज़िर जवाब, ख़ुश मिज़ाज और थोड़े से ख़ुराफ़ाती तो होते ही हैं। आपको यक़ीन न आए तो अपने गुप्ता जी से पता कर लो।

गुप्ता जी लंबे अरसे तक अमरोहा शहर के कोतवाल रहे हैं। गुप्ता जी शहर में तीन बातों के लिए बहुत मशहूर थे। एक, वह बहुत सख़्त हैं, दूसरे गालियाँ बहुत देते हैं और तीसरे दिल के बहुत अच्छे हैं। सख़्ती उनके काम में झलकती थी। गालियों की वजह से कई बार अपराध समीक्षा बैठक से बाहर

बैठा दिए जाते थे और दिल के अच्छे थे, सो लोगों की छोटी-मोटी ग़लतियों की अनदेखी भी कर दिया करते थे। लेकिन ग़लती अनदेखी करने लायक़ भी तो होनी चाहिए। अगर कोई सरेआम उनका बकरा बना दे, तो गुप्ता जी भला कैसे माफ़ करें?

ख़ैर, यह शायद वर्ष 2007 या 2008 की बात है। सुबह के क़रीब चार बजे होंगे। अभी आसमान में रौशनी नुमाया न हुई थी। चाँद अभी भी आसमान में दिख रहा था। लोग गहरी नींद में थे। सड़कों पर सन्नाटा था। बस कहीं-कहीं से कुत्तों के भौंकने की आवाज़ सन्नाटे को चीर कर निकल जाती। ऐसे में पुलिस की एक जीप मुहल्ला बेगम सराय में आकर रुकी। जीप से गुप्ता जी उतरे और एक दरवाज़े पर दस्तक दी। अंदर से कोई आहट न हुई तो उन्होंने दरवाज़ा थोड़ा ज़ोर से बजाया। इस पर घर के भीतर से एक बूढ़ा आदमी निकल कर आया और दरवाज़ा खोला। दरवाज़े पर पुलिस को देखकर बूढ़ा घबरा गया। वह व्यक्ति शक्ल से मेहनत-मज़दूरी करने वाला दिखता था जो किसी तरह अपना घर चला रहा था। साफ़ लगता था कि अपनी ज़िन्दगी में उसका कभी पुलिस से ऐसे आमना-सामना न हुआ था। "साहब क्या मसला है?" उसने घबरा कर पूछा।

"तुम्हारी छत पर एक हेलिकॉप्टर उतरा है, उसे बाहर लेकर आओ," गुप्ता जी ने कड़क लहज़े में कहा।

"मेरी छत पर हेलिकॉप्टर," उस व्यक्ति ने हैरत से पूछा?

"हाँ, हेलिकॉप्टर! इरशाद तुम्हारा बेटा है," कोतवाल साहब ने पूछा?

"जी," बूढ़े ने जवाब दिया।

"ठीक है तो उसे ले आओ, कोतवाली लेकर जाना है।"

"क्या किया है उसने?"

"वह रात को आवारा घूम रहा था। हमने उसे पकड़ा लेकिन वह भाग आया।"

बूढ़े ने हाथ-पाँव जोड़े, बेटे की तरफ़ से माफ़ी माँगी, ग़रीबी की दुहाई दी, रोया भी, लेकिन कोतवाल साहब का दिल न पसीजा। वह इरशाद को अपने साथ कोतवाली ले जाने पर अड़े रहे।

आख़िर बूढ़ा, अपने बेटे को लेकर बाहर आया। पुलिस उसे जीप में बैठा कर कोतवाली ले आई। कोतवाली में आते ही सबसे पहले कोतवाल साहब ने उसे चार डंडे मारे और फिर मुर्ग़ा बना दिया गया। थोड़ी देर में दिन निकलने वाला था। लोग नमाज़ पढ़ने के लिए मस्जिदों की तरफ़ जा रहे थे। कुछ लोग अपने-अपने काम पर रवाना हो रहे थे। अमरोहा कोतवाली चूँकि मुख्य बाज़ार

में थी सो लोगों का जुटना भी लाज़िमी था। एक लड़के को मुर्गा बने देखा तो तमाशबीन जुटने लगे। सुबह-सुबह भला किस मामले में पकड़ लाए? कोई समझ नहीं पा रहा था। जिन लोगों को देर हो रही थी वे आदतन पुलिस को गालियाँ देते हुए चले गए। जो फ़ुर्सत से थे वे रुक कर तमाशा देखने लगे।

मामला जब खुला तो लोग बहुत हँसे। दरअसल पिछली रात कोतवाल साहब उस लड़के की शरारत का शिकार बन चुके थे और अब अपनी खीज उस पर उतार रहे थे। हुआ यह कि सर्दी की काली ठंडी रात थी। शहर घने कोहरे की चादर में लिपटा था। उत्तर प्रदेश के इस इलाक़े में जब कोहरा पड़ता है तो बहुत भयंकर वाला पड़ता है। रौशनी हो भी तो ज़्यादा दूर का दिखाई नहीं देता। ज़ाहिर है, इस तरह का माहौल चोरों के लिए काफ़ी अनुकूल है। उन दिनों अमरोहा शहर में चोरियाँ भी ख़ूब हो रही थीं। आला अधिकारियों ने अभी दो-तीन दिन पहले ही अपराध समीक्षा के दौरान इसके लिए गुप्ता जी के नट-बोल्ट थोड़े से टाइट किए थे।

मीटिंग में गुप्ता जी डाँट से बच भी जाते मगर उनकी ज़बान फिसली और गाली निकल गई। ख़ैर उस रोज़ मीटिंग में जो भी हुआ वह पुलिस विभाग का आंतरिक मामला था लेकिन इसका दर्द गुप्ता जी को था। हालाँकि इस तरह गाली देने पर उनकी सार्वजनिक खिंचाई कोई पहली बार नहीं हुई थी।

उसी रात कोतवाल साहब शहर की गश्त पर निकले। सरकारी जीप में उन्होंने दो-तीन सिपाहियों को बैठाया। इसके बाद वह ठंडी सड़क यानी आज़ाद रोड पर घूम रहे थे। अभी उनकी गाड़ी माधो सिनेमा से थोड़ा आगे ही निकली थी कि गाँधी मूर्ति की तरफ़ से तीन-चार लड़के आते नज़र आए। रात के क़रीब दो बज रहे थे। इस वक़्त स्टेशन पर किसी ट्रेन के आने का भी वक़्त नहीं था। ज़ाहिर है कि पुलिस के लिए रात में इस तरह लड़कों का घूमना, वह भी ऐसे माहौल में, संदिग्ध ही था।

पुलिस की जीप लड़कों के बराबर से गुज़री। एक बार को तो कोतवाल साहब ने उनको नज़रअंदाज़ कर दिया फिर जाने क्या सोचकर ड्राइवर से कहा कि गाड़ी रोक कर पीछे की तरफ़ लो। दोबारा उन लड़कों के पास गाड़ी पहुँची तो कोतवाल साहब ने उनसे रुकने को कहा। लड़के सहम कर रुक गए। अब पुलिस का इतना डर तो होता ही है। कोतवाल साहब ने उनसे प्यार से पूछा, "बेटा! तुम लोग रात में इस वक़्त कहाँ से आ रहे हो?"

"जी फ़िल्म देखकर," उनमें से एक लड़के ने तुरंत जवाब दिया।

कोतवाल साहब ने घड़ी देखी। दो बज रहे थे। "इस टाइम भला कौन-सा शो छूटा है? और इधर कौन-सा सिनेमा हॉल है?"

“जी, वो फ़िल्म तो हमने माधो सिनेमा में ही देखी थी, लेकिन नाइट शो ख़त्म होने के बाद चाय पीने स्टेशन चले गए थे,” इस बार दूसरे लड़के ने जवाब दिया।

“अबे, तो यह कौन सा चाय पीने का टाइम है? तुम्हारे माँ-बाप तुमसे यह नहीं पूछते कि इतनी रात को कहाँ से आ रहे हो?”

“जी पूछते हैं, लेकिन कभी-कभी चलता है,” अब की बार पहला वाला लड़का बोला।

“बेटा, पहले चलता होगा, लेकिन जब तक मैं इस शहर में कोतवाल हूँ यह सब नहीं चलेगा, कोतवाल साहब ने अपना लहज़ा थोड़ा सा ऊँचा करते हुए जवाब दिया।

“लेकिन अंकल, हम कौन-सा कहीं चोरी करके आ रहे हैं? चाय ही तो पीने गए थे।” अब तक चुप रहे तीसरे लड़के ने थोड़ा झल्लाते हुए कहा तो आवाज़ कोतवाल साहब के अहम् से टकरा गई। भला कल का लौंडा इस तरह बात करेगा तो हमसे डरेगा कौन? और पुलिस का तो सारा कामकाज ही डर पर टिका है। हालाँकि गुप्ता जी ने संयम बनाए रखा। वह ऐसे ही थे। ग़ुस्सा होते थे मगर दिखते नहीं थे। अपना लहज़ा थोड़ा नर्म करके बोले, “चलो कोई बात नहीं, चाय पीने गए थे। लेकिन यह वक़्त घूमने का नहीं है। तुम्हारे घरवाले कुछ नहीं कहते लेकिन मैं तुम्हें ऐसे नहीं छोड़ूँगा। तुम चारों थोड़ी देर के लिए मुर्ग़ा बन जाओ।”

“लेकिन अंकल...”

“लेकिन, वेकिन कुछ नहीं। मुर्ग़ा बन जाओ, वरना ये जो डंडा लिए सिपाही बैठे हैं, इन्हें मुर्ग़ा बनाना भी आता है और बांग दिलवाना भी,” गुप्ता जी ने तक़रीबन धमकाते हुए कहा। गुप्ता जी का लहज़ा सख़्त हुआ तो तीन लड़के तुरंत मुर्ग़ा बन गए, लेकिन एक खड़ा रहा।

“तुझे मुर्ग़ा बनने के लिए अलग से निमंत्रण पत्र दिया जाएगा,” कोतवाल साहब ने पूछा।

“सर मुझे मुर्ग़ा बनना नहीं आता,” उसने जवाब दिया।

गुप्ता जी का ब्लड प्रेशर तो बढ़ रहा था लेकिन ख़ून का घूँट पीकर रह गए। भावनाओं पर क़ाबू करते हुए नया सवाल दाग़ दिया...“क्या आता है फिर?”

“जी हेलिकॉप्टर बनना आता है...”

अब गुप्ता जी क्या, तमाम पुलिस वाले हैरान थे। मुर्ग़ा, बत्तख़, कुर्सी जाने क्या-क्या बनते लोगों को देखा था लेकिन हेलिकॉप्टर? “अच्छा चल हैलीकॉप्टर

बन कर दिखा,'' गुप्ता जी ने कहा।

लड़का सीधा खड़ा हुआ, मुँह से खट्ट की आवाज़ निकाली और एक बाँह को डैने की तरह फैला लिया। फिर दोबारा खट्ट की आवाज़ निकाली और दूसरी बाँह सीधी करके चील जैसी मुद्रा में आ गया। वहाँ मौजूद तमाम पुलिस वाले और उसके साथ आए लड़के उसको हैरत से देखते रहे। लड़के ने अब मुँह से हुर्र...हुर्र...हुर्ररर करना शुरू किया मानो हेलिकॉप्टर स्टार्ट हो रहा हो। इसके बाद उसने दौड़ कर जीप का एक चक्कर लगाया जैसे हेलिकॉप्टर उड़ान भरते या उतरते वक़्त लगाता है।

एक चक्कर पूरा हुआ लेकिन वह लड़का नहीं रुका। दूसरा चक्कर पहले से थोड़ा बड़ा था। फिर तीसरा चक्कर, जो पहले दोनों चक्करों से बड़ा था। इस तरह चक्कर लगते रहे और पहले से बड़े होते गए। क़रीब पाँचवें या छठे चक्कर पर हेलिकॉप्टर सड़क पर सीधा दौड़ गया। गुप्ता जी को लगा थोड़ा दौड़कर लौट आएगा, लेकिन वह नहीं लौटा। जब पाँच-सात मिनट गुज़र गए तो गुप्ता जी ने साथी लड़कों से पूछा, ''वह कहाँ गया?''

''सर वह तो हेलिकॉप्टर था न, उड़ गया। अब तक तो अपने घर की छत पर उतर भी गया होगा,'' लड़कों ने मासूमियत के साथ जवाब दिया।

गुप्ता जी को चक्कर आ गए। उनके साथ ऐसा आज तक न हुआ था। अगर उन लड़कों और सिपाहियों ने न देखा होता तो शायद चुपचाप घर में आकर लेट जाते लेकिन अब तमाशा बन चुका था। हेलिकॉप्टर को पकड़ कर कोतवाली न लाते तो अगले दिन शहर में कोतवाल साहब का मज़ाक़ बन जाना तय था। हालाँकि लोग अब भी हँस रहे थे, लेकिन गुप्ता जी के दिल को एक तसल्ली थी। उनका मुर्ग़ा भले ही बन गया लेकिन कम-से-कम मुर्ग़ा बनाने वाला हेलिकॉप्टर उनके सामने ख़ुद मुर्ग़ा बन गया।

मुक़दमे की कार्बन कॉपी

यह बात तब की है जब इलाहाबाद प्रयागराज नहीं बना था। त्रिवेणी संगम पर गंगा और यमुना का पानी तब भी ऐसे ही बहा करता था। हालाँकि यह कह पाना मुश्किल है कि पानी तब ज़्यादा साफ था या अब ज़्यादा साफ़ है। उसके अलावा यह बता पाना और भी मुश्किल है कि अब तक गंगा और यमुना का पानी साफ़ करने में देश के कितने रुपये और कितने संसाधन साफ़ हो चुके हैं।

इलाहाबाद, सॉरी, प्रयागराज में उत्तर प्रदेश की हाईकोर्ट है, इस लिहाज़ से भी यह शहर काफ़ी अहम् है। इलाहाबाद हाईकोर्ट की स्थापना 17 मार्च, 1866 को ब्रिटिश शासनकाल में हुई। इस लिहाज़ से यह देश के सबसे पुराने उच्च न्यायालयों में से एक है। हालाँकि उत्तर-पूर्वी प्रांत के लिए हाईकोर्ट की व्यवस्था 1834 में ही हो गई थी लेकिन अगले ही साल इसे इलाहाबाद से आगरा ले जाया गया। 1879 में अंग्रेज़ इसे वापस इलाहाबाद ले आए। क्यों वापस ले गए और क्यों ले आए, इससे हमें क्या?

ख़ैर, हमारा लेना-देना तो उस मामले से भी नहीं था जिसकी सुनवाई इसी हाईकोर्ट में उस रोज़ हमारे सामने हो रही थी। कम-से-कम उस वक़्त हम उस अदालत में बेवजह दाख़िल हो गए थे। यह शायद वर्ष 2000 के आस-पास की बात है। उन दिनों अदालतों में ऐसी सख़्ती न होती थी। हम उस रोज़ अदालत में किसी मामले से जुड़ी जानकारी हासिल करने गए थे और उस वक़्त अदालत में हाज़िर हो गए जब यह मुक़दमा सुना जा रहा था।

उस रोज़ वह एक सदस्य वाली बेंच एक पुलिस एनकाउंटर से जुड़े विवाद पर सुनवाई कर रही थी। मामला सच में बड़ा दिलचस्प था। जिस तरह जज साहब मज़े लेकर सुनवाई कर रहे थे, उससे लगता था कि वह उस दिन बढ़िया मूड में थे। जज अक्सर बेवजह की शालीनता और गहन चिंतन चेहरे पर ओढ़े रहते हैं, शायद अदालत में आने वालों पर अपना रौब डालने के लिए। बहरहाल एक दारोग़ा जी कठघरे में थे और अदालत उनसे सवाल-जवाब कर रही थी।

हुआ यूँ था कि पूर्वांचल के किसी ज़िले में तैनात एक दारोग़ा जी ने कुछ साल पहले एक युवक को मुठभेड़ में मार गिराया था। किस ज़िले की बात है

यह नहीं मालूम लेकिन अल्लाह जाने वह युवक अपराधी था भी या यूँ ही दारोग़ा जी के प्रमोशन का चारा बन गया। हो सकता है कि समाज के लिए वह अपराधी या उद्दंड रहा हो लेकिन किसी भी हाल में अपने घरवालों का तो लाडला ही रहा होगा। लड़का मुठभेड़ में मारा गया तो उसके घरवालों ने फ़र्ज़ी एनकाउंटर का आरोप लगाया। ऊपर तक पुलिस शिकायतें कीं। जब कहीं से भी सुनवाई नहीं हुई तो फिर न्याय की उम्मीद में वह अदालत के दरवाज़े तक चले आए।

बहरहाल, सुनवाई शुरू हुई और दारोग़ा जी को आवाज़ लगाकर कठघरे में आने के लिए बोला गया। कठघरे क्या बस एक जगह थी जिसे गवाहों को आकर बयान देने के लिए सुनिश्चित कर दिया गया था। यह कठघरा ऐसा बिलकुल भी नहीं था जैसा कि फ़िल्मों में दिखाया जाता है। हम में से जो कभी अदालत में नहीं गए हैं उनके लिए अदालत वैसी ही होती है जैसी फ़िल्मों में दिखाते हैं, हालाँकि हक़ीकत में अदालतें ऐसी नहीं होतीं। ख़ैर, दारोग़ा जी आए और कठघरे में आकर खड़े हो गए।

दारोग़ा जी आकर अभी सँभले भी न थे कि जज साहब ने भी बिना भूमिका बाँधे, बिना कोई लाग-लपेट के सीधे अपना सवाल दाग़ दिया। "आप इस अदालत में पहले भी आए हैं शायद?" अदालत ने पूछा तो दारोग़ा जी ने ज़बान से कुछ बोले बिना 'हाँ' में सिर हिला दिया। अब जज साहब ने नया सवाल उछाल दिया, "कितने एनकाउंटर किए हैं दारोग़ा जी आपने?"

दारोग़ा जी इस सवाल के लिए शायद तैयार न थे। उन्हें उम्मीद भी न थी कि वकील के अलावा अदालत सीधे भी उनसे सवाल कर सकती थी। वह थोड़ा-सा झेंप गए। फिर सिर खुजलाते हुए बोले, "जनाब ऐसे सही संख्या याद नहीं, लेकिन यही कोई 12-15 तो हो ही गए होंगे..."

"सब के सब फ़र्ज़ी," जज साहब ने कहा तो दारोग़ा जी बौखला गए। हकलाते हुए बोले कि "हुज़ूर ऐसा नहीं है। आप शायद मज़ाक़ कर रहे हैं।" इस पर जज साहब ने दारोग़ा जी को झिड़क दिया। कहा गया कि यह अदालत है और यहाँ मज़ाक़ का भला क्या काम? अदालत फिर से दारोग़ा जी से मुख़ातिब हुई। "तो हाईकोर्ट में आपका शायद यह तीसरा या चौथा मामला है?"

"जी सर," दारोग़ा जी ने सहमति जताते हुए कहा।

"इस मामले में क्या हुआ था ज़रा बताएँगे?" अदालत ने मामले का विस्तृत ब्यौरा जानना चाहा।

अब दारोग़ा जी ने विस्तार से मामला बताना शुरू किया। "जनाब उन दिनों मैं शहर की नाका चौकी पर तैनात था। हमें मुख़बिर से सूचना मिली कि

दो अपराधी, अपराध करने की नीयत से शहर की तरफ़ आ रहे हैं। मुख़बिर ने हमें बताया कि अपराधी हीरो होंडा मोटरसाइकिल पर सवार हैं।''

''फिर आपने क्या किया,'' जज ने सवाल किया?

''सर हमने सड़क पर बैरिकेड लगा दिया और आने वाले तमाम वाहनों की चेकिंग करने लगे। चेकिंग के दौरान हमें एक लाल रंग की हीरो होंडा मोटरसाइकिल आती नज़र आई। उस पर दो युवक सवार थे। हमने उन्हें रुकने का इशारा किया। उन्होंने पहले तो मोटरसाइकिल धीमी की, लेकिन जैसे ही हम उनकी ओर बढ़े, वे चकमा देकर भाग निकले।''

''फिर क्या हुआ? आपने उन्हें पकड़ने की कोशिश की?''

''जी सर। हमने मोटरसाइकिल सवारों का पीछा किया। उन्होंने अपनी बाइक शहर की तरफ़ दौड़ा दी। लेकिन हमारी क़िस्मत अच्छी थी। कोई ट्रेन आने वाली थी इसलिए रेलवे क्रॉसिंग बंद था। बदमाश क्रॉसिंग भी पार कर लेते लेकिन हम उनके क़रीब पहुँच चुके थे। वे मोटरसाइकिल वहीं छोड़ कर पास बनी गुमटी के पीछे की तरफ़ भागे। हमने उनका पीछा किया। वे दक्षिण की तरफ़ लगे पेड़ों के पीछे जाकर छिप गए। हमने उन्हें बाहर आने के लिए ललकारा तो वे पेड़ों-आड़ लेकर पुलिस पार्टी पर फ़ायरिंग करने लगे।''

''अच्छा!'' जज साहब ने हैरानी जताते हुए कहा।

''जी सर। हमने जवाब में फ़ायरिंग की। काफ़ी देर तक दोनों तरफ़ से गोलियाँ चलती रहीं। हमने कोई डेढ़ दर्जन राउंड फ़ायर किए होंगे। कुछ देर बाद बदमाशों की तरफ़ से फ़ायरिंग होनी बंद हो गई। हम समझ गए कि अपराधी ढेर हो गए हैं या भाग गए है। हम सावधानी के साथ आगे बढ़े। कुछ दूर चलकर हमने देखा कि एक बदमाश घायल पड़ा हुआ है जबकि दूसरा मौक़े से फ़रार हो गया था। हम घायल को अस्पताल लेकर गए लेकिन वहाँ पहुँचने से पहले ही वह दम तोड़ चुका था।''

''हाँ, तो आपने बताया कि एक बदमाश पेड़ों की आड़ लेकर भाग निकला?''

''जी जनाब। शाम का वक़्त था, अंधेरा घिर चला था इसलिए हम उसे भागते हुए देख नहीं पाए और वह मौक़े से फ़रार हो गया।''

''आपने जो नक्शा जमा किया है उसके मुताबिक़ गुमटी के पीछे पाँच पेड़ हैं।''

''जी जनाब...''

''ये पेड़ दक्षिण की तरफ़ हैं?''

''जी सर, हमने मौक़े का नक्शा बनाया था। पेड़ दक्षिण की तरफ़ ही थे।''

"और घायल बदमाश बीच वाले तीसरे पेड़ के पीछे था?"

"जी जनाब..."

"तो आपने बताया था कि यह आपका हाईकोर्ट में तीसरा या चौथा मामला है?"

"जी जनाब, चौथा मामला है..."

"आपने पहले वाले मामलों में जो नक्शे और तहरीर जमा कराई हैं वे पढ़ी हैं कभी?"

"जी जनाब, मैंने लिखी हैं तो पढ़ी ही होंगी..."

"सही से याद है उनमें आपने क्या लिखा था?"

"हुज़ूर ऐसे तो याद नहीं, लेकिन फ़ाइल देख कर बता सकता हूँ।"

"चलिए हम बता देते हैं। दारोग़ा जी यह आपका चौथा मामला है इस अदालत में। चारों मामलों में केस डायरी और जनरल डायरी के पन्ने पढ़ लीजिए। जो नक्शे आपने जमा कराए हैं वे देख लीजिए। अपनी चारों तहरीरों का मिलान कर लीजिए। आपको सबमें एक हैरतअंगेज़ समानता मिलेगी।"

"वह क्या हुज़ूर?"

"यह कि शहर बदलते हैं, तारीख़ बदलती हैं, अपराधियों के नाम बदलते हैं लेकिन घटना का ब्यौरा नहीं बदलता। हर बार अपराधी शहर की तरफ़ दौड़ लगाते हैं, आप अपने सिपाहियों के साथ पीछा करते हैं। आगे अचानक से रेलवे क्रॉसिंग आ जाता है। बदमाश बाइक छोड़ कर गुमटी की तरफ़ दौड़ लगाते हैं। फिर पेड़ों की आड़ लेकर फ़ायरिंग करते हैं और जवाबी फ़ायरिंग में एक बदमाश फ़रार हो जाता है जबकि एक या दो मारे जाते हैं। यह महज़ इत्तेफाक़ भी हो सकता है। लेकिन अगर यह इत्तेफाक़ है तो यह बहुत ही हैरत भरा है। हर बार गुमटी के पीछे पाँच ही पेड़ होते हैं और पाँचों के पाँचों गुमटी के दक्षिण की तरफ़?"

"हुज़ूर यह मैंने पहले कभी नहीं सोचा लेकिन आप कह रहे हैं तो वाक़ई लग रहा है कि कितना बड़ा इत्तेफाक़ है..."

"इत्तेफाक़ नहीं है दारोग़ा जी, तहरीर की नक़ल है...कितने साल हो गए आपको सर्विस करते हुए?"

"सर, 17 साल हो गए और यह महज़ इत्तेफाक़ ही है..."

"दारोग़ा जी हम आपको झूठा साबित नहीं करना चाहते लेकिन आपको इतने साल में एक अच्छी स्क्रिप्ट तो लिखना सीख ही लेना चाहिए था," जज ने जब यह कहा तो वहाँ मौजूद सब लोग हँस पड़े। दारोग़ा जी झेंप गए। जज साहब ने लोगों को शांत रहने के लिए कहा और फिर दारोग़ा जी से मुख़ातिब हुए।

"यह कहानी आपकी पिछली तमाम कहानियों की कार्बन कॉपी भर है। अगर नहीं लिख सकते तो एक अच्छा वकील या कहानीकार पकड़ लिया करें जो कम-से-कम कहानी में थोड़े से जायज़ बदलाव ही कर दे," जज साहब ने दारोग़ा जी को समझाया।

"हुज़ूर ऐसा नहीं है," दारोग़ा जी ने अपना बचाव करते हुए कहा लेकिन अदालत आश्वस्त थी।

"दारोग़ा जी बहस मत कीजिए," जज साहब ने थोड़ा सख़्ती के साथ कहा। "अगली बार कोई फ़र्ज़ी एनकाउंटर करें और किसी वकील को देने के लिए पैसे न हों तो कम-से-कम बाइक का रंग, रेलवे क्रॉसिंग, पेड़ों की संख्या, गुमटी से उनकी दिशा और बदमाशों के कपड़ों का रंग ही बदल देना," जज साहब ने तंज कसते हुए समझाया।

अब अदालत में मौजूद सभी लोग फिर से हँस रहे थे और दारोग़ा जी परेशान थे। उनकी इतनी अच्छी कहानी की कार्बन कॉपी को आख़िर जज साहब ने पकड़ लिया था और उनके पास इसकी सफ़ाई में कहने के लिए कुछ भी न था। उनकी परेशानी की एक वजह और भी थी। आख़िर तमाम दारोग़ा ऐसा ही तो करते हैं, एक-दूसरे की कहानी को कॉपी पेस्ट। फिर वह क्यों पकड़े गए? या तो जज साहब को उनसे खुन्नस थी या उस रोज़ उनकी कुंडली में शनि अपने पूरे प्रकोप के साथ सवार था। जो भी हो, दारोग़ा जी अपने झूठ के जाल में ख़ुद फँस गए थे।

एक तमंचे से कितने शिकार?

आम और रोहू मछली के लिए मशहूर अमरोहा का इतिहास काफ़ी पुराना है। 1305 ईस्वी में सुल्तान अलाउद्दीन ख़िलजी की फ़ौजों का इस शहर के नज़दीक़ मंगोल आक्रमणकारियों से मुक़ाबला हुआ। मलिक नायक के नेतृत्व में दिल्ली सल्तनत के फ़ौजियों ने मंगोलों को बुरी तरह हराया। इस युद्ध के बाद क़रीब आठ हज़ार मंगोलों के सिर काटकर दिल्ली के सीरी फ़ोर्ट की मीनारों पर लटका दिए गए।

बहरहाल, अमरोहा की तारीख़ के पन्नों पर ऐतिहासिक घटनाओं के अलावा कई मज़ेदार क़िस्से भी दर्ज हैं। एक अनूठा मामला ऐसे तमंचे का भी है जिसने कई लोगों को जेल भिजवा दिया।

ख़ैर, यह उन दिनों की बात है जब अमरोहा की ज़िला एवं सेशंस कोर्ट की नई इमारत नहीं बनी थी। तब तो उत्तर प्रदेश का यह ज़िला भी नया-नया ही बना हुआ था।

ज़िला अदालत की स्थापना हुई तो नगरपालिका, पब्लिक लाइब्रेरी, रानी रूप कुंवर ट्रस्ट की इमारतों को ख़ाली करके अदालत सजा दी गई और मामलों की सुनवाई होने लगी। उन्हीं दिनों ज़िला जज की अदालत में ज़मानत का एक मामला आया।

मुख्य न्यायिक मजिस्ट्रेट यानी सीजेएम अभियुक्त की ज़मानत अर्ज़ी ख़ारिज कर चुके थे। अभियुक्त ने ज़िला जज के यहाँ ज़मानत के लिए गुहार लगाई। आरोप था कि ऐसे ही रुटीन चेकिंग के दौरान पुलिस ने एक युवक को रोक कर उसकी तलाशी ली। तलाशी में उसकी अंटी में एक देसी कट्टा छिपा हुआ मिला। कट्टा, पश्चिम उत्तर प्रदेश की विशुद्ध देसी भाषा में हाथ से बना रिवॉल्वर या तमंचा होता है। यूपी और बिहार में इस तरह का हथियार अक्सर लोग घरों में बना लेते हैं। यह लाइसेंसी पिस्टल या रिवॉल्वर जैसा मज़बूत और कारगर भले ही नहीं होता लेकिन गोली दाग़ने के लिए काफ़ी है।

कट्टा रखना ग़ैर-क़ानूनी है। इसके लिए आर्म्स एक्ट दफ़ा 25 का मामला बनता है, जिसके लिए पाँच साल तक की सज़ा हो सकती है। इसके अलावा

पुलिस पर निर्भर है कि मार कूट कर वह आपसे और क्या उगलवा ले। पुलिस कह सकती है कि आप उस कट्टे से हत्या या लूट करने जा रहे थे या फिर राहज़नी का इरादा था। ख़ैर, अभियुक्त के पास से कट्टा पकड़ा गया था और पुलिस ने संगीन धाराओं में चालान कर दिया था।

मामला अदालत में पहुँचा। केस की सुनवाई शुरू हुई। अभियुक्त को अदालत में पेश किया गया। बचाव पक्ष ने ज़मानत देने की गुहार लगाई तो जज साहब ने पूछा कि अभियुक्त को किस आधार पर ज़मानत दी जाए। इस पर बचाव पक्ष के वकील ने आरोप लगाया कि मामला पूरी तरह फ़र्ज़ी है और पुलिस ने मुलज़िम पर झूठा आरोप लगाया है।

''लेकिन अभियुक्त के पास से देसी कट्टा और तीन ज़िंदा कारतूस भी तो बरामद हुए हैं,'' सरकारी वकील ने आपत्ति जताई।

''यह बरामदगी क्या आपकी मौजूदगी में हुई थी,'' बचाव पक्ष के वकील ने सवाल किया तो सरकारी वकील सकपका गए।

''मेरी मौजूदगी में तो नहीं हुई थी लेकिन पुलिस ने बरामदगी के बाद पंचनामा भरा है और इस पर लोगों की गवाही भी है,'' सरकारी वकील ने दलील दी।

''साहब जो पुलिस तमंचा और कारतूस रख सकती है, वह दो गवाह नहीं ला सकती क्या?'' बचाव पक्ष के वकील ने यह कहा तो सरकारी वकील उखड़ गए। उन्होंने कहा कि बचाव पक्ष बेतुकी और बिना सिर-पैर की बातें कर रहा है। इस तरह की बातों से अभियुक्त को निर्दोष साबित नहीं किया जा सकता।

अब बारी जज साहब की थी। उन्होंने कहा कि अगर बचाव पक्ष साबित कर दे कि पुलिस ने तमंचा और कारतूस प्लांट किए हैं तो अभियुक्त को न सिर्फ़ इसी अदालत से ज़मानत मिल जाएगी बल्कि वह यहीं से दोषमुक्त भी हो जाएगा। इस पर बचाव पक्ष के वकील ने जाँच अधिकारी को कठघरे में बुलाने की मांग की। अदालत ने दारोग़ा जी को कठघरे में आने के लिए कहा। दारोग़ा जी आकर वहाँ खड़े हो गए। अब बचाव पक्ष के वकील ने सवाल करने शुरू किए।

''हाँ तो दारोग़ा जी, आपका दावा है कि आपने यह तमंचा और कारतूस अभियुक्त के पास से बरामद किए हैं?''

''जी, साहब। हम बिजनौर रोड पर शाम के वक़्त रूटीन चेकिंग कर रहे थे। अभियुक्त मोटरसाइकिल पर सवार था। यह नौगावां की तरफ़ से आ रहा था। पुलिस बैरिकेड देखकर यह बाइक वापस मोड़ने लगा तो हमें शक हुआ। हमने इससे रुकने को कहा तो इसने बाइक दौड़ा दी। हमारे दो कांस्टेबलों ने बाइक से इसका पीछा किया और लकड़ा चुंगी के पास दबोच लिया। इसकी तलाशी ली

तो इसकी अंटी में से एक तमंचा और जेब में से तीन ज़िंदा कारतूस निकले।''

''क्या आप वह तमंचा दिखा सकते हैं?'' बचाव पक्ष के वकील ने सवाल किया।

''जी हाँ, वह केस प्रॉपर्टी है। हमने तमंचा बरामद करके सील कर दिया था और वह बतौर सबूत पेश किया गया है।''

''तमंचा सील्ड है, लेकिन क्या हम सील बंद कपड़ा हटाकर तमंचे के दर्शन कर सकते हैं?''

''सर कपड़ा कैसे हटा सकते हैं? वह तो अदालत तय करेगी?''

अब बचाव पक्ष के वकील जज साहब से मुख़ातिब हुए और कहा कि ''हुज़ूर, आपकी इजाज़त हो तो तमंचा सीलबंद कपड़े से निकालकर अदालत में दिखाया जाए।'' हालाँकि सरकारी वकील ने आपत्ति जताई लेकिन जज साहब ने इजाज़त दे दी। अब जो कपड़ा हटा तो अंदर से बेहद ज़ंग खाया, पुराना सा तमंचा निकला।

''तो आपने यह तमंचा बरामद किया है,'' वकील ने अब दारोग़ा से सवाल किया।

''जी सर, यही था।''

''दारोग़ा जी अगर इस तमंचे से फ़ायर हो जाए तो मैं आपकी कहानी सही मान लूँगा,'' अब वकील ने तक़रीबन सीधा हमला किया। दारोग़ा जी थोड़ा सकपकाए लेकिन फिर सँभल गए।

''हुज़ूर इससे फ़ायर हो या न हो, लेकिन तमंचा तो है ही न?''

''जब फ़ायर नहीं हो सकता तो आपने रिपोर्ट में यह कैसे लिख दिया कि अभियुक्त की मंशा लूट अथवा राहज़नी की थी?''

''सर ज़िंदा कारतूस हैं, तमंचा है...शिकार को थोड़े पता होता है कि इससे फ़ायर होगा या नहीं। इसे दिखाकर डराया जा सकता है और लूट की जा सकती है।''

''लेकिन दारोग़ा जी कोई लूट के लिए निकलेगा तो सही हथियार तो लेकर चलेगा? इसमें स्प्रिंग तक नहीं है। यानी फ़ायर करने में सक्षम ही नहीं है। ऐसे तमंचे से कौन बदमाश अपनी जान जोखिम में डालकर लूटपाट करने निकलेगा?''

''वकील साहब आप बात बदल रहे हैं। आप यह साबित कीजिए कि यह तमंचा इस अभियुक्त के पास नहीं था।''

''चलिए साहब, जब आप कहते हैं तो हम यह भी साबित कर देते हैं,'' बचाव पक्ष के वकील ने कहा। दारोग़ा जी विचारविहीन चेहरा बनाकर कठघरे

में खड़े रहे। वकील साहब अब जज साहब की तरफ़ पलटे...

"हुज़ूर, दारोग़ा जी का दावा है कि यह तमंचा उन्होंने अभियुक्त के पास से बरामद किया है। अगर उनकी बात सच है तो उन्हें एक छोटा-सा इम्तिहान देना होगा।"

"कैसा इम्तिहान?" दारोग़ा जी ने चौंक कर पूछा।

"दारोग़ा जी आपने क़रीब दो महीने पहले भी एक अभियुक्त को तमंचे के साथ पकड़ा था। इससे कुछ दिन पहले अमरोहा कोतवाली पुलिस ने एक अभियुक्त को तमंचे के साथ गिरफ़्तार करके जेल भेजा था। आप बस एक काम कर दीजिए। यह तमंचा अदालत में छोड़ जाइए और वे दोनों तमंचे अदालत में लाकर दिखा दीजिए।"

अब दारोग़ा जी को काटो तो ख़ून नहीं। भला वह दो तमंचे कहाँ से लेकर आएँ। दारोग़ा जी बौखला गए। घबराकर बोले, "उन दो तमंचों का इस केस से क्या मतलब?"

"मतलब है दारोग़ा जी," वकील साहब ने कहा। "दरअसल आप मुझे पहचाने नहीं। उन दोनों मामलों में से एक में बचाव पक्ष का वकील मैं ही हूँ। आपने पिछले मामले में जो तमंचा अदालत में दाख़िल किया था वह भी यही था। उसकी भी स्प्रिंग ख़राब थी और तब भी मैंने कहा था कि इससे फ़ायर नहीं हो सकता। आप मालख़ाने में जमा तमंचों के सहारे बार-बार अलग-अलग लोगों को अभियुक्त बना कर जेल भेज रहे हैं। दारोग़ा जी हज़ार-दो हज़ार में नया तमंचा आ जाता है। जेल ही भेजना है तो थोड़े पैसे ख़र्च कर दिया करो। पैसे तो आप अभियुक्त से भी वसूल सकते हो।"

वकील साहब ने अपनी बात ख़त्म की तो अदालत में सन्नाटा छा गया। दारोग़ा जी की पोल खुल चुकी थी। क़ायदे से दारोग़ा जी के ख़िलाफ़ झूठा केस बनाने का मामला दर्ज होना चाहिए था। लेकिन ऐसा नहीं हुआ क्योंकि सिस्टम अपने लोगों का ख़याल करना जानता है। ख़ैर, अदालत ने अभियुक्त को मामले में बरी कर दिया और दारोग़ा जी को चेतावनी दी कि आइंदा ऐसा न करें। हालाँकि अदालत यह बताना भूल गई कि दारोग़ा जी ऐसा कब तक न करें।

स्कॉर्पियो की चाबी

उत्तर प्रदेश पुलिस की वेबसाइट के मुताबिक जनवरी 2023 में यूपी पुलिस महानिदेशक के अधीन लगभग ढाई लाख पुलिस कर्मी कार्यरत हैं। इनमें तकनीकी, खुफ़िया, जाँच, प्रशिक्षण और अपराध विज्ञान शाखा के कर्मचारी शामिल हैं। राज्य की बीस करोड़ की आबादी के लिहाज़ से यह संख्या काफ़ी कम है। ज़ाहिर है, बेचारे पुलिस वालों पर काम का बोझ ज़्यादा है। छुट्टी और मनोरंजन छोड़िए, सांस लेने की फ़ुर्सत नहीं है। काम के दबाव में पुलिसकर्मी कभी-कभी कुछ उलटी-सीधी हरकतें कर बैठते हैं। ज़रूरी नहीं है कि ऐसा करने के लिए उन्हें किसी नशे की ज़रूरत पड़े। वर्दी का नशा कौन-सा कम होता है?

अब अपने राजीव सिंह यादव जी को ही लीजिए। अमरोहा आए डेढ़ साल गुज़र चुके थे। कई थाने बदल गए लेकिन इस दौरान वह अपने गाँव नहीं जा पाए थे। रोज़ योजना बनाते, छुट्टी की दरख़्वास्त लगाते, लेकिन अधिकारी छुट्टी देने को राज़ी न थे। आख़िर थक-हार कर अपनी बेगम को ही गाँव से बुलवा लिया। एक दिन जैसे-तैसे वक़्त निकालकर बेगम को गोलगप्पे खिलाने के लिए शंभू मिष्ठान भंडार लेकर गए। मुँह में पहला गोलगप्पा भी नहीं आया था कि कंट्रोल रूम से फ़ोन आ गया। ''जल्दी पहुँचो, मंडी समिति रोड पर झगड़ा हो गया है।'' मरते क्या न करते? दारोग़ा जी खुंदक में पैर-पटकते वहाँ से निकले।

जब तक मौक़ा-ए-वारदात पर पहुँचे, झगड़ा ख़त्म हो चुका था। लेकिन मन तो उनका अभी भी गोलगप्पों के ग़म में हलक़ान हुआ जा रहा था। मन में बीवी की सही से ख़ातिर न कर पाने का ग़ुस्सा था। अब यह ग़ुस्सा कहीं तो ज़ाया होना ही था। आव-देखा न ताव, जो मिला उसी को पकड़ कर कूट दिया। दारोग़ा जी की इस मारा-कूटी में एक आदमी का सिर फूटा और दूसरे की बाँह टूटी। इनके अलावा और दो-तीन को भी चोटें आईं। टूटे-फूटे लोग चुप नहीं बैठे। शिकायतों के की पत्र भेजे। एक पत्र राष्ट्रीय मानवाधिकार आयोग तक भी गया। एक महीने बाद दारोग़ा जी सस्पेंड कर दिए गए। मगर अब उनके मन को तसल्ली थी कि चलो, कम-से-कम अब सुकून से गोलगप्पे खा सकते हैं। अब बेगम के साथ बैठेंगे तो कंट्रोल रूम से फ़ोन नहीं आएगा।

लेकिन सब तो यादव जी जैसे आत्म-संतुष्ट नहीं होते हैं ना? मार्च 2020 में ऐसा ही एक झगड़ा लखनऊ के थाना गोमती नगर इलाक़े में हुआ। मारपीट की सूचना पर पुलिस पहुँची और अखंड प्रताप सिंह नाम के किसी व्यक्ति की स्कॉर्पियो कार ज़ब्त करके थाने ले आई। कार मालिक को कुछ देर थाने में बैठाकर वापस भेज दिया गया लेकिन स्कॉर्पियो की चाबी एसएचओ सुरेंद्र सिंह ने अपने पास रख ली।

एसएचओ ने गाड़ी किस क़ानून के तहत अपने पास रखी यह वही जानें लेकिन नीयत साफ़ थी। इस गाड़ी से लॉन्ग ड्राइव पर जाने की उन्होंने मन-ही-मन योजना बना डाली। गाड़ी मालिक से कह दिया गया कि आप यह गाड़ी कल शाम आकर ले जाना। अगले दिन सुबह पुलिसवालों का एक दल उस महिंद्रा स्कॉर्पियो कार में छुट्टी मनाने के लिए निकला। गाड़ी थाने से निकल कर मुख्य राजमार्ग की तरफ़ बढ़ी। कुछ ही देर में स्कॉर्पियो हवा से बातें कर रही थी। पुलिसकर्मी पिकनिक प्लान बनाने में व्यस्त थे। हिसाब जोड़ा जा रहा था कि कौन क्या खिलाएगा और कौन क्या पिलाएगा।

पुलिसकर्मी इस बात से अनजान थे कि गाड़ी में जीपीएस डिवाइस लगी है। जैसे ही गाड़ी थाने से निकली, गाड़ी के मालिक अखंड प्रताप सिंह के मोबाइल पर मैसेज आने शुरू हो गए। वह समझ गए कि उनकी गाड़ी का दुरुपयोग किया जा रहा है। उन्होंने तुरंत एसएचओ को फ़ोन लगाया लेकिन थानेदार साहब ने उसका फ़ोन नहीं उठाया। अखंड प्रताप सिंह बेहद परेशान हुए। वह थाने पहुँचे। वहाँ अपनी गाड़ी को तलाशा लेकिन वहाँ उनकी गाड़ी मौजूद नहीं थी। उन्होंने थाने में मौजूद स्टाफ़ से गाड़ी के बारे में पता करना चाहा लेकिन कोई संतोषजनक उत्तर नहीं दे पाया।

इधर गाड़ी अभी लखीमपुर खीरी तक ही पहुँची थी कि अचानक बंद हो गई। ड्राइव कर रहे पुलिसकर्मी ने पहले तो सेल्फ़ लगा कर देखा और जब गाड़ी स्टार्ट नहीं हुई तो नीचे उतर कर चेक करना चाहा। मगर यह क्या? गाड़ी का दरवाज़ा खोलने से भी नहीं खुला। ड्राइवर को परेशान देख पीछे बैठे पुलिसकर्मियों ने अपनी-अपनी तरफ़ के दरवाज़े खोलने चाहे, लेकिन नाकाम रहे।

गाड़ी बीच सड़क पर बंद हुई थी सो जाम के से हालात बन गए। लोगों ने माजरा जानना चाहा, लेकिन न तो गाड़ी के शीशे खुल पा रहे थे और न दरवाज़े। तमाम खिड़की, दरवाज़ों में ऑटोमैटिक लॉक था जो अपनी चाबी से भी नहीं खुल रहा था। गाड़ी में पाँच पुलिसकर्मी क़ैद थे। अंदर बंद पुलिसकर्मी समझ गए कि गाड़ी में जीपीएस और रिमोट लॉकिंग डिवाइस लगी है। अब उनके पास गाड़ी मालिक को फ़ोन करके गाड़ी अनलॉक करने की गुहार लगाने

के सिवा कोई रास्ता न था। उन्होंने गाड़ी मालिक को फ़ोन लगाया, लेकिन अब उसने फ़ोन नहीं उठाया।

इस बीच गाड़ी में बंद पुलिसकर्मियों की ख़बर व्हाट्सऐप ग्रुपों पर तैरने लगी। स्थानीय पत्रकारों ने क्षेत्रीय टीवी चैनलों पर ख़बर फ़्लैश करा दी। ख़बर वायरल हुई तो पुलिस महकमे में हड़कंप मच गया। पुलिस के आला अधिकारियों ने गाड़ी मालिक को हड़काकर दबाव में लेना चाहा लेकिन उसने एक न सुनी। गाड़ी मालिक सत्ताधारी पार्टी के नेता और बलरामपुर के गैंसड़ी से विधायक का रिश्तेदार निकला। वह सत्ता के गुरूर में था सो पुलिस वालों से डरने का सवाल ही न था।

इसके बाद तो तमाम पुलिसकर्मी अखंड प्रताप सिंह की ख़ुशामद में जुट गए। जैसे-तैसे उन्हें गाड़ी अनलॉक करने के लिए मनाया गया। उनसे बयान दिलवाया गया कि ग़लतफ़हमी में गाड़ी लॉक कर दी गई क्योंकि उनको लगा कि गाड़ी शायद चोरी हो गई है। लेकिन पुलिस महकमे की भद तो पिट ही चुकी थी। लखनऊ पुलिस कमिश्नर ने मामले का संज्ञान लेते हुए गोमतीनगर के प्रभारी निरीक्षक को लाइन हाज़िर कर दिया।

लेकिन अब तक जितना तमाशा बनना था बन चुका था। शर्मिंदा पुलिस वाले लखनऊ लौटे और गाड़ी मालिक को बुलाकर गाड़ी सौंप दी। लेकिन पुलिस वालों ने इस घटना से क्या सबक़ सीखा होगा? कि अब किसी की गाड़ी छुट्टी मनाने के लिए इस तरह अनधिकृत तरीक़े से बिलकुल नहीं ले जानी है? नहीं! पुलिस के लिए इस घटना का सबसे बड़ा सबक़ है कि जब किसी की गाड़ी इस तरह रोको तो पता कर लो कि गाड़ी में रिमोट लॉक और जीपीएस तो नहीं लगा है। पता नहीं भला कब और कहाँ, सबके सामने तमाशा बन जाए?

शराबी चूहे

पश्चिम उत्तर प्रदेश के तमाम ज़िलों और प्रदेश की सीमा से उत्तराखंड के मैदानी इलाक़ों में तीन चीज़ें बड़ी आम हैं। हर तरफ़ आपको गन्ने के खेत मिलेंगे, गुड़ बनाने के कोल्हू दिखेंगे और सस्ती, देशी, कच्ची शराब आपको गाँव-गाँव, गली-गली मिल जाएगी।

कच्ची शराब का मतलब ग़ैर-क़ानूनी तरीक़े से स्थानीय लोगों द्वारा बनाई गई देशी शराब। इसे तैयार करने में सड़ा-गला गुड़, शीरा, नौसादर, यूरिया, धतूरे के बीज और यीस्ट के अलावा लोग ऑक्सीटोसीन के इंजेक्शन का भी इस्तेमाल कर लेते हैं। ये तमाम पदार्थ किसी भी इंसान के स्वास्थ्य के लिए वैसे भी बेहद हानिकारक हैं। इससे भी ज़्यादा ख़तरा तब होता है जब इनमें से किसी भी एक पदार्थ की मात्रा कम या ज़्यादा हो जाए। सामग्री की मात्रा ज़रा भी गड़बड़ा जाए तो जो द्रव्य बनता है वह ज़हरीला होता है। इसके चलते हर साल सैकड़ों लोग अपनी जान गंवाते हैं।

सरकार ने इस तरह की शराब बनाने, बेचने और ख़रीदने को क़ानूनी तौर पर अपराध घोषित कर रखा है। इसे रोकने की ज़िम्मेदारी पुलिस के अलावा आबकारी विभाग की भी है क्योंकि इससे सरकारी शराब की बिक्री से होने वाले राजस्व को ख़ासा नुक़सान पहुँचता है। इसके बावजूद पश्चिम यूपी में कच्ची

शराब का अवैध कारोबार बड़े पैमाने पर होता है। अक्सर खेत या छिपी जगहों पर लोग कच्ची शराब बनाने की अवैध भट्ठियाँ लगा लेते हैं। यह धंधा इलाक़े में कुटीर उद्योग की तरह फल-फूल रहा है। पुलिस प्रशासन कई बार दिखावे की और कई बार सचमुच वाली कार्रवाई भी करता है। पुलिस कच्ची शराब पकड़ती है, भट्ठियाँ तोड़ती है और आरोपियों को जेल भेज देती है लेकिन कच्ची शराब का कारोबार यहाँ कभी भी बंद नहीं होता।

ख़ैर, हम जिस मामले की बात कर रहे हैं वह और भी दिलचस्प है। बात होगी कोई 2014 या 2015 की। बरेली कैंट थाना इलाक़े में पुलिस को मुख़बिर से सूचना मिली कि कुछ लोग कच्ची शराब का अवैध कारोबार कर रहे हैं। उन्हीं दिनों शायद उन्नाव और लखनऊ में कच्ची शराब पीने से कुछ लोगों की मौत भी हुई थी। सरकार की तरफ़ से शराब के अवैध कारोबार को ख़त्म करने का दबाव था। ऐसे में पुलिस ने सक्रियता दिखाते हुए छापा मारा। मुख़बिर की सूचना सही निकली। छापेमारी के बाद पुलिस ने एक हज़ार लीटर कच्ची शराब के साथ कुछ आरोपियों को गिरफ़्तार किया। आरोपी जेल भेज दिए गए जबकि बरामद की गई शराब को सरकारी मालख़ाने में जमा करा दिया गया। बात आई गई हो गई।

इस बीच दिसंबर 2018 में बरेली कैंट थाने में मालख़ाने के प्रभारी रहे, हैड मोहर्रिर का तबादला बदायूँ हो गया। थाने से रवानगी से पहले हैड मोहर्रिर की ज़िम्मेदारी थी कि नए मालख़ाना प्रभारी को मालख़ाने में जमा सामान का हिसाब-किताब दें। मुंशी को कैंट थाना मालख़ाने का चार्ज मिला तो उन्होंने वहाँ जमा सामान की सूची का स्टोर में मौजूद सामान से मिलान किया। हिसाब-किताब जोड़ा तो उन्होंने पाया कि तमाम सामान तो पूरा था लेकिन मालख़ाने में जमा कच्ची शराब और नशीले पदार्थों का कहीं अता-पता नहीं है। उन्होंने इसकी जानकारी तत्कालीन थाना प्रभारी को दी।

जब हिसाब का मिलान नहीं हुआ तो फिर ग़ायब सामान की तलाश शुरू हुई। सामान तो नहीं मिला लेकिन काफ़ी खोजबीन के बाद एक स्टोर से कुछ ख़ाली कैन ज़रूर मिल गईं। हालात बता रहे थे कि यह कैन काफ़ी समय से बंद पड़ी थीं और उनमें से कुछ को चूहों ने जगह-जगह से कुतर भी दिया था। लेकिन कच्ची शराब और ग़ायब हुए मादक पदार्थों का मसला अभी ज्यों-का-त्यों था। मालख़ाने में जमा सामान मुक़दमे का सबूत होता है। अगर अदालत ने भौतिक परीक्षण के लिए बोल दिया तो भला इतनी सारी शराब कहाँ से लाई जाएगी।

ख़ैर, पुलिस तो पुलिस है। मामला जब सुनवाई पर आया तो बात भौतिक परीक्षण पर आई। पुलिस ने मामले में जो जवाब दाख़िल किया उसे सुनकर

अदालत को भी चक्कर आ गया। बरेली कैंट पुलिस ने अदालत से कहा कि बरामदगी के बाद अवैध शराब को सील करके हिफ़ाज़त से थाने के स्टोर में रख दिया गया था। चूँकि मामले की सुनवाई बहुत दिनों बाद हुई है इसलिए शराब की मात्रा पूरी नहीं है। अदालत ने पूछा कि बाक़ी अवैध शराब कहाँ चली गई। इस पर पुलिस ने कहा कि शराब चूहे पी गए। अगर अदालत को सबूत चाहिए तो चूहों की कुतरी हुई ख़ाली कैन अदालत में पेश की जा सकती हैं।

पुलिस के मुताबिक़ दो-तीन साल में चूहे एक हज़ार लीटर कच्ची शराब पी गए। अदालत भला इसमें अब क्या कर सकती थी। हालाँकि इसका लाभ अपराधियों को मिल गया। फिर भी मामला अधिकारियों तक पहुँचा। तमाम ज़िले के थाने और चौकियों के मालख़ाने जाँचे गए। इसके बाद पता चला कि सिर्फ़ बरेली कैंट थाने के चूहे शराबी नहीं हैं बल्कि सदर कोतवाली इलाक़े की शाहमत गंज पुलिस चौकी से भी सैकड़ों लीटर कच्ची शराब ग़ायब थी। लेकिन पुलिस को चूहों का आइडिया आया कहाँ से? पता चला कि 2017 में ऐसे ही पटना में पुलिस ने आठ लाख लीटर शराब चूहों के खाते में चढ़ा दी थी। ऐसे में हज़ार-दो हज़ार लीटर भला क्या ही मायने रखती है।

बरेली पुलिस ने जाँच की और मामला बंद कर दिया। लेकिन ज़रा-सा अपराध रजिस्टर से मिलान कर लिया होता तो बरेली के चूहे बदनाम होने से बच जाते। बस इतना ही तो पता करना था कि पुलिस ने इन दो-तीन सालों के दौरान कितने छोटे-मोटे अपराधी गिरफ़्तार करके जेल भेजे हैं? फिर यह मिलान करना था कि उन अपराधियों में कितनों के पास से कच्ची शराब की कैन या मादक पदार्थों की पोटली मिली है।

यह कोई ढका-छिपा खेल नहीं है। यूपी, बिहार के अलावा राजस्थान और मध्य प्रदेश समेत देश के तमाम राज्यों में पुलिस यही करती है। जब स्टॉक ख़त्म हो जाता है तो इल्ज़ाम अक्सर चूहों के सिर आता है। देश में फ़िलहाल ऐसा कोई क़ानून नहीं है जो नशेड़ी, गंजेड़ी चूहों को सज़ा दिला सके। ऐसे में अपराधियों की धारा बढ़ती रहती है, मालख़ाने से शराब और मादक पदार्थ ग़ायब होते रहते हैं। इधर बेचारे चूहे इस बात से हमेशा अनजान रहते हैं कि पुलिस और अदालतों के रिकॉर्ड में वे नशेड़ी साबित हो चुके हैं।

ठांय-ठांय, मारो-मारो

संभल पश्चिम उत्तर प्रदेश का एक ऐतिहासिक शहर है। एक ज़माने में यह पाँचाल राज्य का हिस्सा हुआ करता था। सिकंदर लोदी ने संभल को प्रांतीय राजधानी का दर्जा दिया। मुग़ल सम्राट बाबर ने हुमायूँ को संभल की जागीर दी, लेकिन हुमायूँ यहाँ बीमार हो गया और वापस आगरा चला गया। सत्ता शेरशाह सूरी के पास आई तो उसने अपने दामाद मुबारिज़ ख़ां को यहाँ का गवर्नर बनाया। शाहजहाँ के सेनापति रुस्तम ख़ां ने मुरादाबाद शहर बसाया। इसके बाद वह राजकाज उठाकर संभल से मुरादाबाद ले गया और इस शहर की अहमियत कुछ कम हो गई। हालाँकि पुजारी और पंडों ने इस शहर का पौराणिक महत्त्व बनाए रखा। यहाँ कहा जाता है कि पौराणिक कथाओं में वर्णित शंभल यही है जहाँ कल्कि अवतार जन्म लेगा।

संभल को लेकर जो क़िस्से मशहूर हैं उनमें एक आल्हा और ऊदल का भी है। कोतवाली के पास पुराने क़िले की दीवार पर चक्की का एक गोल पत्थर टँगा है। लोग कहते हैं कि बुंदेला सरदार आल्हा ने इसे हवा में छलांग लगा कर टाँग दिया था। ऐसे ही एक कहानी तोता-मैना की क़ब्र की भी लोग सुनाते हैं। स्थानीय लोग कहते हैं कि इस क़ब्र पर ख़ज़ाने का पता लिखा है लेकिन अरबी के जानकार देखते ही समझ जाते हैं कि यह एक दुआ नाद-ए-अली है जो

तकनीकी वजह से उल्टी नज़र आती है। संभल वालों से बात करें तो वह इस तरह के हज़ार से ज़्यादा झूठे-सच्चे क़िस्से सुना सकते हैं।

संभल में सैयद अब्दुल रहमान का मक़बरा बादल शाह का गुम्मट कब हो गया लोग नहीं बता सकते। ऐसे ही वह दिल्ली के राजपूत राजा रहे पृथ्वीराज चौहान की महमूद ग़ज़नवी के भांजे सैयद सालार मसूद ग़ाज़ी से जंग का क़िस्सा सुनाते हैं। उस जंग की याद में हर साल ध्वजा और नेज़े का मेला भी लगाते हैं। इस सबमें कोई यह सोचने की ज़हमत नहीं उठाता कि पृथ्वीराज चौहान मुहम्मद ग़ौरी के काल में था, महमूद गज़नवी के नहीं। पृथ्वीराज नाम का कोई और राजा रहा होगा जो सालार मसूद से लड़ा लेकिन वह दिल्ली का चौहान राजा क़तई न था।

संभल वालों ने इतने क़िस्से लोगों को सुना दिए हैं कि कई पर लोगों को यक़ीन भी नहीं होता। लोग हँसकर कह देते हैं कि संभल में मकान टूटे और लोग झूठे हैं। हालाँकि यह भी सामान्यीकरण ही है और इस कहावत से संभल का इतिहास पूरी तरह नकारा नहीं जा सकता। लेकिन क़िस्सागोई संभल वालों के ख़ून में है। मुहल्ला सराय तरीन के एक ख़ान साहब के लिए मशहूर है कि वह आम की गुठलियों से पलंग के पाए तैयार कर दिया कर देते थे। यानी वह अव्वल दर्जे के झूठे थे। जब ऐसा माहौल हो तो ग़रीब पुलिस भला कैसे बच पाए?

बात अक्टूबर 2018 की है। संभल पुलिस को मुख़बिर ने इलाक़े के एक नामी बदमाश रुख़सार के बारे में सूचना दी। पुलिस को बताया गया कि 25 हज़ार का ईनामी बदमाश रुख़सार जंगल में देखा गया है। रुख़सार पर लूट, हत्या समेत क़रीब 18 मामले दर्ज थे। सूचना पाकर सब-इंस्पेक्टर संजीव कुमार के नेतृत्व में एक पुलिस टीम मौक़े पर रवाना की गयी। पुलिस को आता देख बदमाश ने दौड़ लगाई और पास के गन्ने के खेत में घुस गया।

पश्चिम यूपी में जहाँ गन्ने की खेती होती है वहाँ किसी को खोज पाना आसान नहीं है। लोगों के खेत से खेत मिले होते हैं। अगर तमाम लोग एक साथ गन्ना बो दें तो दूर-दूर तक फैली घनी फ़सल में आराम से छिपा जा सकता है। पुलिस ने बदमाश का पीछा किया और एक खेत के पास उसको घेर लिया। इसके बाद उसे बाहर निकल कर ख़ुद को पुलिस के हवाले करने के लिए चेतावनी दी गई मगर बदमाश बाहर नहीं आया। अब पुलिस को लगा कि फ़ायर करके बदमाश को ललकारा जाए। हो सकता है एनकाउंटर के डर से ही बाहर निकल आए?

मगर यह क्या, जैसे ही संजीव कुमार ने फ़ायर करना चाहा उनकी पिस्टल धोखा दे गई। तमाम कोशिश के बाद भी पिस्टल से फ़ायर नहीं हुआ। हालाँकि दूसरे पुलिस वालों के पास बंदूक़ें थीं और उन्होंने फ़ायर भी किए। मुठभेड़ में बदमाश

घायल हुआ और पकड़ा भी गया। यहाँ तक सब ठीक था लेकिन मुठभेड़ के अगले दिन एक वीडियो वायरल हुई और यूपी पुलिस का देश और दुनिया में जमकर मज़ाक़ उड़ाया गया। लोगों ने वीडियो क्लिप को शेयर करके ख़ूब मज़े लिए।

अमूमन मुठभेड़ असली हो तो पुलिस अक्सर घटना की वीडियोग्राफ़ी कराती है। इस मामले में भी यही हुआ। घटना की वीडियो को जब प्लेबैक करके देखा गया तो बड़ा ही मज़ेदार वाक़या सामने आया। पहले सीन में दारोग़ा संजीव कुमार फ़ायर करने की कोशिश करते हुए दिखते हैं। उनके बराबर में खड़ा पुलिस वाला अपनी पिस्टल से फ़ायर कर रहा है। लेकिन संजीव कुमार भला कैसे ख़ामोश रहते? आख़िर पुलिस की इज़्ज़त का सवाल था सो वह वहाँ खड़े होकर मुँह से ही 'मारो-मारो, ठांय-ठांय' बोलने लगे।

यह पुलिस इतिहास में आज तक नहीं हुआ था कि मुठभेड़ के दौरान मुँह से ठांय-ठांय करके किसी ईनामी बदमाश को डराने की कोशिश की जाए। बात वहीं दब जाती लेकिन हर विभाग में कोई-न-कोई मज़े लेने वाला होता है। किसी ने क्लिप लीक कर दिया और सोशल मीडिया पर इस घटना का ख़ूब मज़ाक़ बना। टीवी और अख़बारों पर इसे लेकर ख़ूब मसालेदार रिपोर्टिंग हुई। हालाँकि पुलिस की बंदूक़ मौक़े पर धोखा कैसे दे गई, इसकी जाँच होनी चाहिए थी लेकिन ऐसा नहीं हुआ। इतना ही नहीं संभल के तत्कालीन पुलिस अधीक्षक ने इस घटना को सब-इंस्पेक्टर की बहादुरी माना। इसके लिए बाक़ायदा तत्कालीन डीजीपी को एक पत्र लिखा गया। इस पत्र में दारोग़ा की ख़ूब तारीफ़ की गई और बहादुरी के लिए विभाग की तरफ़ से इनाम देने के लिए कहा गया।

इस घटना से यह तो तय हो गया कि यूपी पुलिस मुठभेड़ करने में इतनी माहिर हो चुकी है कि अगर चाहे तो मुँह से भी गोलियाँ दाग़ सकती है। ऐसे में अगर मौक़े पर हथियार धोखा दे भी जाएँ तो भला विभाग इसकी चिंता क्यों कर करे?

चाँदतारा की आत्मा आई थी...

एक बहुत ही पुराना चुटकुला है। एक अंग्रेज़ मंत्री आगरा का ताजमहल देखने भारत आया। रास्ते में कहीं उसकी घड़ी खो गई। उसके स्टाफ़ ने पुलिस से घड़ी चोरी की शिकायत की। मंत्री अपने देश वापस लौट गया मगर पुलिस घड़ी की तलाश में जुटी रही। एक दिन मंत्री के दफ़्तर से थाने में फ़ोन आया। मंत्री के सचिव ने थानेदार को बताया कि घड़ी मंत्री जी के सामान में ही थी और मिल गई है। सचिव की बात पर आश्वस्त होने की बजाय दारोग़ा चकरा गया। उसने पलट कर कहा, ''ऐसे कैसे मिल गई घड़ी? यहाँ हमने पाँच लोगों को हिरासत में लेकर पूछताछ की। पकड़े गए लोगों में दो ने घड़ी चुराना क़बूल भी कर लिया है। उनमें से एक घड़ी बरामद कराने पुलिस टीम के साथ गया हुआ है।''

चुटकुला पुराना है लेकिन भारत में किसी भी राज्य की पुलिस के लिए आज भी उतना ही प्रासंगिक है। लोग कहते भी हैं कि पुलिस चाहे जो कर दे। वह रस्सी का साँप बना सकती है और साँप को रस्सी साबित कर सकती है। हालाँकि कई बार इस तरह की चालाकियाँ पकड़ी जाती हैं और पुलिस की काफ़ी किरकिरी भी होती है। लेकिन उर्दू का एक मशहूर शे'र है—

''सौ जूतों से कम रुतबा-ए-आली नहीं होती,
इज़्ज़त वह ख़ज़ाना है जो कभी ख़ाली नहीं होती।''

वैसे भी इज़्ज़त और ठंड लगने की नहीं, महसूस करने की चीज़ें हैं। अगर पुलिस बल इन्हें महसूस करने लगें तो बस हो गया काम।

ख़ैर, कानपुर में न ताजमहल है और न वहाँ कोई मंत्री-संतरी विदेश से घूमने आता है, लेकिन यहाँ की पुलिस आगरा जितनी ही मुस्तैद है। बात मार्च 2020 की है। कानपुर के नौबस्ता इलाक़े में एक जगह है राजीव नगर। यहाँ की रहने वाली एक महिला ने मुहल्ले के ही चार-पाँच लोगों के ख़िलाफ़ छेड़छाड़ और मारपीट की धाराओं में मामला दर्ज कराया। महिला का आरोप था कि मुहल्ले के ही रहने वाले रशीद ख़ान ने अपने साथियों के साथ मिलकर उसके साथ छेड़छाड़ की और जब विरोध किया तो फिर उसके साथ मारपीट की गई।

शुरूआत में तो पुलिस शिकायत ही दर्ज नहीं कर रही थी लेकिन जब मामला कप्तान के दरबार में पहुँचा तो एसएसपी के कहने पर रिपोर्ट दर्ज कर ली गई। मामला दर्ज होने के बाद थाने के ही एक दारोग़ा संतोष चंद्र को विवेचना का ज़िम्मा सौंपा गया। दारोग़ा जी ने मौक़ा मुआयना किया, आस-पास के लोगों के बयान दर्ज किए और फिर अदालत में आरोप पत्र जमा कर दिया। अपनी जाँच में विवेचक दारोग़ा ने छेड़छाड़ की धाराएँ हटा दीं और कहा कि आपसी विवाद में दोनों पक्षों के बीच सिर्फ़ मारपीट हुई थी।

पीड़िता को जब इसकी ख़बर हुई तो उसने अपने वकील के माध्यम से चार्जशीट की नक़ल निकलवाई। चार्जशीट से पता लगा कि जाँच अधिकारी ने मुहल्ले की ही रहने वाली नसरीन आरा, फ़रीदा बेगम और चाँदतारा के बयान दर्ज किए थे। इन तीनों ने ही अपने बयान में कहा था कि वादियों के बीच आपसी रंजिश थी। दोनों पक्षों के बीच मारपीट तो हुई लेकिन छेड़छाड़ जैसा कोई मामला नहीं था। इन बयानों के आधार पर छेड़छाड़ के अपराध से जुड़ी गंभीर धारा हटा दी गई।

सामान्य तौर पर देखने में यह सीधा-सा मामला लगता है लेकिन ऐसा है नहीं। दारोग़ा संतोष चंद्र की कहानी में एक बहुत बड़ा झोल था। दरअसल उसने जिस चाँदतारा को घटना का चश्मदीद मानते हुए बयान दर्ज किया था वह तो इस दुनिया में थी ही नहीं। घटना से क़रीब एक साल पहले यानी जुलाई 2019 में उसका देहात हो चुका था। तो क्या चाँदतारा की आत्मा आकर अपना बयान दर्ज करा गई थी?

भूत और आत्माएँ या तो फ़िल्मों में होते हैं या क़िस्से-कहानियों में। ज़ाहिर है कि दारोग़ा जी के पास जिस महिला ने अपना बयान दर्ज कराया उसने अपना नाम और माता-पिता का नाम ग़लत लिखा दिए थे। यह भी हो सकता है कि दारोग़ा जी ने स्थानीय लोगों से ऐसे ही नाम पूछ कर बिना प्रमाण जुटाये बयान लिख लिए और अदालत में दाख़िल भी कर दिए। दोनों ही हालात में दारोग़ा जी से बड़ी ग़लती हुई थी। अब यह चाँदतारा की आत्मा ही बता सकती है कि यह ग़लती से हो गई थी या फिर किसी दबाव अथवा प्रभाव में जानबूझकर की गई थी। हमें यह बात कभी पता नहीं लग पाएगी क्योंकि भूत और आत्माएँ सच बताने कभी किसी के सामने नहीं आतीं।

और सलीम भाग गया

मुरादाबाद पश्चिम उत्तर प्रदेश का मशहूर और ऐतिहासिक शहर है। फ़िलहाल यह ज़िला और मंडल मुख्यालय है लेकिन एक ज़माने में यह जगह चौपला नाम का छोटा-सा गाँव था। मुग़ल सम्राट शाहजहाँ ने अपने सेनापति रुस्तम ख़ां दक्खिनी को संभल का गवर्नर बना कर भेजा। उसे कठेर और लोध बाग़ियों को सँभालने और इलाक़े में होने वाली लूटपाट रोकने की ज़िम्मेदारी दी गई। रुस्तम ख़ां ने कठेरों को हिमालय की तलहटी में धकेल दिया लेकिन अब उसे संभल से थोड़ा आगे एक सीमा चौकी की ज़रूरत थी। उसने वर्ष 1625 के आस-पास रुस्मतनगर नाम से यहाँ एक शहर की नींव रखी।

किसी ने बादशाह को भड़का दिया कि आज रुस्तम अपने नाम पर शहर बसा रहा है, कल ख़ुदमुख़्तार हो जाएगा। बादशाह ने रुस्तम को आगरा दरबार में तलब कर लिया। इसके बाद मुग़ल शाहज़ादा मुराद बख़्श के नाम पर इस जगह का नाम मुरादाबाद कर दिया गया। रुस्तम ख़ां बाक़ायदा मुराद बख़्श को यहाँ लेकर आया और एक शानदार जुलूस निकाला गया। यह जुलूस आज के दिल्ली-रामपुर-लखनऊ को जोड़ने वाले राष्ट्रीय राजमार्ग से शुरू होकर रामगंगा नदी के किनारे बनी मौजूदा जामा मस्जिद पर जाकर ख़त्म हुआ। जिस रास्ते से यह जुलूस निकाला गया उसे शाह राह नाम दिया गया। जब अंग्रेज़ शासक हुए

तो उन्होंने इसका नाम बदल कर प्रिंस रोड कर दिया। तब से आज तक भी यह सड़क प्रिंस रोड के नाम से ही जानी जाती है।

पुलिस प्रशासन के नज़रिए से भी मुरादाबाद काफ़ी अहम है। अंग्रेज़ शासकों ने 1901 में यहाँ एक पुलिस ट्रेनिंग स्कूल की स्थापना की थी। आज़ादी के बाद इसे पुलिस अकादेमी का दर्जा मिल गया और कुछ वर्ष पहले इसका नाम बदल कर डॉक्टर भीमराव अंबेडकर पुलिस अकादेमी कर दिया गया। इस अकादेमी को यूपी पुलिस का गुरुकुल कहा जाता है जहाँ आईपीएस और राज्य पुलिस सेवा के तमाम अधिकारियों को आला प्रशिक्षण दिया जाता है। इस लिहाज़ से मुरादाबाद में पुलिस और जगहों से ज़्यादा बेहतर होनी चाहिए लेकिन एक कहावत है कि क्या काबुल में गधे नहीं पाए जाते?

राज्य की सबसे बड़ी पुलिस अकादेमी वाले शहर मुरादाबाद में पुलिस इतिहास की एक अनोखी घटना घटी। इस घटना का सूत्रधार प्रिंस रोड के आख़िरी सिरे पर बसे मुहल्ले, मुग़लपुरा का निवासी था। बात तक़रीबन 2003 की है। एक मामले की सुनवाई ज़िला एवं सेशंस कोर्ट यानी ज़िला न्यायालय में चल रही थी। उस रोज़ सलीम नाम के एक शख़्स की गवाही होनी थी। सलीम मुरादाबाद के थाना मुग़लपुरा इलाक़े में रहता था। पुलिस का कहना था कि उसने कुछ दिन पहले शहर के काशीपुर तिराहे के पास एक एनकाउंटर किया था। इस मुठभेड़ में दो आरोपी ज़ख़्मी हालत में गिरफ़्तार हुए थे, जबकि एक पुलिस पर फ़ायरिंग करते हुए, अंधेरे का फ़ायदा उठाकर भाग निकला।

ख़ैर, तय वक़्त पर अदालत की कार्यवाही शुरू हुई। अदालत में दारोग़ा जी का नाम पुकारा गया। दारोग़ा जी आगे बढ़े। उनसे कहा गया कि वह कठघरे में आकर खड़े हो जाएँ। दारोग़ा जी हाँफ़ते, काँपते, अपनी हिलती हुई तोंद सँभालते, विटनेस बॉक्स में आकर खड़े हो गए। अब बारी थी सवाल-जवाब की। अदालत में जज साहब ने दारोग़ा से सवाल करने शुरू किए।

"हाँ तो दारोग़ा जी," जज साहब ने कहा तो दारोग़ा जी ज़रा सँभल कर खड़े हो गए।

"जी हुज़ूर," उन्होंने जवाब दिया।

"आपका क्या मामला है?" जज साहब ने पूछा।

"हुज़ूर एनकाउंटर का है..."

"आपने एनकाउंटर किया था," जज ने फिर सवाल किया?

"जी हुज़ूर..."

"अभी तक कुल कितने एनकाउंटर कर चुके हो?"

"हुज़ूर ऐसे तो याद नहीं, लेकिन हाँ, 20 साल से ज़्यादा की सर्विस हो गई। इस दौरान कई हो गए..."

"ये केस डायरी में जो दर्ज किया है, वह क्या तुमने अपने हाथ से है?"

"जी हुज़ूर..."

"ठीक है। पढ़कर सुनाओ," जज साहब ने आदेश किया।

दारोग़ा जी ने केस डायरी में दर्ज वारदात पढ़कर सुनानी शुरू की। "हुज़ूर नवंबर 2002 की बात है। सर्दियाँ शुरू हो गई थीं। उन दिनों मेरी ड्यूटी रात्रि गश्त में लगा दी गई थी। उन दिनों मैं सरकारी जीप में तीन कांस्टेबल और एक ड्राइवर के साथ रोज़ाना रात्रि गश्त करता था। उस दिन भी हम सभी लोग गश्त पर निकले थे। रात के कोई बारह या एक बजे के बीच का टाइम होगा। पुलिस पार्टी गश्त करते हुए शहर के काशीपुर तिराहे पर पहुँची। वहाँ से हम थोड़ा ही आगे बढ़े थे कि हमें वहाँ खड़े तीन युवक नज़र आए। वे लोग अंधेरे में खड़े आपस में कुछ बात कर रहे थे। शायद कोई योजना बना रहे होंगे। जैसे ही उन पर पुलिस जीप की हैडलाइट से रौशनी पड़ी वे कुछ असहज से हुए। वे समझ गए कि गाड़ी पुलिस की है। पुलिस का गश्ती वाहन आता देखकर वे दूसरी दिशा की तरफ़ जाने लगे। फिर वे अचानक तेज़-तेज़ चलने लगे तो हमें उन पर शक हुआ।"

"आगे क्या-क्या हुआ? जल्दी-जल्दी बताओ," जज साहब ने कहा।

"हुज़ूर होता क्या। हमें लगा कि वे भाग रहे हैं तो हमने उन्हें आवाज़ देकर रुकने को कहा। लेकिन वे रुकने की बजाय विपरीत दिशा में तेज़ी से भागने लगे। पुलिस पार्टी में शामिल कांस्टेबल और मैं गाड़ी से उतर कर उनके पीछे भागे। हमने ललकार कर उनसे ठहरने के लिए कहा मगर वे नहीं रुके। वे तीनों युवक ठहरने की बजाय अंधेरे में आड़ लेने की कोशिश करने लगे। हमने उनका पीछा करना जारी रखा तो उन लोगों ने बौखला कर हम पर फ़ायरिंग शुरू कर दी। पुलिस पार्टी पर गोलियाँ चलीं तो हमारे सिपाहियों ने भी गोली का जवाब गोली से दिया। अंधेरे में कुछ नज़र तो आ नहीं रहा था। बस ऐसे ही अंदाज़े से हम उनकी तरफ़ फ़ायरिंग करते रहे।"

"इसके बाद?"

"हुज़ूर, कुछ देर बाद उनकी तरफ़ से फ़ायरिंग रुक गई। हम समझ गए कि आरोपियों के पास या तो गोलियाँ ख़त्म हो गई हैं या वे ढेर हो गए हैं। यह भी लगा कि शायद वे अंधेरे का फ़ायदा उठाकर भाग निकले हैं। हम सावधानीपूर्वक आगे बढ़े। आगे एक गली थी। इस गली के मोड़ पर हमने देखा कि दो बदमाश

ज़ख़्मी हालत में पड़े हैं। एक के शरीर में गोली लगी थी जबकि दूसरे की टाँग ज़ख़्मी थी। हमने तीसरे युवक की तलाश की। वह वहीं छिपा हुआ था। हमारे सिपाहियों ने उसे खोज भी लिया लेकिन उसके पास अभी कारतूस बाक़ी थे। उसने फिर से फ़ायर किए। हमने भी जवाब दिया।''

''तो क्या वह पकड़ा गया?'' अब की बार सवाल बचाव पक्ष के वकील की तरफ़ से आया।

''नहीं,'' दारोग़ा जी ने आगे कहा। ''वह बदमाश अंधेरे का फ़ायदा उठाकर भाग निकला। वह लगातार फ़ायर कर रहा था। चूँकि हमने दो बदमाश ज़िंदा पकड़ लिए थे सो हमने तीसरे का ज़्यादा पीछा करना मुनासिब नहीं समझा। हमें मालूम था कि दोनों घायल बहुत गंभीर अवस्था में नहीं हैं। होश में आएँगे तो तीसरे अपराधी का पता बता ही देंगे। इसके बाद पुलिस पार्टी दोनों घायलों को लेकर ज़िला अस्पताल आ गई। अस्पताल में मरहम-पट्टी के बाद हम दोनों बदमाशों को थाने लेकर आए। पूछताछ के दौरान उन दोनों ने फ़रार बदमाश की पहचान थाना मुग़लपुरा निवासी सलीम के तौर पर की।''

''तो आपका कहना है कि पुलिस पर फ़ायरिंग करके फ़रार होने वाला तीसरा बदमाश सलीम था?'' जज साहब ने पूछा।

''जी हुज़ूर।'' दारोग़ा जी ने जवाब दिया

''बचाव पक्ष को कुछ कहना है?'' जज साहब ने बचाव पक्ष के वकील की तरफ़ रुख़ करते हुए पूछा।

''जी हुज़ूर!''

बचाव पक्ष का वकील खड़ा हुआ और उसने दारोग़ा जी से सवाल करने शुरू किए।

''दारोग़ा जी आपको अंधेरे में साफ़-साफ़ नज़र आता है?''

''जी, काफ़ी हद तक,'' दारोग़ा ने जवाब दिया।

''चश्मा लगाते हैं आप,'' वकील ने पूछा।

''जी नहीं।''

''बिना चश्मे के कितनी दूर तक देख सकते हैं,'' वकील ने नया सवाल दाग़ा?

''मेरी नज़र एकदम ठीक है।''

''आपने अपनी आँखों से सलीम को गोलियाँ चलाते हुए देखा था?'' बचाव पक्ष का वकील अब मुद्दे की बात पर आ गया।

''जी हाँ। मैंने ख़ुद देखा था और बहुत अच्छी तरह से देखा था। मैं उसको

भला कैसे भूल सकता हूँ,'' दारोग़ा ने अपना लहज़ा थोड़ा मज़बूत करते हुए कहा?

''एक बार फिर से सोच लीजिए दारोग़ा जी।''

''जी, बिलकुल सोच लिया।''

''आपकी याद्दाश्त एकदम दुरुस्त है,'' वकील ने फिर से सवाल किया?

''जी बिलकुल। मुझे अपनी याद्दाश्त पर पूरा यक़ीन है।''

''अच्छा, ठीक है। तो यह बताइए कि सलीम के किस हाथ में तमंचा था?''

''दाहिने हाथ में,'' दारोग़ा ने कहा।

''पक्का?''

''हाँ एकदम पक्का।'' इस बार दारोग़ा की आवाज़ में पहले से ज़्यादा विश्वास था।

''ठीक है, मुझे बस इतना ही पूछना था,'' वकील ने कहा। दारोग़ा जी अपनी जगह वापस लौटने लगे तो वकील ने उनसे ठहरने को कहा।

''आपसे सवाल नहीं पूछना है लेकिन आप अभी रुकिए। आपसे जाने को नहीं कहा गया है,'' वकील ने दारोग़ा से कहा। दारोग़ा जी अंदर से तो काफ़ी भुने लेकिन अदालत का आदर करके चुपचाप खड़े हो गए।

अब वकील एक बार फिर जज साहब की तरफ़ मुख़ातिब हुआ।

''हुज़ूर, मैं एक गवाह पेश करने की इजाज़त चाहता हूँ,'' वकील ने जज से कहा।

''लेकिन दारोग़ा जी को तो जाने दो,'' जज ने ज़रा सवालिया लहज़े में कहा।

''जज साहब, दारोगा जी चले जाएँगे, बस इनसे अपने गवाह की शिनाख़्त करा लें अगर आप इजाज़त दें तो,'' वकील ने कहा।

जज साहब ने इशारा करते हुए इजाज़त दे दी।

अब वकील साहब ने एक गवाह को इशारा किया। इशारा पाकर वह व्यक्ति अपनी बैसाखी सँभालते हुए उठा और फिर उस बैसाखी के सहारे तक़रीबन गिरता–पड़ता हुआ कठघरे में आकर खड़ा हो गया...

''यह कौन है?'' जज साहब ने पूछा।

''हुज़ूर, यह तो दारोग़ा जी बताएँगे।''

''दारोग़ा जी क्या इस शख़्स को पहचानते हैं?'' वकील ने सवाल किया।

''हुज़ूर मैं इसे नहीं जानता।''

''हैरानी की बात है। आप इसको कैसे नहीं जानते?''

''मैं भी हैरत में हूँ कि इस व्यक्ति का इस केस से क्या सम्बन्ध है?''

''सम्बन्ध तो है दारोग़ा जी। आप अपने दिमाग़ पर फिर से ज़ोर डालिए...''

दारोग़ा जी ने थोड़ा सोचा और फिर उसको पहचानने से इनकार कर दिया।

''आपने सलीम को देखा है?''

''वारदात की रात ही देखा था। तब से वह फ़रार है,'' दारोग़ा जी ने जवाब दिया।

''आपको किसने बताया कि फ़ायरिंग करने वाला युवक सलीम ही था।''

''उसके साथियों ने...''

''आपने बाद में पुष्टि की कि सलीम है कौन?''

''इसमें पुष्टि की क्या बात है? उसके साथियों ने नाम लिया और हमने उसकी तलाश शुरू कर दी।''

''बस यहीं आप गच्चा खा गए दारोग़ा जी?'' वकील ने जब यह कहा तो दारोग़ा जी थोड़ा हैरत में पड़ गए। उनका चेहरा हज़ार सवाल पूछता नज़र आया। आँखों में विस्मय साफ़ दिख रहा था। लेकिन उन्हें अपनी तफ़्तीश पर भरोसा था। भला अपराधी पुलिस की मार के सामने झूठ बोल सकता है क्या? उन्होंने ज़ोर देकर कहा कि सलीम को वह पहचानते हैं लेकिन यह व्यक्ति कौन है उनको ख़बर नहीं।

''यह जो बिना टाँग और बिना उँगलियों वाला आदमी आपके सामने खड़ा है, यह नसीर का पुत्र सलीम है, जिसे आप मुख्य आरोपी बता रहे हैं।'' वकील ने कहा तो पूरी अदालत में एक बार को तो सन्नाटा सा छा गया। जज से लेकर अदालत में मौजूद तमाम लोग चौंक गए, सिवा उनके जो सलीम के साथ आए थे।

''यह नहीं हो सकता,'' दारोग़ा जी ने यह बात कही ज़रूर लेकिन उनकी आवाज़ में पहले सा विश्वास न था। थोड़ी हताशा और थोड़ा-सा अविश्वास उनके लहज़े से झलक रहा था। लेकिन वकील के चेहरे पर अब विजयी मुस्कान थी।

''हो नहीं सकता है दारोग़ा जी, यह सलीम है। हमने इसके पहचान पत्र और तमाम प्रमाण पत्र अदालत में जमा कराए हैं। आप इत्मीनान के साथ तस्दीक़ कर लीजिएगा।'' वकील ने कहा तो दारोग़ा जी ने एक बार फिर गर्दन अविश्वास में झटकी। लेकिन गर्दन झटकने से सच बदलने वाला न था।

पूरी अदालत हैरान थी। जिसे पुलिस गोली चलाते हुए भागने का आरोपी बता रही थी उस शख़्स के जिस्म में एक टाँग जड़ से ही नहीं थी। वह अपने दाएँ हाथ से तमंचा छोड़िए, कुछ भी नहीं पकड़ सकता था। इधर दारोग़ा जी की तहरीर में लिखा था कि सलीम दाएँ हाथ से फ़ायरिंग करता हुए अंधेरे में भाग निकला।

दारोग़ा जी को काटो को ख़ून नहीं। पूरा केस ही उलट गया। पुलिस की कहानी में मुग़लपुरा के जिस सलीम को आरोपी बनाया गया था वह शारीरिक

तौर पर अपराध करने में अक्षम था। केस में अब बचा ही क्या था? जज साहब ने पूरा केस ही फ़र्ज़ी मान लिया। अदालत ने मामले से जुड़े बाक़ी दो आरोपियों को भी बा-इज़्ज़त बरी कर दिया।

लेकिन क्या वे दोनों आरोपी वाक़ई निर्दोष थे? क्या यह केस सचमुच फ़र्ज़ी था? शायद नहीं। फिर आख़िर हुआ क्या? हालाँकि पुलिस फ़र्ज़ी मुठभेड़ करने के लिए ख़ासी बदनाम है, लेकिन यह केस फ़र्ज़ी न था। दरअसल दारोग़ा जी ज़्यादा चालाक बनने के चक्कर में फँस गए थे? उस रात काशीपुर तिराहे के पास मुठभेड़ भी हुई थी और गिरफ़्तारियाँ भी। लेकिन दारोग़ा जी को लगा कि बस दो मामूली चोरों को पकड़ने भर से कोई बड़ा ईनाम नहीं मिलेगा। अस्पताल से छुट्टी दिला कर दोनों आरोपियों को उस रात पुलिस थाने ले आई।

थाने में लाने के बाद रिवायत के मुताबिक़ दोनों युवकों की जमकर कुटाई की। पुलिस चाहती थी कि अगर पकड़े गए युवक एक-दो साथियों के नाम और बता दें तो आपराधिक गिरोह बताकर ज़्यादा वाहवाही लूटी जा सकती है। पुलिस ने मार-कूट करके उनसे गिरोह के दूसरे साथियों के नाम पूछे। इन दोनों बदमाशों में एक बेहद शातिर था। उसे पता था कि मुहल्ले में रहने वाला सलीम शारीरिक रूप से अक्षम है। हालाँकि सलीम उस रात घटनास्थल के आस-पास भी न भटका था लेकिन दारोग़ा जी को तो प्रमोशन और ईनाम की जल्दी थी।

बदमाशों ने नाम बताया और दारोग़ा जी ने आगे की तफ़्तीश किए बिना सलीम का नाम प्राथमिकी में दर्ज कर दिया। मुहल्ले में पुलिस ने जाकर पूछताछ की तो डर के मारे सलीम भाग निकला और पुलिस के हाथ नहीं लगा। लेकिन पुलिस को यह पता न था कि जिस सलीम का नाम आरोपियों ने हवाले में लिखवा दिया है कि उसके हाथ-पैर न भागने लायक़ हैं और न फ़ायर करने लायक़। दारोग़ा जी ने पुलिस ट्रेनिंग में तमाम गुर सीखे थे लेकिन सलीम नाम के जिस ट्रैप में उनको फँसाया गया उससे बचने की कला उन्हें नहीं आती थी। यक़ीनन इस मुक़दमे के बाद उन्होंने यह कला ज़रूर सीख ली होगी।

सट्टा किंग

उत्तर प्रदेश के मुरादाबाद शहर में 6 अप्रैल 1890 को अली सिकंदर का जन्म हुआ। उनके वालिद मौलाना अली 'नज़र' शायर थे। यह भी इत्तेफाक़ है कि उनके दादा हाफ़िज़ मुहम्मद नूर भी 'नूर' तख़ल्लुस से शायरी किया करते थे। ठीक-ठाक परिवार में जन्मे अली सिकंदर ज़्यादा पढ़-लिख नहीं पाए। अंग्रेज़ी से भी उनकी वाकफ़ियत हाय, हैलो से बस थोड़ी ही ज़्यादा थी। अंग्रेज़ों का ज़माना था सो इतने भर में कलेक्टर तो क्या ही बनते। पेट पालने के लिए स्टेशन-स्टेशन चश्मे बेचते फिरे कभी कुछ और बेच कर ख़र्च लायक़ कमा लिया। मगर यह ज़िन्दगी की ज़रूरतें पूरी करने के लिए नाकाफ़ी था।

अली सिकंदर किताबी पढ़ाई को शायरी के लिए ख़तरनाक मानते थे, इसलिए वक़्त रहते स्कूल को अलविदा कह आए थे। शायरी के शौक़ में काम भर फ़ारसी और उर्दू पढ़ ली और शे'रों से खेलने लगे। सिकंदर से जिगर बन गए और आगे चलकर जिगर मुरादाबादी के नाम से मशहूर हुए। शायरी के चलते आगरा की तवायफ़ वहीदन से इश्क किया मगर वहीदन से कभी मिज़ाज मेल नहीं खाया। तलाक़ हुआ तो मैनपुरी की शीरज़न से शादी की जो नाचती नहीं थीं लेकिन गातीं बहुत अच्छा थीं। यह शादी भी इश्क का नतीजा थी और इसका नतीजा भी तलाक़ निकला। लेकिन हमें जिगर से भला क्या लेना-देना सिवा इसके कि हमारी कहानी के किरदार उनके शहर में रहते थे।

यूँ समझिए कि साल 2002-2003 के दौरान जिगर के शहर मुरादाबाद से कम-से-कम तीन-चार सौ दैनिक, साप्ताहिक और पाक्षिक अख़बार छपते, निकलते थे। वक़्त के साथ इनकी तादाद ऐसे बढ़ रही थी जैसे मुर्ग़ी फ़ार्म में चूज़े। इसे ऐसे जानिए कि जब क्रिकेटर मोहम्मद अज़हरूद्दीन 2009 में लोकसभा चुनाव लड़ने मुरादाबाद गए तो नुमाइश मैदान में बने ऑडिटोरियम में पत्रकारों के साथ उनका परिचय कार्यक्रम रखा गया। ऑडिटोरियम खचाखच भरा था फिर भी हम जैसे कई पत्रकार बाहर थे। परिचय शुरू हुआ तो आगे की सीटों पर *बल्ली टाइम्स, धूल उड़ गई, काम किसका है* और *जिगर की आवाज़* के संवाददाता थे।

अज़हर इस बात पर ही हैरान थे कि *धूल कैसे उड़ गई* और *जिगर की आवाज़* कहाँ से निकलती है?

ख़ैर, वापस 2002-2003 में ही चलते हैं। मुरादाबाद शहर कोतवाली से फ़ोन आया कि जल्दी आइए। सट्टा किंग पकड़ा गया है। कोतवाल साहब ने प्रेस कॉन्फ्रेंस बुलाई है। सीओ और एडिशनल एसपी भी आ रहे हैं। सट्टा किंग में तो क्या ही दिलचस्पी होती लेकिन उन दिनों शहर कोतवाल रहे जनाब राम किशन साहब पत्रकारों को आइसक्रीम खिलाया करते थे। हमारे साथ एक कैमरामैन भी रहा करता था। उसकी दिलचस्पी ख़बर से ज़्यादा आइसक्रीम के फ़्लेवर में रहा करती थी जो उन दिनों कोतवाल साहब की हर प्रेस कॉन्फ्रेंस में बँटा करती थी। अगर डेस्क से ख़बर के लिए मना भी किया जाता तो वह आइसक्रीम खाने कोतवाली ज़रूर जाता।

बहरहाल, तय वक़्त पर सभी लोग कोतवाली पहुँच गए और परंपरानुसार आगे की कुर्सियाँ *जिगर की आवाज़, काम किसका है* और *धूल उड़ गई* वालों ने क़ब्ज़ा लीं। हम कुर्सियों की दौड़ में एक बार फिर पिछड़ गए थे। लेकिन सट्टा कारोबार को पुलिस विभाग कितना गंभीरता से लेता है यह उस रोज़ ही समझ आया। उस कथित गुडवर्क की प्रेसवार्ता में न सर्किल ऑफ़िसर आए और न एडिशनल एसपी लेकिन आइसक्रीम फिर भी आई। उस रोज़ शायद बटरस्कॉच की बारी थी। हमारा कैमरामैन, हम, और *दैनिक जागरण, अमर उजाला* से रिपोर्टर कुर्सी ख़ाली होने के इंतज़ार में थे। हमारा नंबर आने से पहले ही आइसक्रीम निबट चुकी थी क्योंकि मुरादाबाद में पत्रकारों की संख्या जितनी थी उतने के लिए कोतवाली में आइसक्रीम फ़ैक्ट्री लगानी पड़ सकती थी।

इसके बावजूद कोतवाल साहब को उम्मीद थी कि जो बताया जाएगा पत्रकार वही लिख देंगे। कम-से-कम इतने रूटीन मामलों में उनको आइसक्रीम हरामी नहीं करनी चाहिए। इस बीच तीन-चार सिपाही हवालात से मुँह लिपटे दो लुटिया-चोर से दिखने वाले व्यक्तियों को ले आए। कोतवाल साहब ने बताया कि यह शहर का सट्टा किंग ज़ाकिर है। देख कर बस इतना समझ आया कि सट्टा खेलने वाले ही नहीं खिलाने वालों की शक्ल पर भी हर वक़्त बारह ही बजे रहते हैं। हो सकता है कि पुलिस की गिरफ़्त में रंग उड़ा हुआ हो लेकिन फिर भी वह किंग तो कहीं से न लग रहा था।

जब सब सेट हो गया तो *सहारा समय* के संवाददाता ने सवाल किया... "कोतवाल साहब बताएँगे इस कथित सट्टा किंग के पास से कितनी पर्चियाँ और कितना माल पकड़ा गया है?"

''कथित नहीं, सच में सट्टा किंग है,'' कोतवाल साहब ने बात काटी। लेकिन जब फिर से सवाल किया गया तो बताया कि यही कोई चौदह हज़ार रुपये और दो किलो डोडा चूरा। दो किलो डोडा, वो भी सट्टा किंग के पास से? मेरे मुँह से अनायास ही निकल पड़ा, ''यह तो बहुत कम रह गया...''

''कम मतलब,'' कोतवाल ने पलट कर पूछा।

''कम मतलब सट्टा किंग के हिसाब से तो इतने पैसे भी बहुत कम हैं। इसके नाम के हिसाब से आपने डोडा चूरा भी कम ही लगाया। इसको बेइज़्ज़ती करके ही मार डालना है तो बात अलग है,'' मैंने हँसकर जवाब दिया।

कोतवाल झेंप गए। सफ़ाई देने लगे कि ''लगाने से क्या मतलब है, पकड़ा गया है।'' इस पर *दैनिक जागरण* के संवाददाता ने ज़बान पकड़ ली। बोले, ''सट्टा किंग कह रहे हैं और माल बरामदगी लुटियाचोरी वाली दिखा रहे हैं। इतना तो गली के छोटे-मोटे सट्टेबाज़ के पास होता है। या तो माल ग़ायब कर दिया या फिर यह सट्टा किंग नहीं है।''

कोतवाल कुछ बोल पाते इससे पहले ही एक और पत्रकार के जिगर से आवाज़ निकली, ''सर्रर्रर...ये डोडा चूरा कहाँ बेचा करता था?''

''यहीं...कोतवाली में,'' *अमर उजाला* के संवाददाता ने जवाब दिया। अब क्या था सभी पत्रकार हँस पड़े। पुलिस की कहानी बनने से पहले बिखर गई। अगले दिन शायद एक-दो अख़बारों में डेढ़ दो कॉलम की बिना फ़ोटो वाली ख़बर लगी। कोतवाल साहब की आइसक्रीम के पैसे इस बार वसूल नहीं हो पाए...

ई-कैसा चालान?

आगरा और अकबर बीरबल की कहानियाँ पश्चिम उत्तर प्रदेश में तक़रीबन लोक कथा का दर्जा पा चुकी हैं। दादी-नानी की कहानियों के साथ जितने क़िस्से सुनाए जाते हैं उनमें एक झूठा-सच्चा क़िस्सा भूत का भी है। कहा जाता है कि बादशाह अकबर के दरबार में कुछ लोगों ने राजा महेश दास उर्फ़ बीरबल से छुटकारा पाने की साज़िश रची।

लोगों ने शाही नाई के ज़रिए राजा अकबर के मन में बैठा दिया कि उनके पिता हुमायूँ नाई के सपने में आते हैं। नाई ने कहा कि आपके पिता ने कहा है कि जन्नत में मन नहीं लग रहा, इसलिए बीरबल को भेज दो। अब चूँकि शासक हर दौर में कानों के कच्चे और अपने मन की करने वाले ही होते हैं सो नाई की बात मान ली गई। अकबर ने दे दिया हुक्म कि बीरबल जन्नत जाएँ और अब्बा जान का दिल बहलाएँ।

बीरबल को फ़िक्र हुई लेकिन मन-ही-मन उन्होंने प्लान तैयार कर लिया। उन्होंने अकबर से जन्नत जाने की तैयारी करने के लिए हफ़्ते भर का वक़्त माँगा। इस दौरान उन्होंने अपने घर के आँगन में एक क़ब्र खुदवाई और इस क़ब्र से बाहर निकलने के लिए एक सुरंग। इसके बाद उन्होंने अकबर से कहा कि वह ज़िंदा जन्नत जाना चाहते हैं इसलिए उनको ज़िंदा ही घर के आँगन में दफ़्न करा दिया जाए। बीरबल दफ़्न हुए और सुरंग के रास्ते निकल कर अपने घर में छिप गए।

दो हफ़्ते बाद बाल बिखराए, अजीब-सा हुलिया बनाए बीरबल दरबार में पहुँचे। उन्हें देख कर कुछ लोगों की चीख़ें निकल गईं। एक तो कुछ लोग समझ बैठे थे कि बीरबल निबट लिए, दूसरे उनका हुलिया भी बेतरतीब-सा हो रहा था। दरबारी समझे कि बीरबल का भूत आ गया है। ख़ैर, अकबर नाराज़ हुए। कहा कि अब्बा जान को अकेला छोड़ कर क्यों आ गए? बीरबल ने कहा कि अब वह ख़ुश हैं लेकिन जैसा कि आप मेरा हुलिया देख रहे हैं, जन्नत में नाई नहीं हैं। आपके अब्बा जान ने मुझे भेज दिया है और अब नाई को बुलाया है। नाई घबरा गया और उसने दरबारी साज़िश की सारी पोल खोल दी।

ख़ैर आगरा तो वही है लेकिन वहाँ अब अकबर-बीरबल नहीं हैं। मोबाइल

के ज़माने में उनकी कहानियों में भी लोगों की दिलचस्पी न के बराबर है। अब वैसे भी देश-प्रदेश में लोकतंत्र है। ऐसा तंत्र जिसमें सरकारें लोकतांत्रिक तरीक़े से चुनी जाती हैं लेकिन उनमें नवरत्न नहीं होते। जो चुने जाते हैं उनके न अकबर जैसे दिल होते हैं और न बीरबल जैसे दिमाग़। इस कमी को छिपाने के लिए आजकल टीवी, ट्विटर और तकनीक का सहारा लिया जाता है।

एक तकनीक ई-चालान की भी है। इसकी खोज यक़ीनन नाकारा पुलिस बल और भ्रष्टाचार पर पर्दा डालने के लिए हुई थी। भारत में वाहनों की चैकिंग को पुलिस के लिए कमाई भरा काम माना जाता था। हालाँकि इसमें सिरदर्दी भी कम नहीं थी। पकड़े जाने पर हर दूसरा व्यक्ति किसी नेता, अफ़सर या रसूख़दार व्यक्ति का रिश्तेदार निकलता है। गाड़ी बाद में रुकती है. गाड़ी सवार फ़ोन पर नंबर पहले डायल कर देता है। पुलिस फ़ोन पर बात न करना चाहे तो दूसरी तरफ़ से फ़ोन आ जाता। मोबाइल के प्रचलन में आने के बाद से ही यह सिलसिला चला आ रहा था।

कैमरा और ई-चालान की तकनीक के विकास ने पुलिस और परिवहन विभाग को इस सिरदर्द से कुछ हद तक निजात दिलाई है। पुलिसकर्मियों की जगह अब चौराहों पर कैमरे लगा दिए गए हैं। वे सड़क क़ानून तोड़ने वाले वाहन का फ़ोटो ले लेते हैं और फिर आरोपी के घर के पते पर चालान भेज दिया जाता है। आदमी को मनाया जा सकता है, मशीन के सामने भला कौन-सी पैरवी और कैसी मिन्नत? लेकिन तकनीक पूरी तरह फ़ूलप्रूफ़ नहीं है। अब अक्सर ऐसे लोगों के चालान कट जाते हैं जिनको पुलिस भी नहीं जानती कि हैं कहाँ। कई बार चालान तो सही कटते हैं लेकिन उनकी वजह से लोगों का वक़्त बिगड़ जाता है।

जब से कैमरा आधारित चालान होने शुरू हुए हैं तब से कई मज़ेदार वाक़ये भी सामने आए हैं। सितंबर 2019 में आगरा पुलिस ने ट्रैफ़िक नियम तोड़ने के लिए एक व्यक्ति के घर चालान भेजा। फ़ोटो युक्त चालान घर पहुँचा तो घर में कोहराम मच गया। हुआ यूँ कि साप्ताहिक बंदी के दिन एक व्यापारी महोदय अपने स्कूटर पर घर से निकले। जाते वक़्त पत्नी से कहकर गए कि काम से जा रहा हूँ, थोड़ी देर हो जाएगी। व्यापारी अपना काम निबटा कर रात को घर लौट आए और बात आई गई हो गई।

लेकिन भाई साहब जब घर से निकले थे तो हैलमेट लगाना भूल गए थे। उनसे भूल हो सकती है लेकिन भला कैमरा अपनी आँखें कैसे बंद कर ले? वह मलपुरा इलाक़े में फ़तेहपुर सीकरी मार्ग से गुज़र रहे होंगे तो खिंच गई फ़ोटो। फ़ोटो युक्त चालान घर पहुँचा तो भाई साहब घर पर नहीं थे। चालान भाभी जी

को मिला। भाभी जी ने फ़ोटो देखा तो चक्कर खा गईं। जिस तारीख़ का चालान था उस दिन वह घर में थीं। वह घर में थीं तो भाई साहब के पीछे स्कूटर पर यह कौन कलमुँही बैठी थी?

भाभी जी ने तुरंत फ़ोन लगाया। भाई साहब सुर, लय और ताल से ही समझ गए कि कुछ गड़बड़ है। भाग कर घर पहुँचे। हज़ार सफ़ाई दीं। कहा कि किसी ने लिफ़्ट माँगी थी। कभी कहा कि पुलिस ने ग़लती से शायद किसी और के वाहन का चालान उनके घर भेज दिया है। मगर भाभी जी टस-से-मस न हुईं। चालान तो जितने का कटा सो कटा लेकिन भाई साहब की घर में भी ख़ूब जमकर कटाई हुई। यह बाक़ी लोगों के लिए भी सबक़ था कि आइंदा ध्यान रखें। अगर कभी गर्लफ्रेंड के साथ घूमने भी जाना पड़े तो कम-से-कम उस समय ट्रैफ़िक नियमों की अनदेखी किसी भी क़ीमत पर न करें। ज़रा-सी लापरवाही बहुत बड़ी मुसीबत में डाल सकती है।

कैमरे की धृष्टता के यह भाई साहब अकेले भुक्तभोगी थोड़े न हैं। आगरा के कैमरे भी लगता है ऐसी साज़िशें बुनने के लिए ही लगाए गए हैं। शहर के लोहा मंडी इलाक़े में एक साहब ने स्कूटी ख़रीदी। स्कूटी ख़रीदी थी सो दोस्तों को दिखानी भी ज़रूरी थी। दोस्तों में एक ख़ास भी थीं। उन्होंने नई स्कूटी टेस्ट ड्राइव के लिए माँग ली। मोहतरमा बिना हैलमेट लगाए अगले चौराहे का चक्कर लगा आईं। इसके बाद मोहतरमा अपने घर चली गईं और मोहतरम अपने घर।

भैया जी को भनक भी न लगी कि मोहतरमा क्या कर आई हैं। इस वाक़ये के क़रीब हफ़्ते भर बाद ही उनके घर पर फ़ोटो युक्त चालान आ गया। उनका समय ख़राब था सो चालान पापाजी को मिला। पापाजी समझ नहीं पाए कि स्कूटी तो शहज़ादे के लिए ली गई है लेकिन ये चालान में किस शहज़ादी का फ़ोटो है? शहज़ादे ने बहुत सफ़ाई दीं, लेकिन पापाजी के बाल धूप में थोड़े ही न सफ़ेद हुए थे। पोल खुल गई और शहज़ादे की झमाझम कुटाई हुई। लेकिन हर बार ज़रूरी तो नहीं कि चालान सही हो।

अब संत कबीर नगर उर्फ़ ख़लीलाबाद का ही मामला लें। फ़रवरी 2021 में कोतवाली ख़लीलाबाद थानाक्षेत्र के बिधियानि गाँव में दयाराम यादव पुत्र राम प्यारे यादव के घर एक चालान पहुँचा। चालान में लिखा था कि राम प्यारे यादव बिना हैलमेट के मोटरसाइकिल चला रहा था। चालान नोटिस में नियत तारीख़ पर कोर्ट में पहुँचकर चालान भरने का निर्देश दिया गया था।

तय तारीख़ पर आरोपी अदालत नहीं पहुँचा तो मुख्य न्यायिक दंडाधिकारी यानी सीजेएम ने सम्मन जारी कर दिया। घर पर सम्मन पहुँचा तो घर में तमाम

लोगों का परेशान होना लाज़िमी था। आख़िरकार भागदौड़ शुरू हुई, वकील किया गया और तय तारीख़ पर वकील साहब अदालत में मुक़दमे के काग़ज़ात के साथ पेश हुए। अदालत ने पहला सवाल किया कि आरोपी कहाँ है? वकील साहब ने जवाब दिया कि यह तो चालान काटने वाले पुलिस कर्मी ही बताएँगे।

ख़ैर, मामले में अगली तारीख़ पड़ी। अदालत बैठी और मामले की सुनवाई शुरू हुई। जज साहब ने फिर सवाल किया कि आरोपी कहाँ है? वकील साहब ने फिर कहा कि पुलिस वालों से पूछिए। जज साहब झल्ला गए। बोले कि चालान भरने में इतने नख़रे किस बात के हैं और आरोपी हाज़िर होकर चालान क्यों नहीं भर रहा है? वकील साहब ने अदालत में कुछ काग़ज़ रखने की इजाज़त माँगी। अदालत ने माँग स्वीकार कर ली।

वकील साहब ने जो काग़ज़ पेश किया उसे देखकर जज साहब अवाक् रह गए। सरकारी वकील चकरा गए और मौजूद पुलिसकर्मियों के माथे पर पसीने आ गए। राम प्यारे यादव की मृत्यु 13 दिसंबर 2019 को हो चुकी थी जबकि एआरटीओ ऑफ़िस से उनके नाम 11 जून 2020 को बगैर हैलमेट के मोटरसाइकिल चलाने के जुर्म में चालान भेजा गया था। यानी ट्रैफ़िक पुलिस किसी मर चुके व्यक्ति का चालान काट चुकी थी?

हालाँकि मोटरसाइकिल राम प्यारे के नाम पर ही थी लेकिन घरवालों का दावा था कि उसकी मृत्यु के बाद बाइक लेकर कोई घर से गया ही नहीं। अब या तो उसी नंबर प्लेट का इस्तेमाल किसी और बाइक पर किया जा रहा था या फिर पुलिस से नंबर पढ़ने में कोई ग़लती हुई थी। अदालत को इस बात पर यक़ीन नहीं हुआ। पुष्टि करने के लिए स्थानीय कोतवाली से जाँच की रिपोर्ट माँगी गई। जाँच में साबित हो गया कि राम प्यारे अब इस दुनिया में नहीं है।

इसके बाद कोर्ट ने ट्रैफ़िक पुलिस और ज़िला परिवहन विभाग को नोटिस जारी करने के लिए कहा। अदालत जानना चाहती थी कि बगैर हैलमेट के राम प्यारे की बाइक आख़िर कौन चला रहा था? ज़ाहिर है कि पुलिस या परिवहन विभाग यह तो नहीं कह सकता कि राम प्यारे का भूत उसकी मौत के बाद सड़कों पर बाइक लेकर घूमने निकलता है।

फुलेसर का भूत

लखनऊ से क़रीब सवा तीन सौ किलोमीटर की दूरी पर है देवरिया। देवरिया यानी जहाँ देवों के मन्दिर या देवों के रहने का स्थान हो। ऐसे स्थान पर क्या भूत रह सकते हैं? किसी देवरिया वासी से पूछ लीजिए। एकदम हड़काने वाले लहज़े में कहेगा? ऐसे कैसे? देवरिया के हर दूसरे पंडे और हर तीसरे मंदिर का दावा है कि यहाँ भूत उतारे जाते हैं। लेकिन पुलिस को इससे क्या? वह या तो ख़ुद लोगों का भूत उतार देती है या लोगों को ही भूत बना देती है।

ऐसा ही कारनामा पुलिस ने फुलेसर राजभर के साथ किया। कौन फुलेसर? अरे वही श्रीनगर गाँववाले मेड़ा भैया। फ़रवरी, 2021 की ही तो बात है। सलेमपुर इलाक़े में नवलपुर–भागलपुर मार्ग पर एक सड़क हादसा हो गया। वक़्त रहा होगा यही कोई सुबह के ग्यारह बजे का। सर्दियाँ भले ही पूरी तरह नहीं गई थीं लेकिन सूरज सिर गर्माने लायक़ आग फेंकने लगा था। इधर सब–कुछ ठीक ही था कि धनौती ढाला के क़रीब कोई अज्ञात वाहन एक व्यक्ति को कुचलकर भाग गया।

हादसे की जगह पर भीड़ जुट गई। इस बीच किसी ने पुलिस को भी फ़ोन कर दिया। बताया गया कि एक व्यक्ति जिसकी उम्र यही कोई 55 वर्ष रही होगी, हादसे में बुरी तरह घायल हो गया है। सूचना मिलने पर पुलिस आई और आनन–फ़ानन में घायल को पास के सामुदायिक स्वास्थ्य केंद्र पहुँचाया गया। पीड़ित के शरीर पर गहरे ज़ख़्म थे और रास्ते में ही काफ़ी ख़ून बह चुका था। डॉक्टरों ने घायल का मुआयना किया, नब्ज़ टटोली और कह दिया कि बहुत देर हो चुकी है। घायल ने शायद रास्ते में ही दम तोड़ दिया था।

घायल कौन था, कहाँ का था, इसकी पुष्टि अभी तक नहीं हो पाई थी। पुलिस ने शव क़ब्ज़े में लिया और मृतक की शिनाख़्त की कोशिशों में जुट गई। इधर श्रीनगर वाले फुलेसर चाचा सुबह से घर से निकले हुए थे। गए भी उसी तरफ़ थे जहाँ दुर्घटना घटी थी। किसी ने उनके बेटे रवींद्र राजभर को ख़बर दी कि धनौती ढाला के नज़दीक़ एक दुर्घटना हुई है और पुलिस घायल को लेकर अस्पताल गई है। ख़बर मिली तो परिवार में कोहराम मच गया। रोते–पीटते परिजन सरकारी अस्पताल पहुँचे।

उधर पुलिस ढाले वाली दुर्घटना में घायल हुए व्यक्ति का शव अस्पताल से लेकर जा चुकी थी। फुलेसर राजभर के परिजन उनकी तलाश में अस्पताल से सलेमपुर कोतवाली पहुँचे लेकिन यहाँ भी उनका कोई अता-पता नहीं था। इस दौरान पुलिस ने पंचनामा करके शव को पोस्टमॉर्टम के लिए देवरिया ज़िला मुख्यालय भेज दिया था। अब फुलेसर के परिजनों के सामने दो ही रास्ते थे। या तो वह देवरिया पोस्टमॉर्टम हाउस जाएँ या फिर सलेमपुर में शव वापस लौटने का इंतज़ार करें।

घरवालों ने मृतक की पहचान जाननी चाही तो पुलिस ने मृतक के कपड़े दिखाए। हालाँकि न तो रवींद्र को ही पता था कि पिता घर से क्या पहन कर निकले हैं और न ही घर में किसी और को। मगर रवींद्र ने ख़ून में सने कपड़ों को अपने पिता की निशानी मान लिया। शायद फुलेसर इसी तरह के कपड़े पहनते होंगे। पुलिस को भी इत्मीनान हो गया कि चलो आफ़त कम हुई वरना बेकार लावारिस लाश लेकर जाने कहाँ दौड़ते फिरते।

फुलेसर के घर तक उनके मरने की ख़बर पहुँची। घर में कोहराम मच गया। गाँववाले घर पर जुटने लगे। रिश्तेदारों तक ख़बर पहुँची तो सांत्वना देने के लिए वे भी आ गए। गाँव में अंतिम संस्कार की तैयारियाँ होने लगीं। लोग अर्थी का सामान ले आए। पंडित जी को ख़बर दी गई। वह भी आ गए। घर में रोना-पीटना मचा था। सभी को फुलेसर का शव वापस आने का इंतज़ार था।

एक तो पोस्टमॉर्टम जाते ही नहीं हो जाता, दूसरे देवरिया भी कुछ दूर तो था ही। शाम हो चली थी। अभी तक देवरिया से शव वापस नहीं आया था। पुलिस अपनी क़ाग़ज़ी कार्रवाई पूरी कर चुकी थी। रवींद्र सलेमपुर कोतवाली में अपने पिता का शव लौटने का इंतज़ार कर रहे थे। इसी बीच गाँव का एक आदमी दौड़ा-दौड़ा कोतवाली पहुँचा। वह काफ़ी बदहवास लग रहा था। उसने आते ही रवींद्र राजभर के कान में कुछ कहा। रवींद्र ने आव देखा न ताव, तुरंत अपनी बाइक की तरफ़ दौड़े। उन्होंने बाइक स्टार्ट की, गाँव से आए व्यक्ति को पीछे बैठाया और निकल पड़े। कोतवाली पुलिस की समझ में न आया कि आख़िर हुआ क्या और रवींद्र कहाँ चले गए।

रवींद्र राजभर उस व्यक्ति के साथ श्रीनगर के पास सलेमपुर चौराहे पर पहुँचे। उन्हें अपनी आँखों पर यक़ीन नहीं हुआ। जिसके कपड़ों से उन्होंने शिनाख़्त की थी अगर वह व्यक्ति उनका पिता फुलेसर था तो फिर यह कौन है जो यहाँ बैठा चाय पी रहा है। तो क्या फुलेसर राजभर ज़िंदा थे? अगर वह ज़िंदा नहीं थे तो क्या उनका भूत चौराहे पर चाय पी रहा था? रवींद्र ने एक बारगी अपनी

आँखों को मला और भागकर पिता से लिपट गए। बाप की समझ में न आया कि बेटा इतना फूट-फूट कर क्यों रो रहा है? इधर बेटे की आँखों में सुबह से शाम तक की आफ़त का दर्द और बाप के मिलने की ख़ुशी थी।

पहले तो फुलेसर को माजरा समझ न आया। जब रवींद्र ने उनको सारी कहानी बताई तो उन्हें भी हैरानी हुई। ख़ैर, दोनों बाप बेटे घर पहुँचे। वहाँ भी सब हैरत में पड़ गए लेकिन फुलेसर के ज़िंदा होने की ख़बर पाकर रिश्तेदारों में ख़ुशी की लहर दौड़ गई। सभी ने राहत की साँस ली कि चलो ग़नीमत रही। इसके बाद रिश्तेदार अपने-अपने घर चले गए और फुलेसर के घरवाले अपने रोज़मर्रा के कामकाज में जुट गए।

इधर सलेमपुर कोतवाली में पुलिस इस बात से अनजान थी कि जिस व्यक्ति के नाम का पंचनामा भरकर पोस्टमॉर्टम कराया जा रहा है वह अभी भी ज़िंदा है। सलेमपुर कोतवाली में तो इस बात पर हैरानी थी कि फुलेसर का लड़का बाप का शव लिए बिना भला कहाँ भाग गया? जब रवींद्र कुछ देर तक नहीं लौटा तो सलेमपुर पुलिस को चिंता हुई। मलई थाने को फ़ोन करके रवींद्र की ख़ैर ख़बर ली गई। मलई थाने से एक सिपाही रवींद्र के घर पहुँचा। उसे पता लगा कि फुलेसर ज़िंदा है तो वह दौड़कर थाने आया और थानाध्यक्ष को सूचना दी।

यह ख़बर सलेमपुर कोतवाली को दी गई तो वहाँ हड़कंप मच गया। अगर फुलेसर ज़िंदा था तो क्या किसी और के शव का ग़लत पंचनामा भरवा लिया गया था? हालाँकि इस मामले में पुलिस की ज़्यादा ग़लती नहीं थी। ख़ुद रवींद्र ने कपड़ों के आधार पर शव की शिनाख़्त अपने पिता के रूप में की थी। लेकिन अनजाने में ही सही, गड़बड़ तो हो ही गई थी। जैसे-तैसे बीच में पोस्टमॉर्टम रुकवाया गया। बिना पंचनामे के पोस्टमॉर्टम की कोई वैधता नहीं थी। पुलिस को मिला शव अचानक लावारिस हो गया था।

अब पुलिस के सामने नई परेशानी थी। अगर शव फुलेसर का नहीं था तो उसके बेटे ने बेवजह शिनाख़्त क्यों की? लेकिन चूक पुलिस से भी हुई थी। शव का अंतिम संस्कार तो हो नहीं गया था। पुलिस चाहती तो फुलेसर के बेटे को शव दिखाकर पुष्टि करा सकती थी, जो उसने नहीं किया। फुलेसर ज़िंदा था और पुलिस उसे भूत भी साबित नहीं कर सकती थी। लेकिन अब भला शव की नए सिरे से शिनाख़्त कराने के अलावा क्या ही हो सकता था? यह हमारे-आपके लिए अनोखा मामला हो सकता है लेकिन पुलिस के इतिहास में यह इस तरह की शायद न पहली घटना थी और न आख़िरी।

पुलिस पूरी तरह फ़िट है!

मिनट भर के लिए ज़रा अपनी आँखें बंद कर लीजिए। अरे कर लीजिए। आपसे कोई पहेली नहीं बुझाई जा रही है। कर लीं बंद? चलिए अब ज़रा सोचिए कि अपने देश में पुलिस का दारोग़ा या थानेदार कैसा दिखता है? सवाल कठिन है लेकिन हमारे मन में अक्सर जो पुलिस दारोग़ा की छवि बनती है वह फ़िल्मी होती है। या तो दबंग चुलबुल पांडे वाली या फिर किसी भोजपुरी फ़िल्म में नशे में धुत्त नाचते–ठुमके लगाते पुलिस वाले की। इसमें सही कौन–सी है?

फ़िल्में भी तो समाज की ही आईना हैं। फ़िल्मकार या कहानीकार अपने आस–पास जैसा देखता है वैसा ही चित्रण अपनी कहानी में कर देता है। देश भर के तमाम पुलिस बलों में एक समानता है। आधे से ज़्यादा कांस्टेबल और दारोग़ा शारीरिक तौर पर फ़िट नहीं हैं। किसी की तोंद निकली है तो किसी की कमर झुकी है। ज़रूरत पड़े तो तेज़ दौड़ना दूर पुलिसकर्मी तेज़ चल भी नहीं पाते। इसकी एक बड़ी वजह थानों व पुलिस लाइन में नियमित परेड और ट्रेनिंग न होना भी है।

ऐसा नहीं है कि विभाग को अपने दारोग़ाओं की तोंद की फ़िक्र नहीं है। उत्तर प्रदेश के देवरिया में एक एसपी को अपने मातहतों की तोंद और बेडौल शरीर इतने अखरे कि उन्होंने पुलिस लाइन में मिलने वाले दैनिक भोजन की हदें तय कर दीं। हालाँकि विवाद हुआ लेकिन कप्तान साहब ने आदेश दिया कि पुलिस मैस से किसी सिपाही या दारोग़ा को रोज़ाना चार से ज़्यादा रोटियाँ नहीं मिलेंगी।

इसी तरह पंजाब के तरनतारन में बाक़ायदा पुलिस को योग और दूसरे व्यायाम करना अनिवार्य कर दिया गया। लेकिन पुलिस वाले तो पुलिस वाले हैं। बचने का रास्ता तलाश ही लेते हैं। आख़िर कामचोरी करना भी तो एक काम है। लेकिन कई बार यही कामचोरी न सिर्फ़ भारी पड़ जाती है बल्कि फ़िटनेस की कमी पुलिस वालों को सरे बाज़ार मज़ाक़ का सबब भी बना देती है।

ऐसा ही कुछ हुआ दिल्ली–एनसीआर के ग्रेटर नोएडा इलाक़े में। बात सितंबर 2011 की है। ग्रेटर नोएडा के अल्फ़ा कमर्शियल बेल्ट में एक दारोग़ा जी की ड्यूटी लगी। पुलिस को कमर्शियल बेल्ट, जगतफ़ार्म, अमृतपुरम, सीएम मार्केट

और आस-पास के इलाक़े से लगातार चोरी और छीना-झपटी की शिकायतें मिल रही थीं। इस इलाक़े से कई लोगों की बाइक देखते-ही-देखते ग़ायब हो गईं। चोरों के हौंसले इतने बुलंद हो गए कि वे रात होने का इंतज़ार भी न करते। सुनसान छोड़िए, शहर के भीड़भाड़ भरे इलाक़ों में भी झपटमारी की घटनाएँ हो रही थीं।

रोज़ाना शिकायतों से पुलिस महकमा बेहाल था। तंग आकर पुलिस ने आपराधिक घटनाओं के आधार पर ख़ास प्वाइंट चिह्नित किए। इन जगहों पर पुलिस की गश्त बढ़ाई गई। सिपाही तैनात हुए। गश्ती कार और पुलिस बाइक की संख्या बढ़ाई गई। इतना भर करके पुलिस महकमे ने मान लिया कि अब चोरियाँ नहीं होंगी। लेकिन चोर इतने भर से डर जाते तो भले दिन ही न होते।

ख़ैर, पुलिस और चोरों के बीच लुकाछिपी जारी थी। पुलिस की नज़र बची और चोर अपना काम करके भागे। बस इतना लिहाज़ समझ लीजिए कि जहाँ पुलिस कर्मी तैनात होता चोर उससे थोड़ी दूरी पर घटना को अंजाम देते। जेबकतरे इंतज़ार करते कि कब तैनात पुलिसकर्मी खाना खाने जाए और कब हम जेब काटें। बाइक चोर इस ताक में रहते कि कब दीवान जी चाय पीने जाएँ और कब अपना फ़र्ज़ पूरा करें। झपटमारों की निगाहें शर्म से झुकी रहतीं और तभी उठतीं जब दारोग़ा जी की आँखें झपकी लेतीं और करते अपनी आँखों की शर्म का सौदा करते।

ग़रज़ यह कि न चोरियाँ कम हुईं और न झपटमारी की घटनाएँ। मामला जब बनता न दिखा तो आला अधिकारियों ने अपने मातहतों के पेंच कसने शुरू किए। अपने दलगीर दारोग़ा जी पर भी किसी ने तरस न खाया। अधिकारी चाहते तो पचास से ऊपर की उम्र का लिहाज़ करके किसी दूरदराज़ की चौकी पर बैठा देते। इस उम्र में उनसे अपनी चर्बी का वज़न न सँभलता था, भला ऐसी जगह पर ज़िम्मेदारी का बोझ कैसे उठाते।

उस दिन तो दारोग़ा दलगीर सिंह का दिन ही ख़राब था। सुबह-सुबह पड़ोसी गुप्ता की मनहूस शक्ल देख कर घर से निकले थे। गुप्ता अपने होंठों पर ख़रगोश के से दो दाँत सजाए जिस रोज़ रास्ता काट जाता था उस रोज़ चौधरी साहब के साथ कोई-न-कोई अनहोनी घटती ज़रूर थी। ख़ैर गुप्ता की क्या ग़लती? उसके चेहरे पर तो चमेली के फूल-सी सजी सदाबहार मुस्कान रहती थी लेकिन चौधराइन को दलगीर सिंह ने बरसों से मुस्कराते हुए नहीं देखा था।

चौधराइन ने उस रोज़ भी दारोग़ा जी को घर से रोती-कराहती शक्ल के साथ विदा किया था। नाश्ते में जले हुए परांठे को लेकर भी दोनों में कुछ नोंक-झोंक हुई थी। तोंद का व्यास भले ही दो मीटर का हो चला था लेकिन चौधरी

साहब ने न परांठे खाने छोड़े थे और न समोसे। जले हुए परांठे और चौधराइन के ताने खाकर निकलना कम था क्या जो ये शनीचरा गुप्ता भी सामने पड़ गया? चौधरी साहब ने बड़बड़ाते हुए अपनी मोटरसाइकिल स्टार्ट की और चल दिए थाने की तरफ़। थाने में हाज़िरी लगाकर उन्हें जगत फ़ार्म जाना था जहाँ उनसे चोरों पर ख़ास नज़र रखने के लिए कहा गया था।

दलगीर सिंह एक मार्केट के बाहर टहल रहे थे। उन दिनों सीसीटीवी कैमरा आ गए थे लेकिन इतने लोकप्रिय न थे। पुलिस के पास सीमित संसाधन थे। ज़ंग खाई बंदूक़, बिना सेल्फ़ वाली धक्के से स्टार्ट होने वाली जीप और हाथ में ढाई-तीन फ़िट के डंडे से उम्मीद की जाती थी कि पुलिस 'धूम' स्टाइल के चोरों को धर दबोचे। बहरहाल इसके सिवा कोई और रास्ता भी न था। दलगीर सिंह बाइक से उतरे, अपनी पैंट को तोंद पर चढ़ाया। एक गहरी साँस भी ली ताकि पेट थोड़ा अंदर हो जाए। पैंट सही करके दारोग़ा जी अल्फ़ा कमर्शियल मार्केट की तरफ़ बढ़े।

दलगीर सिंह अभी दस क़दम भी न चले थे कि अचानक मार्केट की तरफ़ से शोर सुनाई दिया। चोर-चोर, पकड़ो-पकड़ो। ये दलगीर सिंह के इक़बाल को खुली चुनौती थी। पिछले कई दिनों से चोरों से पुलिस का एक अघोषित समझौता चला आ रहा था। इसके तहत साफ़ था कि चोर पुलिस के सामने किसी घटना को अंजाम नहीं देंगे। लेकिन यह चोर तो दलगीर सिंह के सामने से भाग रहा था। भाग क्या रहा था, घटना को अंजाम देकर दिलेरी से जा रहा था।

हुआ यूँ कि शनिवार का दिन था। अल्फ़ा कमर्शियल बेल्ट में एचडीएफसी बैंक की एक शाखा है। उसके सामने बैंक का कोई ग्राहक अपनी मोटरसाइकिल खड़ी करके बैंक में गया। एक चोर वहाँ पहले से ही किसी ऐसे वाहन की टोह में था जिस पर मालिक की नज़र न हो। या तो चोर ने दारोग़ा दलगीर सिंह को नहीं देखा या जानबूझकर उनके भारी भरकम वजूद की अनदेखी कर दी। जैसे ही ग्राहक बैंक में दाख़िल हुआ, चोर ने अपने पास मौजूद चाबियों के गुच्छे से बाइक का लॉक खोलने की कोशिश की।

चोर का दिन भी अच्छा न था। शायद उसकी बोहनी ख़राब होनी थी। बाइक मालिक को कुछ याद आया और वह बैंक से बाहर निकल आया। अब जो बाहर निकला तो क्या देखता है कि एक अनजान आदमी उसकी महबूबा से भी ज़्यादा प्यारी नई बाइक के साथ छेड़ख़ानी कर रहा है। हाथों में चाबी का गुच्छा देख कर बाइक मालिक समझ गया कि यह अनजान आदमी चोर है। वह बैंक के गेट से ही चोर-चोर चिल्लाता हुआ अपनी बाइक की तरफ़ लपका।

बाइक मालिक से यहीं ग़लती हो गई। अगर वह शोर न मचाकर चुपचाप चोर को दबोच लेता तो शायद चोर पकड़ा जाता। उसके शोर ने चोर को चौकस कर दिया और चोर बाइक छोड़कर भाग निकला। बाइक मालिक ने राहत की साँस ली। लेकिन उसकी दिलचस्पी अपनी बाइक बचाने भर की थी। उसने चोर के पीछे भागने के बारे में सोचा भी नहीं। लेकिन चोर ने एक ग़लत काम किया। वह दारोग़ा दलगीर सिंह के सामने से भाग कर निकला।

दलगीर सिंह को एक पल तो समझ न आया कि क्या करें। बाइक मालिक को ही फ़िक्र नहीं थी तो भला वह क्यों चोर पकड़ने की ज़हमत उठाएँ? लेकिन लोगों की निगाहें दलगीर सिंह पर ठहर गईं। घटनास्थल पर पुलिस वाला मौजूद था। चोर अभी भी निगाहों के सामने था। और तो और दारोग़ा जी को तक़रीबन ललकारते हुए ठीक उनके सामने से गुज़रा था। लोगों की उम्मीदें ऐसे मौक़े पर कई गुना बढ़ जाती हैं। लोगों ने इस बात का भी ख़याल न किया कि दलगीर सिंह दस-बीस क़दम दौड़ कर गिर भी सकते हैं।

इधर दलगीर सिंह ने एक बार अपनी क्षमताओं को मापा। इसके बाद उन्होंने लोगों से निगाहें चुराने की क़ोशिश की लेकिन फिर अचानक उनके भीतर से फ़र्ज़ की आवाज़ें आने लगीं। आख़िर लोगों की उम्मीदें और भीतर से आती फ़र्ज़ निभाने की आवाज़ दलगीर सिंह की तोंद पर भारी पड़ने लगी। क्या हुआ जो पचास बरस के हो लिए थे, लेकिन इस उम्र में भला कोई बूढ़ा होता है? अगर आज चोर हाथ से निकल गया तो लोगों के दिल से पुलिस का इक़बाल ख़त्म हो जाएगा। एक चोर भी नहीं पकड़ सकते तो भला समोसे वाला भी उनको मुफ़्त के समोसे क्योंकर खिलाएगा?

दलगीर सिंह ने मन-ही-मन अपने प्यारे समोसों की क़सम खाई, अपनी पतलून को एक बार फिर से दुरुस्त किया और अपने इष्टदेव को याद करते हुए चोर के पीछे दौड़ लगा दी। दारोग़ा जी को चोर के पीछे दौड़ते देखा तो तमाशबीनों का भी हौंसला बढ़ा। एक-दो लोगों ने भाग कर चोर को दबोचने की कोशिश की लेकिन चोर की ताक़त स्थानीय लोगों पर भारी पड़ी। इसकी शायद एक वजह यह भी थी कि चोर के सामने बचने का लक्ष्य था जो उसे किसी भी क़ीमत पर पूरा करना था लेकिन लोग अपने फ़र्ज़ के प्रति इतने समर्पित न थे। चोर ने पीछे आते एक व्यक्ति की नाक पर पलटकर घूँसा मारा। वह व्यक्ति इस अप्रत्याशित वार के लिए तैयार न था। उसकी नाक से ख़ून बह निकला। उसको चोटिल देख कर बाक़ी के लोग सहम कर रुक गए। लेकिन दलगीर सिंह ने हौसला नहीं हारा।

हालाँकि उनकी रफ़्तार चोर के भागने की स्पीड के सामने एक तिहाई भी न थी।

फिर लोगों ने वह देखा जिसकी उन्होंने कल्पना भी न की थी। यूँ समझ लो फ़ार्मूला वन रेस के नोएडा ट्रैक पर मारुती की पुरानी कार का मुक़ाबला फ़रारी से हो रहा था। तमाशबीनों की भीड़ लग गई। लोग इस शानदार दौड़ का मज़ा लेने के लिए ठहर गए। भूल गए कि दफ़्तर भी जाना है। ऐसा मज़ेदार सीन भला फ़िल्म के सिवा कहाँ देखने को मिलने वाला था। चोर दारोग़ा जी से कम-से-कम तीस मीटर की दूरी बनाए हुए था। दारोग़ा जी अपनी थुलथुल तोंद को सँभाले गिरते-पड़ते दौड़ रहे थे। स्थानीय लोग चोर के आस-पास डर कर फटक भी न रहे थे इसलिए वह इत्मीनान से था।

इधर दारोग़ा दलगीर सिंह अपने विभाग को कोस रहे थे। एक तो ऐसे मसले में ड्यूटी लगा दी जो उनके ख़ुद के वजूद पर भारी था ऊपर से एक अदद पिस्टल तक नहीं दी गई। इस वक़्त उनके पास पिस्टल होती तो यक़ीनन बाइक चोर या तो आसमानी सफ़र पर निकल चुका होता या फिर सड़क पर पड़ा तड़प रहा होता। लेकिन यहाँ नज़ारा उलटा था। चोर न सिर्फ़ चहलक़दमी सी करता हुआ भाग रहा था बल्कि रुक-रुक कर दारोग़ा दलगीर सिंह को चिढ़ा भी रहा था।

चोर भागते-भागते अल्फ़ा सेक्टर एक में आ गया। गिरते-लुढ़कते दारोग़ा दलगीर सिंह उसके पीछे लगे थे। दारोग़ा जी ललकार कर चोर से रुकने को कहते तो वह रुक जाता। न सिर्फ़ रुक जाता बल्कि दारोग़ा जी को अँगूठा भी दिखाता। कभी नाक पर हाथ रख कर टी-ली-ली करता। दलगीर सिंह उस घड़ी को कोस रहे थे जिस वक़्त वह चोर के पीछे दौड़े। वहीं रुक कर अनदेखी कर देनी थी। चोर निकल जाता तो किधर गया, किधर गया का हल्ला मचाना था और चोर को भाग जाने देने के लिए लोगों को हड़काना था।

मगर अब देर हो चुकी थी। पुलिस का इक़बाल हाँफ़ रहा था और चोर का बुलंद था। आख़िर चोर ने तय किया कि बहुत हो चुका। अब इस खेल को ख़त्म कर देना चाहिए। अभी बोहनी तक न हुई थी। इस दारोग़ा के चक्कर में भला क्या दिन ख़राब करना। चोर दाईं तरफ़ वाली गली में मुड़ा और दारोग़ा जी की आँखों से ओझल हो गया। दारोग़ा जी को एक पल शर्म भी आई लेकिन तुरंत ही ख़याल आया कि सुबह नाश्ते में परांठा जल गया था उसकी भरपाई भी करनी है। दारोग़ा दलगीर सिंह बाईं वाली गली में मुड़े और घूम कर वापस लौट आए, राजू के समोसे खाने के लिए। चोर अब तक आई गई कहानी हो चुका था।

पैलेट गन

राष्ट्रीय राजधानी दिल्ली से क़रीब 210 किलोमीटर दूर उत्तर प्रदेश का एक क़स्बा है नज़ीबाबाद। सन 1740 में रुहेला सरदार नज़ीब ख़ान यानी नज़ीबुद्दौला ने इस क़स्बे की बुनियाद रखी। नवाब नज़ीबुद्दौला ने यहाँ एक क़िला बनवाया जिसे पत्थरगढ़ का क़िला कहा गया। नवाब साहब के दौर में नज़ीबाबाद ने ख़ासी तरक़्क़ी की। हालाँकि शहर की प्रतिष्ठा लंबे अरसे तक क़ायम न रह सका।

पानीपत की तीसरी लड़ाई में नजीबुद्दौला अपने चालीस हज़ार पठान सिपाहियों के साथ अहमद शाह अब्दाली की तरफ़ से मराठों के ख़िलाफ़ लड़े। जंग में मराठों की बुरी तरह हार हुई। मराठा शासकों का पूरे भारत पर राज करने का सपना बिखर गया। यही काल दिल्ली सल्तनत के पतन का दौर भी था। सन् 1764 में जिस वक़्त जाट राजा सूरजमल ने ताजमहल के चाँदी के प्रवेश द्वार लूटे, नज़ीबुद्दौला पर आगरा की सुरक्षा की ज़िम्मेदारी थी। वह अपनी ज़िम्मेदारी निभाने में नाकाम रहे।

सन् 1770 में बीमारी से नजीब ख़ान रुहेला की मौत हो गई और उनका बेटा ज़ाबिता ख़ां नज़ीबाबाद का नवाब बना। इधर मराठे पानीपत में हुए अपने अपमान का बदला लेने के लिए इंतज़ार में बैठे थे। 1772 में महाद्जी सिंधिया के नेतृत्व में मराठों ने नज़ीबाबाद पर हमला किया। जंग में ज़ाबिता ख़ां की बुरी तरह हार हुई। मराठों ने न सिर्फ़ नज़ीबाबाद को जमकर लूटा बल्कि नज़ीबुद्दौला की क़ब्र खोद कर उनकी अस्थियां इधर-उधर बिखेर दीं। क़िला खंडहर हो गया और चोर, डाकुओं की पनाहगाह बन गया। इसके बाद नज़ीबाबाद का क़िला सुल्ताना डाकू के क़िले के तौर पर मशहूर हुआ।

नज़ीबाबाद अब नजीब से ज़्यादा सुल्ताना डाकू के लिए मशहूर है जिसे स्थानीय रॉबिनहुड माना जाता है। ऐसा डाकू जो अमीरों को लूटकर ग़रीबों का भला करता था। लेकिन ये गुज़रे ज़माने की बातें हैं। नज़ीबाबाद में चोर-डाकू आज भी हैं लेकिन उनमें सुल्ताना जैसा दिल नहीं है। बहरहाल, नज़ीबाबाद अब बिजनौर ज़िले की तहसील है। इस शहर के बीचों-बीच एक बड़ा-सा पुलिस थाना भी है। चूँकि यह थाना शहर के बीचोंबीच है इसलिए यहाँ पहुँचने के लिए

तमाम संकरी सड़कों और भीड़-भाड़ भरे रास्तों से गुज़रना पड़ता है।

बात जनवरी 2019 की है। उन दिनों नज़ीबाबाद के डिप्टी एसपी को थानों में शस्त्रों की जाँच करने की ज़िम्मेदारी मिली। यूपी में डिप्टी एसपी सर्किल ऑफ़िसर यानी सीओ कहलाता है। एक दिन सीओ साहब ने थाना नज़ीबाबाद में सूचना भिजवाई कि वह पुलिस के पास मौजूद शस्त्रों का निरीक्षण करना चाहते हैं। यह कोई अनूठी बात नहीं थी। थाने के शस्त्रों और मालख़ाने में मौजूद सामान का सालाना निरीक्षण एक सामान्य प्रक्रिया है। अलग-अलग स्तर पर इस तरह की जाँच-पड़ताल समय-समय पर होती रहती है।

नियत दिन सीओ साहब निरीक्षण के लिए पहुँचे। उन्होंने थानेदार से शस्त्र रजिस्टर लाने को कहा। रजिस्टर में पुलिस थाने में मौजूद शस्त्रों की लिखी इंदराज देखी। लिस्ट में एक पैलेट गन का भी ज़िक्र था। उन दिनों कश्मीर की ख़बरों की वजह से पैलेट गन चर्चा में थीं। यूपी में दंगा नियंत्रण और भीड़ हिंसा पर क़ाबू पाने के लिए तमाम थानों को इस तरह की बंदूक़ें दी गई थीं। सीओ साहब ने पैलेट गन से ही निरीक्षण की शुरूआत करने का फ़ैसला किया।

मगर पैलेट गन तो आने के बाद से इस्तेमाल ही नहीं हुई थी। तलाशा गया तो स्टोर में पड़ी ज़ंग खा रही थी। स्टोर का मुंशी झाड़-पोंछकर पैलेट गन उठा लाया। जिन दारोग़ा जी को पैलेट गन चलाने की ट्रेनिंग मिली थी उनको बुलाया गया। दारोग़ा जी हाज़िर हो गए। सीओ साहब ने दारोग़ा से पैलेट गन का डेमो देने को कहा। इस निर्देश पर दारोग़ा जी चकरा गए। ट्रेनिंग में उन्हें बंदूक़ के फ़ीचर बताए गए थे, किसी ने चलाना तो सिखाया ही नहीं। नज़ीबाबाद में कोई दंगा हुआ नहीं इसलिए इस बंदूक़ को चलाने की ज़रूरत कभी पड़ी ही नहीं।

ख़ैर, दारोग़ा जी ने ख़ाली मैदान की तरफ़ बंदूक़ का रुख़ किया। बाक़ी का स्टाफ़ दम साधे यह तमाशा देख रहा था। बंदूक़ पहले से लोड थी। दारोग़ा जी ने बंदूक़ का सेफ़्टी लॉक खोला और ट्रिगर दबाया। मगर यह क्या? फ़ायर तो मिस हो गया। बंदूक़ चली ही नहीं। अब आगे का मामला दारोग़ा जी को भी नहीं पता था। सीओ साहब ने कहा कि बंदूक़ फिर से लोड करो। अब दारोग़ा जी क्या करें? बड़ी मुश्किल से तो राईफ़ल 303 के बाद इंसास (insas) राईफ़ल 303 चलानी सीखी थी। अब यह मुसीबत और गले पड़ गई।

बहरहाल, बंदूक़ को न चलना था, न चली। थाने की किरकिरी होती देखी तो थानेदार आगे बढ़े। उन्होंने दारोग़ा जी के हाथ से गन ली। गन चलाने की कोशिश की लेकिन बंदूक़ से फिर फ़ायर नहीं हुआ। थानेदार साहब ने गन को उल्टा-पल्टा, हर तरफ़ से देखा, मगर समझ न पाए कि इसमें पैलेट लोड

किधर से होते हैं। पास खड़े एक कांस्टेबल ने थानेदार को शर्मिंदगी से बचाने की कोशिश की। उसने थानेदार के हाथ से बंदूक़ ली और लोड कर दी। शायद इस दौरान उसने मोबाइल में गूगल करके पैलेट गन लोड करना सीख लिया था।

लेकिन जो बंदूक़ दारोग़ा और थानेदार से न चली वह सिपाही के क़ाबू में भला कैसे आ जाती? तमाम कोशिशें की गईं। बार-बार पैलेट लोड किए गए, बार-बार फ़ायर किए गए लेकिन बंदूक़ को न चलना था और न चली। सीओ साहब समझ गए कि ये बंदूक़ गोदाम में पड़ी-पड़ी ख़राब हो गई है और बिना मरम्मत अब किसी काम की नहीं है। उन्हें अपने स्टाफ़ की क़ाबिलियत भी पता चल गई थी। फिर भी उन्होंने दूसरी बंदूक़ों पर अपने स्टाफ़ को आज़माने का फ़ैसला किया।

बारी-बारी से दो-तीन अलग-अलग बंदूक़ें दी गईं लेकिन न थानेदार उन्हें चला पाए और न दारोग़ा जी। झल्लाए हुए सीओ साहब ने बंदूक़ों के नाम पूछे लेकिन स्टाफ़ में किसी को भी बंदूक़ की ख़ासियत या काम करने की तकनीक छोड़िए उसका ब्रांड तक नहीं पता था। बंदूक़ों के बाद बारी आई आँसू गैस के गोलों की। स्टाफ़ में कोई नहीं जानता था कि ये कैसे छोड़े जाते हैं। बस दारोग़ा जी ने इतना बताया कि गोला फेंकते हैं और ज़मीन पर लेट जाते हैं। क्यों लेट जाते हैं, नहीं पता था।

नज़ीबाबाद थाने में जो हुआ वह यूपी के किसी भी थाने में हो सकता है। इसके लिए न सुल्ताना डाकू ज़िम्मेदार था, न नजीब ख़ां और न मराठे। यूपी पुलिस की ट्रेनिंग ही ऐसी है। पुलिस वालों को नहीं पता होता कि उनके कारतूस कब एक्सपायर हो गए और कब उनकी बंदूक़ की सर्विस होगी? फिर पुलिस क्या जानती है? अख़बार की ख़बरें पढ़ लीजिए। एनकाउंटर फ़र्ज़ी न हो तो अक्सर पुलिस वाले अपनी जान गंवाते हैं, अपराधी मज़बूत हो तो पुलिस वाले अपने शस्त्र छिनवाते हैं और अगर भीड़ से सामना हो जाए तो सड़क पर उलटी दौड़ लगाते हैं। और? और क्या, बस किसी भी तरह पैसे कमाते हैं और अपनी सर्विस बचाते हैं।

पुलिस की जीप

सन् 1775 में अवध के नवाब आसिफ़उद्दौला ने अपनी राजधानी फ़ैज़ाबाद से लखनऊ ले जाने का फ़ैसला किया। यह फ़ैसला लखनऊ के लिए फ़ायदेमंद साबित हुआ। हालाँकि फ़ैज़ाबाद की रौनक़ें इस फ़ैसले से जाती रहीं। नवाब आसिफ़उद्दौला ने लखनऊ में तमाम इमारतें बनवाईं, शहर को प्रतिष्ठा बख्शी लेकिन लखनऊ उनके ख़ानदान को रास न आया। वक़्त जैसे-जैसे गुज़रा, नवाबों का रुतबा ख़त्म होता गया।

सन् 1856 में अंग्रेज़ों ने अवध पर जबरन क़ब्ज़ा जमा लिया लेकिन सन् 1857 में क्रांतिकारियों ने अंग्रेज़ों से लखनऊ छीन लिया। हालाँकि डेढ़ साल में ही क्रांति कुचल दी गई और फिर आज़ादी मिलने तक यह इलाक़ा अंग्रेज़ों के क़ब्ज़े में रहा। अंग्रेज़ों ने आगरा और अवध सूबों को मिलाकर संयुक्त प्रांत का गठन किया और लखनऊ इस प्रांत की राजधानी बनी रही। आज़ादी के बाद सूबे का नामकरण उत्तर प्रदेश हो गया और लखनऊ का राजधानी का दर्जा बरक़रार रहा।

सन् 1775 के बाद से लखनऊ शहर में सैकड़ों बदलाव आए हैं। एक ज़माने में जिस गोमती नदी में बाढ़ आती थी वहाँ अब काई और जलकुंभी की खेती होती है। जो शहर अंग्रेज़ों के बूटों की आवाज़ से जागता था वहाँ अब लाल, नीली बत्ती वाली गाड़ियों के सायरन भी लोगों को जगा नहीं पाते। सब कुछ बदला लेकिन लखनऊ ने अपना नवाबी मिज़ाज नहीं बदला। यहाँ के नेता हों, अवाम हों, नौकरशाह या फिर सरकारी कर्मचारी, सभी के स्वभाव में अजब-सी सुस्ती है।

बहुत से लोग जिसको नवाबी मिज़ाज कहते हैं असल में वह रोज़मर्रा की सुस्ती, सभ्य दिखने की चाहत में आई फ़र्ज़ी बनावट और शराफ़त दिखाने के चक्कर में बोलने की धीमी की गई रफ़्तार है। जितनी देर में लखनऊ का बाशिंदा एक वाक्य बोलता है, दिल्ली में इतनी देर में पूरा पैराग्राफ़ ख़त्म हो जाता है। ख़ैर इस चुगली से भी क्या फ़ायदा। अपने मतलब की बात पर आते हैं।

लखनऊ से फ़ैज़ाबाद जाने वाले रास्ते पर एक थाना है ग़ाज़ीपुर। यह उसी रास्ते पर है, जिस पर चलकर कभी नवाबों की राजधानी फ़ैज़ाबाद से लखनऊ

आई थी। यह थाना शहर के इंदिरा नगर और गोमती नगर जैसे पॉश इलाक़ों के बीच है। चूँकि इलाक़ा वीआईपी है तो पुलिस को भी हर वक़्त तैयार रहना पड़ता है। मुस्तैद को आप दिल्ली वाला नहीं, बल्कि लखनऊ वाला ही तैयार समझिए।

लखनऊ में अक्सर थानों का स्टाफ़ ऊँघता, चाय पीता, पान चबाता, खैनी रगड़ता, बतियाता या आराम फ़रमाता ही मिलेगा। ग़ाज़ीपुर थाने में भी हूटर की आवाज़ सुनकर सिपाही चौकन्ने हो जाते हैं। कोई थाने में दाख़िल हो तो ज़रा तन कर बैठ जाते हैं, मानो आने वाले के इंतज़ार में थे। उस रोज़ भी यही माहौल था। कहीं से न कोई शिकायत आई, न फ़ोन घनघनाया और न किसी हूटर की आवाज़ किसी ने सुनी।

यह शायद अप्रैल 2017 की बात है। थाना ग़ाज़ीपुर अपनी जगह था और स्टाफ़ की ज़िन्दगी रोज़मर्रा की अपनी तर्ज़ पर चल रही थी। मतलब कहीं से कोई आफ़त आने की संभावना न थी। लेकिन यह ख़ामोशी तूफ़ान के आने से पहले का सन्नाटा साबित हुई। हुआ यूँ कि थाने का स्टाफ़ उस रोज़ सरकारी गाड़ी से गश्त करके लौटकर आया। गाड़ी के ड्राइवर का नाम राघवेंद्र था। गश्त से लौटकर राघवेंद्र ने गाड़ी थाने में पार्क की और अपने कमरे में आराम करने चला गया।

राघवेंद्र आराम करने गया और लंबे समय तक आराम फरमाता रहा। आख़िर लखनऊ में भी आराम न करे तो इंसान कहाँ आराम करे? आराम से मुँह चुराना इस शहर की शान-ओ-शौक़त पर बट्टा लगाना है। ग़ालेबन, थाने में तैनात बाक़ी लोग भी उस वक़्त आराम ही फ़रमा रहे थे। न कहीं कोई चूँ, न चपड़। हर तरफ़ अमनो चैन। मगर धरती पर कुछ राक्षसों का जन्म हुआ ही है दूसरों का चैन-सुकून छीनने के लिए। ऐसा ही कोई सुकून-लूटक राक्षस उस शाम ग़ाज़ीपुर थाने में दाख़िल हो गया और पुलिस की जीप लेकर चला गया।

राक्षस का तो पता भी न चलता। वह तो भला हो थाने के आस-पास की दुकानों और दफ़्तरों के बाहर लगे सीसीटीवी कैमरों का। जब उन सब कैमरों की फ़ुटेज खंगाली गई तो एक आदमी थाने में दाख़िल होता दिखा और कुछ देर बाद पुलिस की जीप थाने से बाहर जाती नज़र आई। दरअसल, आराम का वक़्त ख़त्म हुआ तो राघवेंद्र उठ कर बाहर आया। बाहर निकलकर उसने पाया कि सरकारी जीप अपनी जगह पर नहीं थी। हालाँकि गाड़ी की चाबी उसी की जेब में थी। फिर भी उसने सोचा कि स्टाफ़ में कोई ले गया होगा। लेकिन फिर ख़याल आया कि बिना चाबी के कोई जीप कैसे ले गया होगा?

राघवेंद्र ने कुछ देर वहीं खड़े होकर सोचा। अचानक उसे याद आया कि शहर के हज़रतगंज इलाक़े से कुछ दिन पहले ही हरदोई के एसपी की सरकारी

जीप चोरी हो गई थी। बाद में वह जीप नेपाल के एक कबाड़ी के पास कटी हुई हालत में मिली। इतना सोचकर ही राघवेंद्र काँप गया। उसने शोर मचाया तो स्टाफ़ इकट्ठा हुआ। जीप चोरी की रिपोर्ट दर्ज हुई। फिर सीसीटीवी फ़ुटेज की तलाश हुई। सीटीटीवी फ़ुटेज से पक्का हो गया कि जीप चोरी हुई है।

ख़ैर, वायरलेस पर मैसेज भेजे गए, दूसरे थानों को सूचना दी गई और आस-पास के इलाक़ों में जीप की तलाश शुरू हुई। शाम होते-होते सूचना मिली कि एक पुलिस जीप बख़्शी का तालाब इलाक़े में चंद्रिका देवी मंदिर के परिसर में लावारिस खड़ी है। सूचना देने वाले ने गाड़ी का नंबर बताया तो पुलिस की जान में जान आई। पुलिस को जीप तो वापस मिल गई लेकिन चोर पुलिस का इक़बाल, थाने की इज़्ज़त और लोगों को सुरक्षा देने का भ्रम अपने साथ ले जा चुका था।

पुलिस के ब्रेक फ़ेल

वाराणसी यानी बनारस एकदम ही अल्हड़-सा शहर है। जीवन की चकाचौंध, भौतिकतावाद और सामान्य सुख-दुख से परे, अपने आप में ही मस्त रहने वालों की दुनिया है बनारस। बनारस गंगा की सहायक नदियों वरुणा और अस्सी के दरम्यिान बसा शहर है। दरअसल वरुणा या वर्णावती और अस्सी की संधि का अपभ्रंश ही बनारस है। वरुणा उत्तर दिशा से गंगा में आकर गिरती है। वाराणसी का विस्तार गंगा-अस्सी और गंगा-वरुणा के बीच ही सीमित माना जाता है। हालाँकि नया शहर अब इन सीमाओं को लाँघकर चारों तरफ़ की ज़मीनें सुरसा की तरह निगल रहा है।

वरुणा नदी की तरफ़ जाते हुए बनारस में एक जगह पड़ती है चौकाघाट। एक ज़माने में यहाँ एक पुराना पुल हुआ करता था। फिर इस पुल को तोड़कर एक नया बड़ा पुल बना दिया गया। पुल बदल गया लेकिन न तो बनारस बदला और न नए पुल पर चलने वाले बनारस वालों का मिज़ाज। बहरहाल, यह बात है जुलाई 2019 के आख़िरी हफ़्ते की। वक़्त रहा होगा, यही कोई सुबह के ग्यारह बजे का। बनारस को समझने वाले जानते हैं कि 11 बजे तक बनारस वाले सुस्त पड़े रहते हैं और शहर ट्रैफ़िक के बोझ से दम तोड़ने लगता है।

यूँ समझिए, मानो दोपहर आते-आते मशहूर सुबह-ए-बनारस दम तोड़ देती है। अब घाटों पर घंटियों की बजाय सैलानियों की आवाज़ें गूँजती हैं। अज़ान की आवाज़ें जाने कब की शोर-ओ-गुल में मिल चुकी होती हैं। सड़कों पर इंसानों से ज़्यादा वाहन नज़र आने लगते हैं। लगता है कि मानो पूरी दुनिया मुक्ति पाने बनारस की तरफ़ भागी चली आ रही है। ग़ौर से चेहरों को पढ़ो तो लगता है कि इंसान और मोक्ष के बीच इस समय सिर्फ़ ट्रैफ़िक जाम ही है। इस वक़्त तक बनारस में एक अनूठा मुक़ाबला शुरू हो चुका होता है। गाड़ियों के हॉर्न और लोगों की गालियों के बीच। मानो एक-दूसरे से कह रहे हैं, देखें तो कौन ज़्यादा चिल्ला सकता है?

बनारस में सड़कों पर चलना ऐसे भी आसान नहीं है। लोग बिना ट्रैफ़िक भी सड़कों पर इतना ही शोर मचाते हैं। हालाँकि आधुनिक भारत का शाश्वत सत्य यह

भी है कि जिसके पास वाहन है, उसी को रास्ते पर गुज़रने का अधिकार है। मगर बनारस में पैदल चलना है तो सावधानी के स्तर में इज़ाफ़ा कर लीजिए। वाहन लहराते हुए, हॉर्न बजाते हुए कब, कौन आपको रौंद जाए, या आपका हाथ-पैर छील जाए, कोई नहीं बता सकता। टकराने का ख़तरा अपनी जगह, कौन दौड़ती बाइक, चलती बस, या भागती कार से आपके मुँह पर पान की पीक मारकर निकल जाए, कोई नहीं बता सकता।

ख़ैर, कहाँ बनारस वालों का मिज़ाज पढ़ने में उलझ गए। अपनी कहानी पर वापस लौटते हैं। उस रोज़ भी नज़ारा तक़रीबन यही था। आते-जाते ट्रैफ़िक में किसी को अंदाज़ा नहीं था कि यहाँ कोई हादसा होने वाला है। वैसे तो बनारस हर समय किसी भी तरह की होनी-अनहोनी के लिए तैयार रहता ही है। यह दुनिया का शायद अकेला शहर है जहाँ लोग अपनी देह त्यागने की नीयत से आते हैं। मगर उस दिन नज़ारा उल्टा था। एक बस लोगों के प्राण हरने के लिए सड़क पर तेज़ी से दौड़ी चली आ रही थी। ग़ाज़ीपुर से आ रही यूपी-61 रजिस्ट्रेशन वाली इस बस पर सामने लिखा था तूफ़ान। बस की रफ़्तार उस वक़्त सचमुच ही तूफ़ानी थी। आमतौर पर इस तरह की निजी बस हर चौक, चौराहे से एक-एक सवारी बैठाने के चक्कर में गधागाड़ी बनी रहती है। मगर इस बस को शायद मोक्ष हासिल करने की जल्दी थी।

लकड़ी मंडी की तरफ़ से बढ़ी चली आ रही यह बस जैसे ही चौकाघाट पुल के पास पहुँची, ड्राइविंग सीट पर बैठे मुकेश कुमार के होश उड़ गए। इस बस के ब्रेक फ़ेल हो चुके थे। मुकेश ने ब्रेक मारने की बड़ी कोशिशें कीं लेकिन नाकाम रहा। उसको समझ ही नहीं आ रहा था कि इस स्थिति में करे क्या? अब उसने लगातार हॉर्न बजाना शुरू किया। मुकेश सड़क पर चल रहे दूसरे वाहनों को बचाने की कोशिश करने लगा। वह लगातार हॉर्न बजा रहा था लेकिन लोग इस चेतावनी को समझने में नाकाम रहे। बस के लगातार बज रहे हॉर्न में लोगों को कुछ भी असामान्य नज़र नहीं आया। प्राइवेट बस वाले यूँ भी सड़क पर ऐसे ही हॉर्न बजाते हुए दौड़ लगाते हैं। अब तक बस कई गाड़ियों को रौंद-रौंद कर थक चुकी थी। उसका रेडिएटर लीक करने लगा था और फिर टकराते-टकराते थक-हारकर बस रुक गई।

रुकने से पहले बस की चपेट में आकर आधा दर्जन वाहन सद्गति को प्राप्त हो चुके थे। कई लोग घायल हुए थे। बस रुकते ही कंडक्टर और बस का दूसरा स्टाफ़ मौक़ा देखकर भाग गया। उनको नतीजा मालूम था। बनारस वाले ऐसे हालात में ख़ातिर ख़ूब करते हैं। ऐसे हालात में क्या नर और क्या

पिशाच, सब लड़ने चले आते हैं। सब निकल भागे मगर ड्राइवर मुकेश कुमार की कुंडली में उस दिन, समय पर भागने का योग नहीं लिखा था। बस से उतरने की कोशिश के दौरान ही उसको लोगों ने दबोच लिया। भीड़ ने उसको भागने का मौक़ा नहीं दिया।

सड़क पर इधर-उधर खड़े दुर्घटनाग्रस्त वाहनों और तड़पते-कराहते लोगों को देखकर भीड़ जमा हो गई। कुछ लोगों ने बस चालक को दबोचकर धुनना शुरू कर दिया। मार हो और बनारस वाला देखता रहे? हर आते-जाते व्यक्ति का फर्ज़ है इस यज्ञ में आहुति दे। लेकिन अब लगता था मार ज़्यादा हो गई। बनारस में ऐसे किसी की जान नहीं ली जाती सो भीड़ में से ही कुछ समझदार लोगों ने बीच-बचाव कराने की रस्म निभाने का फ़ैसला किया। 'जान ही ले लोगे क्या,' एक अधेड़ उम्र के व्यक्ति ने तक़रीबन चीख़ते हुए कहा तो मारपीट करते लोगों के हाथ ठिठक गए। मुकेश ने भी कुछ राहत की साँस ली। जान बची, लाखों पाए।

इधर अफ़रा-तफ़री के बीच किसी ने पुलिस को सूचना दे दी। चेतगंज थाने से तुरंत एक पुलिस पार्टी मौक़ा-ए-वारदात पर आ गई। पास की चौकी से भी कुछ सिपाही दौड़ते हुए आए। आते ही पुलिसकर्मियों ने बस चालक को हिरासत में ले लिया। फ़ोन करके एंबुलेंस बुलाई गई। घायलों को नज़दीक के कबीरचौरा अस्पताल में इलाज के लिए भेज दिया गया। अब तक भीड़ भी तक़रीबन छँट चली थी। जो बचे थे, उनको पुलिस वालों ने दौड़ा दिया। वैसे भी घटनास्थल पर देखने लायक़ अब कुछ ख़ास बचा नहीं था। इधर पुलिस के सामने मसला था कि दुर्घटनाग्रस्त वाहनों को सड़क से कैसे हटाया जाए ताकि वहाँ लग चुके भारी जाम को ख़त्म किया जा सके।

पुलिसकर्मियों ने स्थानीय लोगों की मदद से तमाम छोटे वाहन यूँ ही हटाकर किनारे लगवा दिए। अब मसला था बस को हटाने का। एक तो बस का भारी-भरकम डील-डौल, ऊपर से दुर्घटनाग्रस्त। क्रेन के आने तक कुछ हो पाना संभव नहीं था। हालाँकि क्रेन मंगाने के लिए कंट्रोल रूम को सूचना प्रेषित कर दी गई थी लेकिन क्रेन अभी तक नहीं आई थी। आती भी कैसे, सड़क पर जाम लगा था और फिर क्रेन थी कोई साँप नहीं जो भीड़ के बीच से लहराती हुई चली आती। गर्मी जैसे-जैसे बढ़ रही थी वैसे-वैसे पुलिस वाले अधीर हुए जाते थे। इस बीच मौक़े पर मौजूद एक दारोग़ा जी को अचानक ख़याल आया कि बस का चालक तो उन्हीं के पास है। ड्राइवर मुकेश कुमार से पूछा गया कि क्या बस स्टार्ट हो सकती है?

"बस स्टार्ट तो हो जाएगी लेकिन ख़तरा है, क्योंकि बस के ब्रेक फ़ेल

हैं,'' बस चालक ने जवाब दिया। मगर पुलिस इस जवाब से संतुष्ट न हुई। ''बहाना बनाता है,'' यह कहते हुए एक सिपाही ने मुकेश के गाल पर इतनी देर में एक तमाचा भी जड़ दिया। तमाचा लगते ही बस चालक सहम कर रह गया। वह आगे कुछ बोलता, इससे पहले ही एक सिपाही ने डंडा जड़ दिया। वैसे ही उसका पेट मार खा-खाकर भर चुका था। उसने अब ख़ामोश रहकर पुलिस की 'हाँ' में 'हाँ' मिलाना ही मुनासिब समझा। बोलने की हिम्मत वह खो चुका था। कौन नहीं जानता, बनारस हो चाहे इंदौर, पुलिस से बड़ा पिशाचमोचन कोई हो ही नहीं सकता। पुलिस की मार के सामने बड़े-बड़े भूत भाग जाते हैं, मुकेश तो फिर भी एक आम ड्राइवर था।

पुलिस पार्टी में आए दारोग़ा जी ने मुकेश कुमार से बस स्टार्ट करके थाने ले चलने का आदेश दिया। बस चालक ने इस बार बात बदल कर समझाने की कोशिश की। ''जनाब, बस दुर्घटनाग्रस्त है, एक बार मिस्त्री को दिखवा लेने दीजिए। मैं स्वयं ही बस थाने में पहुँचा दूँगा।'' मगर दारोग़ा जी नहीं माने। इस बार की झिड़की के बाद मुकेश के पास कोई चारा न रहा। उसने मन-ही-मन दुआ माँगी कि प्रभु, जल्दी से क्रेन ही आ जाए। मगर इतने जाम में क्रेन को हवाई मार्ग से तो लाया नहीं जा सकता था। प्रभु अपने भक्त के मन की भला कैसे करें? इधर वाहन चालक मन-ही-मन कभी काशी के कोतवाल काल भैरव को तो कभी काशी के तारणहार बाबा विश्वनाथ से गुहार लगा रहा था। मगर उस दिन उसका समय सही था ही नहीं। कोई दुआ, कोई मनुहार काम न आई।

आख़िरकार अनमना मुकेश ड्राइविंग सीट पर बैठ गया। उसने इग्नीशन में चाबी लगाई और तक़रीबन आँखें मूँदते हुए बस को स्टार्ट किया। स्टार्ट होते समय कोई अनहोनी न हुई। मुकेश ने राहत की साँस ली। अब उसने हिम्मत करके हाथ गियर की तरफ़ बढ़ाया। एक तो भीड़ के हाथों पिटाई और फिर अब सिर पर यमराज की तरह सवार पुलिस वाले, मुकेश के हाथ काँप उठे। तब तक बस में चढ़ आए एक सिपाही ने चालक का अनमनापन भाँप लिया। उसने तक़रीबन घुड़कते हुए बनारस के लोकसाहित्य का पाठ शुरू किया। ऐसा वैसा पाठ? अच्छे-भले आदमी के कानों से ख़ून निकल आए।

डरे-सहमे ड्राइवर ने एक बार फिर से अपनी आँखें बंद कीं। दिल कड़ा किया और हाथ गियर की तरफ़ बढ़ा दिया। मरता क्या न करता? जय बाबा विश्वनाथ कहते हुए मुकेश ने बस में गियर डाला। बस पहले से स्टार्ट तो थी ही। गियर पड़ा और बस ड्राइवर के बिना क्लच छोड़े ही बस भाग निकली। बस ऐसी भागी, मानो हरा चारा देखकर कोई भूखी भैंस रस्सी तुड़ाकर भागती

है। हालाँकि पुलिसकर्मी अभी भी अपनी अकड़ में थे लेकिन मुकेश को अंजाम मालूम था। उसे बस चलाते बारह साल हो चुके थे। बस चली और ऐसी चली जैसे अब रुकना ही न था। फिर तो सामने जो आया उस पर ही चढ़ गई। यह तब था जबकि एक्सीलेटर पर पाँव भी न धरा गया था।

अचानक बस के किसी बड़ी चीज़ से टकराने की आवाज़ हुई। धड़ की तेज़ आवाज़ पर मुकेश की बंद आँखें खुल गईं। बस एक दीवार से टकराकर रुक गई थी। हालाँकि बस और दीवार दोनों ही इस टक्कर की मार सहन न कर सके थे। कोई जब तक कुछ समझ पाता, देर हो चुकी थी। इधर बस दीवार से टकराई, उधर चालक का मुँह स्टेयरिंग में जाकर लगा। बस में सवार सिपाही धड़ से फ़र्श पर गिरकर कराहने लगा। फ़ेल ब्रेक की बस को जबरन चलवाने का नतीजा सामने आ चुका था। तबाही सिर्फ़ बस में नहीं मची थी। दीवार में टकराने से पहले बस ने एक स्कूटी सवार समेत तीन लोगों को गंभीर रूप से घायल कर दिया था। एक पुलिसकर्मी की बाइक भी बस की चपेट में आई। न्याय हो चुका था।

इस रोज़ बनारसवासियों ने आगे-पीछे दो हादसे देखे। पहले हादसे की वजह बस के ब्रेक फ़ेल होना था। दूसरा हादसा भी उसी बस से हुआ जिसके ब्रेक फ़ेल थे। पहले हादसे के पीछे जहाँ ड्राइवर का अल्हड़पन ज़िम्मेदार था, दूसरा हादसा पुलिस की ज़िद, ज़बरदस्ती और अपनी बात किसी भी क़ीमत पर मनवाने की वजह से हुआ। लेकिन ग़लती अभी भी बस चालक की ही मानी गई। हमारी पुलिस कोई ग़लती करती है क्या?

दारोग़ा का तबादला

गुलबर्गा कर्नाटक का एक प्रमुख शहर है। आधिकारिक तौर पर गुलबर्गा शहर कलबुर्गी ज़िले का मुख्यालय है। यह राजधानी बेंगलुरु से क़रीब 630 किलोमीटर की दूरी पर है। हालाँकि तेलंगाना की राजधानी हैदराबाद यहाँ से सिर्फ़ 220 किलोमीटर की दूरी पर ही है। इस लिहाज़ से गुलबर्गा के पूरे इलाक़े पर हैदराबाद की भाषा और संस्कृति का असर बेंगलुरु से ज़्यादा नज़र आता है। इस शहर की आबादी क़रीब छह लाख है।

गुलबर्गा शहर ख़्वाजा बंदा नवाज़ गेसू दराज़ की दरगाह के अलावा प्राचीन बौद्ध विहार और शरण बसेश्वर मंदिर के लिए भी मशहूर है। कलबुर्गी यानी गुलबर्गा में राज्य हाईकोर्ट की बैंच भी है। इस लिहाज़ से आस-पास के ज़िलों में भी इसका महत्त्व है। इतिहास में तलाशने पर क़रीब छठी सदी में इसका ज़िक्र मिलता है जब यह इलाक़ा राष्ट्रकूट और चालुक्य राजाओं के बीच संघर्ष का गवाह बना। कुछ दिन राष्ट्रकूट वंश के क़ब्ज़े में रहने के बाद यह शहर लगभग दो सौ साल तक चालुक्य शासकों के क़ब्ज़े में रहा। इसके बाद बारहवीं सदी तक कलचुरी वंश के शासक इस इलाक़े पर क़ाबिज़ रहे।

कृष्णा और भीमा नदियों के दरम्यान बसा गुलबर्गा सन् 1321 के आस-पास दिल्ली सल्तनत के अधीन आ गया। 1347 में अलाउद्दीन बहमन शाह ने बहमनी साम्राज्य की नींव डाली और इस शहर का नाम हसनाबाद रखकर अपनी राजधानी बनाया। 18वीं सदी में गुलबर्गा एक बार फिर से मुग़ल साम्राज्य के अधीन हो गया। मुग़लों का सूरज डूबा तो हैदराबाद के निज़ाम की ताक़त बढ़ी और फिर देश आज़ाद होने तक गुलबर्गा निज़ाम के हैदराबाद राज्य का हिस्सा रहा।

ख़ैर, इतिहास हमारा मक़सद नहीं है। चूँकि शहर का ज़िक्र छिड़ा तो सोचा कि चलो बताते चलें। बहरहाल, हमारी कहानी के दोनों किरदार इसी शहर में रहते हैं। एक स्थानीय पत्रकार और दूसरा पुलिस विभाग में अधिकारी। आमतौर पर चोर, पुलिस और प्रेस में मौसेरे भाइयों जैसा रिश्ता होता है। तीनों का एक-दूसरे से वास्ता पड़ना ही है, चाहे एक-दूसरे को पसंद करते हों, चाहे न करते हों।

पुलिस और पत्रकारों का रिश्ता परिभाषित करना काफ़ी मुश्किल है।

पुलिस का छपास रोग और पत्रकार के भीतर ख़बरों की भूख दोनों को एक-दूसरे के दरवाज़े पर लाकर खड़ा कर देते हैं। इसके बदले में दोनों एक दूसरे से काम भी ख़ूब निकालते हैं। पत्रकारों की वक़्त-बेवक़्त की सिफ़ारिशें और पुलिस वालों की अधिकारियों तक बात पहुँचाने की फ़रमाइशें इतनी होती हैं कि बस पूछो मत। वैसे ये ट्रेड सीक्रेट है और यहाँ बताना धंधे के उसूलों के ख़िलाफ़ है।

हाँ तो हम बात कर रहे थे एक इंस्पेक्टर और एक पत्रकार की। संयोग से दोनों की रोज़ी-रोटी कलबुर्गी यानी गुलबर्गा में ही बँधी थी। बात वर्ष 2021 की शुरुआत की है। बैजनाथ उन दिनों पुलिस की ज़िला अपराध शाखा में तैनात थे। मज़े में ज़िन्दगी कट रही थी। बस एक छोटी-सी परेशानी थी। कुछ महीने पहले तक वह जेवरगी नाम के एक पुलिस स्टेशन में तैनात थे। वहाँ धाँसू दारोग़ागीरी चलती थी। यहाँ अपराध शाखा में काम तक़रीबन बाबूगीरी वाला था।

अपराध शाखा में करने के लिए ज़्यादा काम नहीं होता। काम होता भी है तो यह दफ़्तर थाने की बराबरी नहीं कर सकता, वह भी तब जबकि दारोग़ा जी के पास थाने का प्रभार हो। भला कोई थाना प्रभारी अपराध शाखा में क्यों जाना चाहेगा? बैजनाथ भी नहीं चाहते थे। वह तो बुरा हो पंचायत चुनावों का। उनके थाना क्षेत्र में चुनाव के दौरान एक लड़की की मौत हो गई। पुलिस पर जाँच की ज़िम्मेदारी आई। लोग जाँच से संतुष्ट न थे। लोगों की राजनीति ने दारोग़ा जी की कुर्सी निगल ली।

विवाद बढ़ा तो बैजनाथ का तबादला अपराध शाखा में कर दिया गया। दारोग़ा जी अपराध शाखा में आ तो गए लेकिन यहाँ मन नहीं लगता था। थाने वाला रसूख़, लोगों की सुबह-शाम हाज़िरी, इलाक़े में रौब और मातहतों के सलाम-सैल्यूट यहाँ कहाँ? बेचारे सिवाय सब्र के कर भी क्या सकते थे, सो मन मानकर काम कर रहे थे। दिन ऐसे ही गुज़र रहे थे कि एक दिन बैजनाथ की मुलाक़ात क़ासिम पटेल से हुई।

क़ासिम पटेल कलबुर्गी में 'जनशक्ति न्यूज़' नाम के एक चैनल में बतौर संवाददाता काम कर रहा था। क़ासिम की उम्र रही होगी यही कोई तीस साल लेकिन वह था तेज़तर्रार। पत्रकारिता में आने का एक फ़ायदा यह भी होता है कि अधिकारियों में सुबह-शाम की उठ-बैठ हो जाती है। क़ासिम भी दिनभर इस दफ़्तर से उस दफ़्तर चक्कर लगाता। कहीं ख़बर मिल जाती तो रिकॉर्ड करा लेता वरना चाय-नाश्ते के जुगाड़ खोजता। वह उस रोज़ किसी ख़बर के सिलसिले में

अपराध शाखा गया था। बैजनाथ को बातचीत में लड़का सभ्य और समझदार लगा।

ज़िला स्तर पर सभ्य, सौम्य, समझदार जैसे लफ़्ज़ हालाँकि पत्रकारिता शब्दकोश के लिए अजनबी माने जाते हैं लेकिन बैजनाथ ने क़ासिम को अच्छा लड़का मान लिया। हालाँकि क़ासिम के साथ काम करने वालों के लिए यह हैरानी की बात हो सकती थी। ख़ैर, दोनों में बातचीत हुई, चाय-पानी का दौर चला, मोबाइल नंबरों का आदान-प्रदान हुआ और दोबारा मिलने के वादे के साथ क़ासिम वहाँ से चला गया।

अब चूँकि क़ासिम क्राइम बीट कवर करता था तो बैजनाथ से उसकी मुलाक़ातें होनी लाज़िमी थीं। दोनों के बीच रिश्ते मज़बूत होते चले गए। एक दिन बैजनाथ ने क़ासिम के सामने दिल की बात रख दी। उसने अपने तबादले का क़िस्सा बताया और वापस किसी थाने में पोस्टिंग पाने का कोई जुगाड़ पूछा। क़ासिम बैजनाथ को अपने मोबाइल में तमाम नेताओं और पुलिस अधिकारियों के साथ अपनी तस्वीरें दिखा चुका था। बैजनाथ को लगा कि यह लड़का उसका काम करा सकता है।

क़ासिम ने बैजनाथ से कहा कि वह ज़िले के आला अधिकारियों से मिलकर बात करेगा और फिर बताएगा। उसने बैजनाथ को भरोसा दिलाया कि काम सौ फ़ीसद हो जाएगा। बस उसे पुलिस कप्तान से मिलकर पता करना पड़ेगा कि यह तबादला उनके स्तर से हो सकता है या किसी नेता की सिफ़ारिश चाहिए। इस पर बैजनाथ ने कहा कि अगर इस काम में कुछ पैसे भी ख़र्च हों तो वह कर देगा। ज़ाहिर है कि थाने में तैनाती मिल जाए तो रिश्वत में गए पैसे रिश्वत के रास्ते ही वापस भी आ जाते हैं।

दिन गुज़रते गए। इस बीच बैजनाथ ने क़ासिम को एक-दो बार याद भी दिलाया। क़ासिम बैजनाथ को काम हो जाने का भरोसा दिलाता रहा। एक दिन क़ासिम बैजनाथ के दफ़्तर पहुँचा और बोला कि पुलिस अधीक्षक मॉरिस जॉर्ज से उसकी बात हो गई है और काम हो जाएगा। बैजनाथ के लिए तो इतना सुनना भर ही किसी बड़ी ख़ुशख़बरी से कम न था। वह खुली आँखों से थाने में तैनाती के सपने देखने लगा। हर वक़्त उसे सेल्यूट मारते सिपाही, सर, सर करते दफ़्तरी, बाबू जी बाबूजी करते फरियादी नज़र आते। उसके ख़यालों में वो दिन घूम जाते, जब वह सरकारी जीप में निकलता था और लोग सम्मान में हाथ जोड़कर खड़े हो जाते थे।

क़ासिम ने बैजनाथ को एक मोबाइल नंबर दिया। उसने बताया कि यह ज़िला पुलिस अधीक्षक सेमी मॉरिस जॉर्ज का निजी नंबर है। साथ ही उसने हिदायत दी

कि इस नंबर पर कभी कॉल न करें, बस व्हाट्सऐप मैसेज भेजें। कप्तान साहब मैसेज देखकर ख़ुद जवाब दे देंगे। वो जैसा बोलें वैसा कर देना। बैजनाथ ने नंबर फ़ोन में सेव कर लिया। इसके बाद व्हाट्सऐप पर प्रोफ़ाइल पिक्चर देखकर इसकी पुष्टि भी कर ली। प्रोफ़ाइल में पुलिस कप्तान की ही तस्वीर लगी थी।

उस वक़्त बैजनाथ ने इसके अलावा कुछ नहीं किया। शाम को घर पहुँचकर बैजनाथ नहाए-धोए, खाना खाया और फिर इत्मीनान से बैठकर एक संदेश टाइप किया। बैजनाथ ने व्हाट्सऐप पर 'हैलो सर' लिखकर भेजा। कुछ देर बाद उधर से हैलो का जवाब आया। बैजनाथ को थोड़ी तसल्ली हुई। कुछ औपचारिक संदेशों के बाद उन्होंने एसपी के नंबर पर अपने मन की व्यथा लिख कर भेजी। उन्होंने बताया कि कैसे वह बेवजह फँस गए और थाने का प्रभार छिन गया।

इस बातचीत में एसपी ने बैजनाथ को भरोसा दिया कि उनका काम हो जाएगा लेकिन उन्हें इस सिलसिले में अधिकारियों से बात करनी पड़ेगी। अगले दिन बैजनाथ के पास उसी नंबर से एक मैसेज आया। उनसे ढाई लाख रुपये की माँग की गई थी। बैजनाथ ने तुरंत बताए गए अकाउंट में ढाई लाख रुपये ट्रांसफ़र कर दिए। बैजनाथ को लगा कि या तो एसपी को पैसों की ज़रूरत है या फिर ये उसके तबादले के एवज़ में बतौर रिश्वत माँगे गए हैं।

ख़ैर, दो-चार दिन ऐसे ही गुज़र गए। बैजनाथ तबादला आदेश का इंतज़ार कर रहे थे। ये चार दिन काफ़ी बेचैनी में कटे थे। एक अजीब-सी ख़ुशी बैजनाथ के भीतर थी। चौथे दिन भी तबादला आदेश नहीं आया। शाम होते-होते बैजनाथ के व्हाट्सऐप पर फिर एक संदेश आया। इस बार उनसे छह लाख रुपये की माँग की गई थी। यह रक़म थोड़ी ज़्यादा थी। ढाई लाख रुपये वह पहले ही ट्रांसफ़र कर चुके थे। उन्होंने तुरंत पैसे नहीं भेजे।

बैजनाथ रास्ते भर हिसाब जोड़ते रहे। फिर उनको लगा होगा कि साढ़े आठ लाख की भरपाई भी किसी तरह हो जाएगी। कम-से-कम किसी थाने का प्रभार तो मिले। हिसाब-किताब जोड़ते रात हो गई। आख़िर खाना खाने के बाद बैजनाथ ने फ़ैसला कर लिया। उन्होंने उसी अकाउंट में छह लाख रुपये ट्रांसफ़र कर दिए। बैजनाथ को उम्मीद थी कि अगले दिन तबादला आदेश ज़रूर आ जाएगा।

शाम तक तबादले का आदेश नहीं आया। अब बैजनाथ के लिए एक-एक पल काटना भारी पड़ रहा था। उन्होंने रास्ते से ही व्हाट्सऐप पर 'हैलो सर' लिख कर मैसेज भेजा लेकिन घर पहुँचने तक कोई जवाब नहीं आया। उन्होंने फिर लिखा कि 'सर, आर यू देयर? लेकिन कोई जवाब नहीं मिला। बैजनाथ की अधीरता बढ़ती गई और इसके साथ ही उनकी मैसेज टाइप करने की रफ़्तार भी। उन्होंने

सौ से ज़्यादा मैसेज उस नंबर पर भेज दिए लेकिन जवाब एक का भी न मिला।

दारोग़ा बैजनाथ ने अगले दिन उस नंबर पर कॉल किया। एक बार घंटी गई, दो बार घंटी गई, तीन बार, चार बार, पाँच बार, लेकिन फ़ोन उठा ही नहीं। अब बैजनाथ का दिल डूबने लगा। उन्हें लगा कि साढ़े आठ लाख रुपये डूब गए। फिर भी उन्होंने अपने दिल को दिलासा दी, शायद अधिकारियों के पास पैसे गए होंगे, अभी वहाँ से आदेश नहीं आया होगा और इसीलिए सर रिप्लाई नहीं कर रहे हैं।

तीन-चार दिन और इसी तरह गुज़र गए। हर जाते पल के साथ बैजनाथ का विश्वास बढ़ता जा रहा था कि उनके पैसे डूब गए। उन्होंने क़ासिम को फ़ोन किया। क़ासिम ने बैजनाथ को सब्र से काम लेने की सलाह दी। उसने बताया कि एसपी बेईमान नहीं हैं। अगर काम नहीं हुआ तो उसके पैसे वापस मिल जाएँगे। बैजनाथ ने उस वक़्त सब्र करना बेहतर समझा।

सब्र तो बैजनाथ ने कर लिया लेकिन हर वक़्त दिल तबादले में और निगाहें मोबाइल में आने वाले संदेशों पर अटकी रहतीं। वह बार-बार व्हाट्सऐप खोलते और उस नंबर को चेक करते। एक-दो दिन ही गुज़रे थे कि उन्हें वह नंबर ऑनलाइन नज़र आया। बैजनाथ ने कोई संदेश भेजने के बजाय उस नंबर पर अपने दूसरे फ़ोन से व्हाट्सऐप कॉल की। इस बार फ़ोन उठा। बैजनाथ की आँखों में चमक आई लेकिन जितनी तेज़ी से आँखें चमकी थीं उतनी ही तेज़ी से बुझ गईं।

दूसरी तरफ़ से आई आवाज़ किसी महिला की थी। पृष्ठभूमि में कोई बच्चा रो रहा था। बैजनाथ को जहाँ तक ख़बर थी एपसी मॉरिस जॉर्ज के घर में कोई छोटा बच्चा न था। उस महिला ने बैजनाथ को बाक़ायदा सलाम किया और साफ़ उर्दू में बताया कि वो रिपोर्टिंग करने निकले हैं और फ़ोन घर भूल गए हैं। बैजनाथ समझ गए कि क़ासिम ने ही एसपी बनकर उनको चूना लगा दिया है।

अपराध शाखा का अधिकारी धोखाधड़ी का शिकार बन चुका था। बैजनाथ को कुछ देर तो साँस ही नहीं आई। जब उनके होश-हवास वापस लौटे तो मन में कई गालियाँ भी दीं। लेकिन अब वह कर भी क्या सकते थे? दारोग़ा बैजनाथ के साढ़े आठ लाख रुपये उनके मौसेरे भाई...सॉरी पत्रकार दोस्त ने ठग लिए थे और उनके पास नज़दीकी पुलिस थाने में जाकर शिकायत दर्ज कराने के अलावा अब कोई चारा नहीं बचा था।

चूरन वाला नोट

छत्तीसगढ़ के बिलासपुर को लोग राज्य की न्याय राजधानी कहते हैं क्योंकि ज़िले के बोदरी इलाक़े में राज्य की हाईकोर्ट है। राज्य के तमाम लोगों को न्याय की तलाश में यहाँ आना ही पड़ता है। इस वजह से ज़िले में आर्थिक गतिविधियाँ भी तेज़ी से फली-फूली हैं। बिलासपुर को लोग उत्सवों या त्यौहारों का शहर भी बोलते हैं क्योंकि तमाम राष्ट्रीय त्यौहारों के अलावा यहाँ स्थानीय स्तर पर भी कई त्यौहार मनाए जाते हैं।

बहरहाल, यह शहर सन् 1741 के आस-पास चर्चा में आया जब मराठा राजाओं ने इस इलाक़े पर क़ब्ज़ा किया। सन् 1818 में तीसरे आंग्ल-मराठा युद्ध में हार के बाद बिलासपु भोंसले परिवार से निकल कर ब्रिटिश ईस्ट इंडिया कंपनी के क़ब्ज़े में आ गया। सन् 1861 में अंग्रेज़ों ने बिलासपुर को ज़िला घोषित किया और तब से यह शहर लगातार तरक़्क़ी करता रहा।

अरपा नदी के उत्तरी तट पर बसा बिलासपुर ख़ूबसूरत शहर है। हालाँकि आबादी अब नदी के दोनों तरफ़ फैल गई है। चूँकि राज्य भर के लोगों का यहाँ आना-जाना है तो बाज़ारों में ख़ासी चहल-पहल रहती है। कमिश्नर ऑफ़िस से चलकर अगर आप कानन पेंडारी ज़ूलोजिकल गार्डन यानी चिड़ियाघर की तरफ़ जाएँगे रास्ते में मंगला चौक नाम का एक चौराहा पड़ता है। चूँकि यह चौराहा

शहर से बाहर जाने वाले मुख्य मार्ग पर है तो यहाँ वाहनों की ख़ासी आवाजाही भी रहती है।

बात दिसंबर, 2020 की है। कोरोना महामारी के चलते लगा लॉकडाउन उन दिनों खुल गया था लेकिन तमाम जगहों पर एहतियात बरती जा रही थी। ऊपर से आदेश था कि तमाम आने-जाने वालों की जाँच करें। पैदल, कार में, रिक्शा या बाइक पर जो भी व्यक्ति बिना मास्क नज़र आए उसे रोक कर चालान काट दिया जाए। मंगला चेकपोस्ट पर पुलिसकर्मी मुस्तैदी से जाँच कर रहे थे। बिना मास्क दिखते ही रोका जाता और चालान काट दिया जाता।

इस बीच वहाँ तैनात पुलिसकर्मियों को बाइक पर सवार एक युवक बिना मास्क लगाए आता दिखाई दिया। पुलिसकर्मियों ने पास आने पर बाइक सवार को रुकने का इशारा किया। बाइक सवार के पास भागने का कोई रास्ता न था। उसने रुकने में ही भलाई समझी। हालाँकि आदतन उसने रुकते ही पुलिस वालों को चकमा देने की कोशिश की। पहले तो उसने किसी प्रभावशाली आदमी का नाम बताया। लेकिन पुलिस ने उसकी बात पर तवज्जो नहीं दी।

पहला वार ख़ाली जाता देख कर उस युवक ने जेब से मोबाइल निकाला और किसी का नंबर मिलाया। उधर से कॉल कनेक्ट हुई तो उसने फ़ोन पर अपना दुखड़ा सुनाना शुरू किया, अंकल मैं मम्मी की दवा लेने निकला था। यहाँ मंगला चौक पर पुलिस वालों ने मेरी बाइक को रोक लिया है। उधर से कुछ पूछा गया तो युवक ने कहा कि मास्क का चालान काटने को कह रहे हैं।

कुछ सेकेंड के विराम के बाद युवक पुलिस वालों की तरफ़ मुड़ा और उनसे कहा कि ज़रा बात कर लीजिए। पुलिसकर्मियों ने फ़ोन पर बात करने से मना कर दिया।

"क्यों बात करें? आप चालान कटवाइए..."

"अंकल प्लीज़ बात तो करें," युवक ने तक़रीबन गिड़गिड़ाते हुए कहा। लेकिन सामने मौजूद पुलिस वाला उसकी बात सुनने को तैयार न था। युवक ने तमाम कोशिशें कर लीं लेकिन पुलिसकर्मी उस वक़्त अपना टार्गेट पूरा करने की ठान चुका था। किसी से भी बात करने या कोने वाले लेन-देन में उसकी दिलचस्पी न थी।

पिछले कई दिनों से कुल जमा दस चालान भी नहीं कटे थे। अधिकारियों से मिला टार्गेट पूरा नहीं हो रहा था। इसके लिए मंगला चौकी के स्टाफ़ को शायद डाँट के साथ चेतावनी भी मिली थी। इधर पुलिस वालों ने ज़्यादा देर नानुकर की तो उधर फ़ोन पर मौजूद अंकल ने भी फ़ोन काट दिया। युवक से

उनका रिश्ता भी शायद इतना ही औपचारिक था। युवक ने पुलिस वालों को नहीं बताया कि फ़ोन पर था कौन?

पुलिस वालों की दिलचस्पी भी यह सब जानने में नहीं थी। उनको दो सौ रुपये चाहिए थे। जितनी देर वह युवक, "अंकल बात कर लीजिए प्लीज़, प्लीज़ और प्लीज़" में लगा था उतनी देर में ड्यूटी पर मौजूद दारोग़ा जी ने एक रसीद काटी और युवक के हाथ में थमा दी। चूँकि चालान मास्क का था तो उस पर वाहन का नंबर डालने या ड्राइविंग लाइसेंस माँगने जैसी किसी औपचारिकता की ज़रूरत न थी।

युवक ने अब हार मान ली। वह समझ गया कि कोई तंत्र, मंत्र या जुगाड़ अब नहीं चलने वाला। रसीद कटती देख उसने मन में चल रही प्रार्थना को वहीं विराम दिया, दारोग़ा के हाथ से रसीद ली और लपेट कर जेब में रख ली। उसने बाइक स्टार्ट की तो दारोग़ा ने कहा कि पैसे तो दो। युवक ने मरियल आवाज़ में कहा कि दे तो रहे हैं। अब तो रसीद कट ही गई। अब कर क्या सकते हैं।

"कुछ मत करो, पैसे दो..."

इस दौरान बाइक स्टार्ट हो चुकी थी। युवक ने अपनी शर्ट की जेब में हाथ डाला। हाथ बाहर निकाला तो हाथ में कुछ मुड़े-तुड़े, लिपटे हुए नोट थे। उसने उनमें से एक दो सौ रुपए का नोट निकाला, दारोग़ा के हाथ में दिया। इससे पहले कि दारोग़ा उस नोट को सही कि खोलकर रख पाता, युवक ने गाड़ी में गियर डाला और बाइक लेकर चलता बना। दारोग़ा ने नोट लेकर अपनी जेब में रख लिया।

नोट जेब में रखते वक़्त दारोग़ा को कुछ शक-सा हुआ। नोट तो ठीक था लेकिन इसका रंग सामान्य नोट जैसा न था। उसने साथी पुलिसकर्मी को वह नोट देते हुए कहा कि देखना, क्या यह नोट सही है? साथी पुलिसकर्मी ने नोट हाथ में लिया, एक बार उसे ग़ौर से देखा और बड़ी ज़ोर से हँसा। उसकी हँसी में विद्रूपता, एक व्यंग्य का भाव था। उसकी हँसी शायद दारोग़ा से कह रही थी, "मूर्ख हो क्या बे?"

साथी पुलिसकर्मी की हँसी देखकर दारोग़ा जी को ग़ुस्सा भी आया और मन में अजीब से विचार भी आए। 'आख़िर यह ऐसे क्यों हँस रहा है।' उसने साथी पुलिसकर्मी के हाथ से नोट वापस लिया। उसे इस नोट में कुछ अजीब नहीं लगा। शायद उसकी आँखें ऑटो करेक्ट मोड में थीं। नोट अपने फ़र्ज़ी होने की चुग़ली ख़ुद कर रहा था लेकिन दारोग़ा का मन उस समय साथी कर्मी की हँसी में उलझा था। उसकी समझ में अब भी कुछ नहीं आया।

"क्यों हँस रहे हो, बताओ न," दारोग़ा ने कातर से स्वर में सिपाही से

पूछा। सिपाही को अब तक अपनी ग़लती का अहसास हो गया था। वह समझ गया था कि उसकी हँसी दारोग़ा जी के दिल पर चोट कर गई है। यह भारी भी पड़ सकती है। उसने ख़ुद को सँभाला। फिर थोड़ा रुक कर बोला, ''सर वह लड़का हम सबको उल्लू बना गया।''

सिपाही की 'हम सबको' में ग़लती सुधार का भाव छिपा था। उसकी अधीनस्थता उसे कहने से रोक रही थी कि दारोग़ा जी आप उल्लू बन गए। मगर अब तो तीर निकल चुका था। लेकिन दारोग़ा का ग्लानि भाव उसे सिपाही को हड़काने से रोक रहा था। उसे मालूम था कि इस वक़्त वरिष्ठता दिखाई तो सिपाही की वाहियात और कई लोगों से सुननी पड़ सकती है।

दारोग़ा ने फिर पूछा, ''बताओ न बे, जो में प्राब्लम काओ है?''

सिपाही ने अपनी हँसी को जबरन रोका। नोट को पूरा खोला और दारोग़ा जी को उस पर लिखी इबारत पढ़ाई। इबारत पढ़कर दारोग़ा जी का दिल डूब गया। हालाँकि दो सौ रुपये बड़ी क़ीमत न थी। दारोग़ा जी वहीं खड़े-खड़े किसी भी एक शिकार को लपेट कर दो क्या, पाँच सौ झपट लेते। मगर मसला इज़्ज़त का था। दो दिन का छोकरा टप्पा दे गया और वह कुछ कर भी नहीं सकते थे। बात ख़ुद तक रह जाती तो चल भी जाता। उन्हें सिपाही की हँसी फिर से याद आ गई। वह समझ गए कि अब कुछ नहीं हो सकता। तमाम दुनिया में मज़ाक़ बनना तय है।

मज़ाक़...मगर किस बात का? दरअसल नोट पर रिज़र्व बैंक ऑफ़ इंडिया की जगह चिल्ड्रन बैंक ऑफ़ इंडिया लिखा था। यानी दारोग़ा जी ने रसीद के बदले जो नोट लिया था वह चूरन वाला नोट था...

जहाज़ उड़ने वाला है

देवबंद देश की राजधानी दिल्ली से क़रीब 150 किलोमीटर की दूरी पर बसा है। एक लाख से ज़्यादा की आबादी वाला यह क़स्बा उत्तर प्रदेश के सहारनपुर ज़िले में है। मदरसा दारुल उलूम नाम के धार्मिक शिक्षा केंद्र की वजह से यह क़स्बा देश-विदेश में मशहूर है।

देवबंद में दारुल उलूम के अलावा कई छोटे-बड़े मदरसे और भी हैं। मौलाना नूरूल हुदा का ताल्लुक़ ऐसे ही एक मदरसे से था। बात शायद मई, 2010 की है। मौलाना नूरुल हुदा दोपहर के वक़्त अपने बेटे के साथ दिल्ली जाने के लिए निकले। वहाँ से उन्हें लंदन जाने वाली अमीरात एयरलाइंस की फ़्लाइट पकड़नी थी। मौलाना नूरुल हुदा घर से ख़ुशी-ख़ुशी विदा हुए। उनका बेटा टैक्सी से उन्हें दिल्ली एयरपोर्ट तक छोड़ने के लिए आया।

यहाँ तक सब ठीक था। मौलाना ने समय से चैक-इन किया। इमीग्रेशन जाँच और बाक़ी तमाम औपचारिकताओं के बाद वह अपनी सीट पर आकर बैठ गए। विमान के उड़ान भरने से पहले उन्होंने सोचा कि ख़ैरियत से प्लेन में बैठ जाने की ख़बर अपने परिवार वालों को दे दें। उन्होंने मोबाइल निकाला और फ़ोन पर अपने परिजनों से बात करने लगे। उन्होंने पहले अपनी बीवी को फ़ोन मिलाया, फिर बेटी को और फिर बेटे को बताया कि सीट पर बैठ गए हैं और विमान उड़ने का इंतज़ार कर रहे हैं।

मौलाना नूरुल हुदा अपने पारंपरिक लिबास में थे। यानी कुर्ता-पायजामा और कंधे पर चेकवाला स्कार्फ़ यानी केफ़िया। मौलाना के बराबर वाली सीट पर एक लड़की पहले से बैठी थी। मौलाना के आने के बाद वह थोड़ी-सी असहज दिखी। अभी मौलाना को फ़ोन पर बात करते कुछ देर ही गुज़री थी कि लड़की उनके बराबर से उठकर कहीं गई।

मौलाना ने बात करके फ़ोन ऑफ़ किया और जेब में रख लिया। वह विमान के उड़ान भरने का इंतज़ार करने लगे। इस दौरान उन्होंने घड़ी में समय देखा। टिकट पर दिया फ़्लाइट का समय काफ़ी देर पहले निकल चुका था। शायद किसी तकनीकी वजह से देर हो रही थी। इस दौरान वह लड़की भी अपनी सीट

पर लौट कर नहीं आई। मौलाना ने अपना सिर सीट से टिकाया और आँखें बंद करके दुआएँ पढ़ने लगे।

कुछ ही देर गुज़री थी, पुलिस जैसी वर्दी पहने एक व्यक्ति ने आकर मौलाना को हिलाया। मौलाना ने चौंक कर आँखें खोल दीं। उनके सामने दो-तीन सुरक्षाकर्मी और विमान का अटेंडिंग स्टाफ़ खड़ा था। मौलाना की समझ में नहीं आया कि आख़िर हो क्या रहा है। सिपाही ने मौलाना से अपना हैंड लगेज लेकर साथ चलने के लिए कहा।

मौलाना असहज थे लेकिन जो हालात चल रहे थे उनमें बहस की कोई गुंजाइश न थी। हालाँकि इस दौरान देश में कोई बड़ी आतंकी वारदात नहीं हुई थी लेकिन मुसलमान होने के नाते इस तरह की पूछताछ आम थी। मौलाना को लगा कि शायद उनके हुलिए की वजह से पुलिस उनसे कुछ सवाल करना चाहती है। वह सामान उठाकर सुरक्षाकर्मियों के साथ चल दिए।

विमान से उतारकर मौलाना को एक कार में बैठाया गया। सुरक्षाकर्मी उन्हें वापस एयरपोर्ट पर ले आए। रास्ते में मौलाना ने सुरक्षाकर्मियों से सवाल करना चाहा लेकिन उनसे ख़ामोश बैठने के लिए कहा गया। एयरपोर्ट पर सुरक्षाकर्मी उन्हें एक कमरे में ले गए। यह शायद एयरपोर्ट सेक्युरिटी का दफ़्तर था।

कमरे में वह लड़की भी थी जो विमान में मौलाना के बराबर वाली सीट पर से उठकर आई थी। उसे देखकर मौलाना नूरुल हुदा को कुछ हैरानी भी हुई। उनकी समझ में नहीं आ रहा था कि आख़िर हुआ क्या है। एयरपोर्ट सेक्युरिटी के लोगों ने मौलाना को लड़की के सामने बैठा दिया। इस दौरान कुछ पुलिस वाले मौलाना का बैग चैक करने लगे। यहाँ उनका वह लगेज भी मौजूद था जो चैक-इन के वक़्त मौलाना ने विमान स्टाफ़ के पास जमा करा दिया था। अभी तक किसी ने कोई सवाल-जवाब न किया था।

सामान चैक होने के बाद एक इंस्पेक्टर मौलाना के पास आया और उनसे उनका नाम पूछा। फिर उनसे पासपोर्ट और टिकट देने को कहा गया। मौलाना ने चुपचाप अपना पासपोर्ट और टिकट सुरक्षाकर्मियों के हवाले कर दिया। सुरक्षाकर्मियों ने पासपोर्ट के पन्ने उलटे, अगले-पिछले वीज़ा स्टैंप चैक किए और फिर अलग जाकर आपस में कुछ बातें कीं।

सुरक्षाकर्मी लौट कर आए और उस लड़की से मुख़ातिब हुए। ''हाँ तो मियां जी, क्या कह रहे थे प्लेन में,'' उनमें से एक ने सवाल किया?

''ये फ़ोन पर किसी से प्लेन उड़ाने की बात कर रहे थे।''

''किससे?''

"मुझे नहीं मालूम। बस इन्होंने किसी को कॉल किया और कहा कि मैं बस थोड़ी देर में उड़ने ही वाला हूँ।"

मौलाना ने कुछ बोलना चाहा लेकिन सुरक्षाकर्मियों ने उन्हें ख़ामोश कर दिया। मौलाना से उनका मोबाइल फ़ोन माँगा गया। मौलाना ने चुपचाप फ़ोन निकाल कर दे दिया। एक दारोग़ा ने फ़ोन की रिसेंट कॉल हिस्ट्री और तमाम कॉल डिटेल्स चैक किए। इस दौरान सुरक्षाकर्मी लड़की को अपने साथ ले गए। मौलाना वहीं बैठे रहे।

कुछ देर बाद सुरक्षाकर्मी लौट कर आए। इस बार वो लड़की उनके साथ नहीं थी। उन लोगों ने आते ही मौलाना नूरुल हुदा से सवाल किया कि विमान क्यों उड़ाना चाहते थे और भला कैसे उड़ाते?

मौलाना ने अभी तक अपने हवास नहीं खोए थे। उन्होंने पलट कर पूछा कि क्या आपका विमान हवा के अलावा भी कहीं उड़ता है?

"उस लड़की ने बताया है कि आप फ़ोन पर किसी से कह रहे थे कि मैं उड़ने वाला हूँ और विमान उड़ने वाला है।"

"मैं तो आलिम (आध्यात्मिक) आदमी हूँ। मेरा ताल्लुक़ मदरसे से है। मैं पढ़ने-पढ़ाने का काम करता हूँ। भला उड़ाने से मेरा क्या वास्ता?" मौलाना ने जवाब दिया।

"लेकिन आप फ़ोन पर..."

"मेरी फ़ोन पर अपने घरवालों से बात हुई है। उन्होंने पूछा कि जहाज़ कितनी देर में उड़ान भरेगा, मैंने कह दिया कि बस उड़ने वाला है। आप चाहें तो कॉल डिटेल निकाल लें या मेरे घरवालों को कॉल करके पता कर लें कि फ़ोन पर मेरी उनसे क्या बात हुई है," मौलाना नूरुल हुदा ने जवाब दिया।

"मगर आपकी बातों से उस महिला को संदेह हुआ..."

"तो उसे बुलाकर मेरा सामना कराइए। वह भी फ़ोन पर अंग्रेज़ी में किसी से बात कर रही थी। मैं भी कह सकता हूँ कि वह जाने किसी से विमान का अपहरण करने के बारे में कह रही थी।"

"वह पढ़े-लिखे और सभ्य घर की थी। आपकी वजह से उसकी फ़्लाइट मिस हुई। हमें उसको दूसरे विमान से लंदन भेजना पड़ा।"

"मैं ही कौन-सा असभ्य परिवार से हूँ? मैं लोगों को पढ़ाता-लिखाता हूँ। हम तो सिखाते हैं लोगों को कि किसी को नुक़सान न पहुँचाओ।"

सुरक्षाकर्मियों की समझ में न आ रहा था कि मौलाना का क्या किया जाए। शायद मौलाना सच बोल रहे थे लेकिन वह लड़की भला क्यों झूठ बोलेगी?

सुरक्षाकर्मियों ने तय किया कि मामले की सूचना उच्च अधिकारियों को दी जाए। फ़ोन किया गया। कुछ देर बाद दिल्ली पुलिस की एक टीम आई और मौलाना को अपने साथ ले गई।

रास्ते में मौलाना ने अपने घरवालों को सूचना देने के लिए पुलिस वालों से एक फ़ोन करने की इजाज़त माँगी। पुलिस वालों ने नानुकर की। लेकिन मौलाना के बार-बार कहने पर वे मान गए। मौलाना ने तुरंत अपने बेटे को फ़ोन किया और सारा माजरा बताया। इस दौरान तमाम टीवी चैनलों पर ख़बर चलने लगी कि दिल्ली हवाई अड्डे से एक संदिग्ध व्यक्ति को गिरफ़्तार किया गया है।

पुलिस वाले मौलाना नूरुल हुदा को जहाँ लेकर आए वह थाने जैसा लग रहा था। यहाँ उनको एक कमरे में ले जाकर बैठा दिया गया। बारी-बारी से पुलिस वाले गुटों में आते और उनसे पूछताछ करते। रात भर उनसे सवाल-जवाब का सिलसिला चलता रहा। वे पूछते कि तुमने जहाज़ उड़ने की बात क्यों कही और किससे कही?

मौलाना ने समझाना चाहा कि जैसे ट्रेन को कहते हैं 'चलने वाली है', गाड़ी के बारे में कहते हैं 'चल रही है' क्योंकि ये सब चलती हैं। ऐसे ही हमारे यहाँ जहाज़ को कहते हैं 'उड़ने वाला है' क्योंकि वह हवा में उड़ान भरता है।

"आपको अंग्रेज़ी में कहना चाहिए था कि जहाज़ उड़ने वाला है," एक पुलिस वाले ने सवाल दाग़ा...

"मैं हिन्दुस्तानी हूँ और हिन्दी बोलता हूँ। मैं अंग्रेज़ी में भला क्यों बात करता," मौलाना ने जवाब दिया।

मौलाना की बात तो सही थी लेकिन पुलिस वाले एक दाढ़ी, कुर्ते-पायजामे और केफ़िया वाले मौलवी से दिखने वाले शख़्स पर यक़ीन करने को तैयार न थे। आख़िर फ़िल्मों में हर 'आतंकी' ऐसा ही तो दिखाया जाता है। ख़ुद दिल्ली पुलिस पर आतंक के आरोप में गिरफ़्तार किए गए लोगों को ऐसे ही हुलिए में मीडिया के सामने पेश करने के आरोप लगते रहे हैं।

यहाँ तो न कॉस्ट्यूम की ज़रूरत पड़ी और न मेकअप की। सब कुछ रेडिमेड था, आतंकी जैसा दिखने वाला शख़्स जिस पर विमान में बैठकर विमान के उड़ने की बात करने का आरोप था। ख़ैर उस रात शुरू हुई पूछताछ अगले दिन भी चलती रही। इस दौरान मौलाना नूरुल हुदा से न तो किसी ने खाने को पूछा और न उन्हें सोने दिया गया। एक फ़ोन कॉल उनकी जान का जंजाल बन गई थी।

इस बीच मौलाना नूरुल हुदा के अट्ठारह वर्षीय बेटे ने अपने रिश्तेदारों को सूचना दी। ख़बर देवबंद में आग की तरह फैल गई। मौलाना नूरुल हुदा

का इलाक़े में अच्छा-ख़ासा रसूख़ था। उनकी गिनती पढ़े-लिखे शरीफ़ लोगों में होती थी। लोगों को पता चला तो मौलाना को रिहा कराने की कोशिशें शुरू हुईं।

इस दौरान पुलिस ने मौलाना नूरुल हुदा के कॉल रिकॉर्ड की जाँच कराई। उनके बारे में तमाम जानकारियाँ इकट्ठी की गईं। आख़िर तीसरे दिन पुलिस को समझ आया कि मौलाना ग़लतफ़हमी का शिकार हो गए हैं। बात सिर्फ़ भाषा और वर्तनी की थी। जिस लड़की ने शिकायत की थी वह 'ओ माई गॉड' वाले कल्चर से थी जबकि मौलाना पश्चिमी यूपी के थे जहाँ जहाज़ उड़ाया जाता है प्लेन 'टेक-ऑफ़' नहीं करता।

वायरल वीडियो

सरयू नदी के तट पर बसा है बहराइच जो लखनऊ से मात्र एक सौ पच्चीस किलोमीटर दूरी पर है। ज़िले की सीमा नेपाल से लगती है इसलिए सुरक्षा के नज़रिए से भी बहराइच काफ़ी अहम् है। क़रीब 4697 वर्ग किलोमीटर में फैले इस ज़िले की आबादी पैंतीस लाख से ज़्यादा है।

मध्यकालीन सैन्य कमांडर सैयद सालार मसूद ग़ाज़ी की दरगाह बहराइच में है। पश्चिम उत्तर प्रदेश, ख़ासकर संभल और मेरठ में बाले मियां के नाम से मशहूर सालार मसूद ग़ाज़ी को संत का दर्जा हासिल है। शहर में सिद्धनाथ नाम से एक मंदिर भी है जिसे लोग पांडवों के काल का मानते हैं। लोग ज़्यादातर मिल-जुल कर रहते हैं। हालाँकि हाल के वर्षों में मज़हबी दूरियाँ बढ़ी हैं और क़ानून व्यवस्था की चुनौतियाँ भी।

उत्तर प्रदेश में एक चीज़ बेहद ख़ास है। राज्य में तहसील-दर-तहसील बोली बदलती है, संस्कृति बदल जाती है और लोगों के पहनावे भी। नहीं बदलती है तो पुलिस, पुलिस का रवैया और काम करने की संस्कृति। बहराइच में क़ानून-व्यवस्था से जुड़ी चुनौतियाँ राज्य के दूसरे ज़िलों से अलग हो सकती हैं लेकिन पुलिस का रवैया वही है, एकदम ठठ और लठंत।

बहराइच में एक थाना है रिसिया। यह ज़िला मुख्यालय से क़रीब पंद्रह-बीस किलोमीटर की दूरी पर है। दारोग़ा जितेन्द्र कुमार वर्मा उन दिनों रिसिया में तैनात थे। यह मई, 2021 की बात है। कोरोना महामारी का दौर था। देश के ज़्यादातर हिस्सों में लॉकडाउन के हालात थे। लोगों की आवाजाही आम दिनों के मुक़ाबले कम थी। इस दौरान जितेन्द्र कुमार वर्मा को ज़िम्मेदारी दी गई कि वह बिना वजह घरों से बाहर निकले और बिना मास्क लगाए लोगों का चालान काट कर जुर्माना वसूल करें।

ज़ाहिर है कि पुलिस में ज़िम्मेदारी के साथ कुछ लक्ष्य यानी टार्गेट भी मिलता है। जितेन्द्र कुमार वर्मा ने अफ़सरों से मिले टार्गेट पर हामी तो भर दी लेकिन बंदी के हालात में टार्गेट भला कैसे पूरा हो? लेकिन कहा जाता है कि पुलिस जिस बात के लिए हामी भर देती है, उसे पूरा ज़रूर करके दिखाती है।

जितेन्द्र कुमार वर्मा ने चालान के टार्गेट को अपनी प्रतिष्ठा का सवाल बना लिया।

दारोग़ा जी अगले दिन सुबह दो सिपाहियों को साथ लेकर मुख्य चौराहे पर डट गए। वह और उनके सहकर्मी हर आते-जाते वाहन को रोकते, काग़ज़-पत्तर चेक करते। कोई अनियमितता मिलती तो चालान काट देते। सुबह से दोपहर हो गई लेकिन कारोबार जमता नज़र नहीं आया। दारोग़ा जितेन्द्र कुमार वर्मा ने बार-बार चालान बुक का हिसाब जोड़ा लेकिन जो रफ़्तार थी उसके लिहाज़ से टार्गेट पूरा होता नहीं दिख रहा था। समय जैसे-जैसे गुज़रता गया, दारोग़ा जी का पारा और धैर्य विपरीत दिशा में गुलाटी मारते गए।

सूरज अब सिर से उतर कर पश्चिम की तरफ़ बढ़ने लगा था। सूरज की तपिश कम हो चली थी लेकिन दारोग़ा जितेन्द्र कुमार वर्मा का पारा सुबह के मुक़ाबले दो डिग्री ज़्यादा हो गया था। अब दारोग़ा जी समझ गए कि घी सीधी उँगली से नहीं निकलेगा और उन्हें पुलिसिया हुनर दिखाने ही पड़ेंगे। बिना रंगबाज़ी दिखाए न तो टार्गेट पूरा होने वाला था और न तीन आदमियों का शाम का ख़र्च वसूल हो सकता था।

दरअसल एक तो लॉकडाउन की वजह से लोग घरों से कम निकल रहे थे, दूसरा जो आ रहे थे वे काग़ज़-पत्तर लेकर निकले थे। इतनी मजबूरी के दौर में कोई भला पुलिस के पचड़े में पड़ने की आफ़त किसलिए मोल ले? चूँकि उत्तर प्रदेश में उस दौर में मौत का बाज़ार गर्म था, सो लौंडे-लफाड़ों की बाइकिंग भी बंद थी। कुल मिलाकर पुलिस की आमदनी के तमाम स्रोत बंद थे। ऐसे में जितेन्द्र कुमार वर्मा के पास अपनी क़िस्मत को कोसने के अलावा कोई चारा न था। वह बुरी घड़ी थी जब उन्होंने अपने अफ़सर से लक्ष्य हासिल कर लेने की हामी भर ली थी।

ख़ैर, फ़ैसला हो चुका था। अब जो भी आएगा, चाहे जो करना पड़े लेकिन चालान तो काटेंगे। ज़्यादा वक़्त नहीं गुज़रा कि एक शिकार फंदे में फँसता दिखा। डिग्री कॉलेज की तरफ़ से एक मोटरसाइकिल आ रही थी जिस पर दो लोग सवार थे। लेकिन दारोग़ा जितेन्द्र कुमार वर्मा का समय ठीक न था। सूर्य भले ही शांत कक्षा की तरफ़ विचरण कर गया था, राहु और केतु सिर पर स्थिर हो गए थे। ऊपर से शनिवार का प्रकोप।

बहरहाल, मोटरसाइकिल पास आई तो सिपाहियों ने इशारा करके सवार से रुकने को कहा। सवार ने पुलिस वालों को देख कर बाइक धीमी की और किनारे लगा कर खड़ी कर दी। बाइक सवार से गाड़ी के काग़ज़ दिखाने को कहा गया। उसकी क़िस्मत से ड्राइव कर रहे व्यक्ति का लाइसेंस और बाइक के पेपर

पूरे थे। दोनों सवारों ने हैलमेट और मास्क लगा रखा था। गाड़ी की फ़िटनेस में कोई कमी न थी। हैडलैंप की काली पट्टी से लेकर स्टैंड, टेल लाइट और ब्रेक तक चेक कर लिए, लेकिन कोई झोल न दिखता था।

बाइक सवार आश्वस्त थे कि अब उन्हें जाने दिया जाएगा। मोटरसाइकिल स्वामी ने काग़ज़ समेट कर एक थैली में रखे और बाइक पर बैठकर उसे स्टार्ट किया। बाइक स्टार्ट करने के बाद उसने अपने साथी से बाइक पर बैठने के लिए कहा। लेकिन यह क्या? जैसे ही दूसरा व्यक्ति हैलमेट लगा कर बाइक पर बैठने को हुआ, दारोग़ा जितेन्द्र कुमार वर्मा ने उसे पीछे से पकड़ कर अलग हटने के लिए कहा। इससे पहले कि बाइक सवार कुछ समझ पाता, सिपहियों ने पास खड़े एक व्यक्ति को बाइक पर बैठा दिया।

बाइक सवार या उसका साथी कुछ समझ पाते, इससे पहले ही एक सिपाही ने आगे बढ़कर बाइक बंद की और उसकी चाबी निकाल ली। जितनी फुर्ती से एक सिपाही ने चाबी निकाली, उतनी ही फुर्ती से दूसरे सिपाही ने अपनी जेब से मोबाइल निकाल कर झटपट फ़ोटो खींचने शुरू कर दिए। बाइक वाला अभी भी पुलिस की मंशा समझने में नाकाम रहा। उसकी समझ में ही नहीं आ रहा था कि यह आख़िर हो क्या रहा है।

जब फ़ोटो सेशन हो गया तो दारोग़ा जी ने बाइक के स्वामी को नीचे उतर कर चालान भरने का फ़रमान सुना दिया। बाइक स्वामी बौखला गया। भला किस चीज़ का चालान?

''बाइक पर बिना हैलमेट सवारी बैठाकर घूमने के 2500 रुपये जमा कर दीजिए महाशय,'' दारोग़ा जी ने हुक्म दिया।

''लेकिन मेरा साथी तो हैलमेट लगा कर आया है...''

''कौन सा साथी?''

''वो जो उधर खड़ा है, जिसे आपने उतार लिया,'' बाइक स्वामी ने जवाब दिया।

''अच्छा वह भी तुम्हारे साथ था? तो फिर तीन सवारी का चालान और जुड़ जाएगा, 'दारोग़ा' जी बोले।

''लेकिन तीन कहाँ, हम तो दो हैं,'' बाइक सवार ने फिर पलट कर कहा।

''तभी तो कह रहा हूँ कि बिना हैलमेट सवारी घुमाने का चालान कटवा लो। हमारे पास सबूत के तौर पर फ़ोटो हैं। जब हमने पकड़ा तो तुम्हारी बाइक पर पीछे एक बिना हैलमेट पहने व्यक्ति बैठा था,'' दारोग़ा जी ने विस्तार से अपना हिसाब समझाया।

बाइक सवार चकरा गया। ''लेकिन सर, इसे तो आपने बैठाया, मेरा साथी तो हैलमेट लिए वह खड़ा है, उधर।''

इसके बाद बाइक सवार ने तमाम सफ़ाई दी लेकिन दारोग़ा जी नहीं माने। आख़िर टार्गेट पूरा करने के लिए उन्होंने इतना बड़ा प्रपंच रचा। अब भला बिना चालान भरे कैसे जाने दें? ख़ैर उस व्यक्ति ने चालान की पर्ची ली और कोर्ट में जमा कराने की बात कह कर वहाँ से चला गया। दारोग़ा जितेन्द्र कुमार वर्मा अपनी काबिलियत पर बड़ा ख़ुश हुए। 'देखो, मैं न कहता था कि टार्गेट पूरा होगा।'

वे बाइक सवार चले गए और दारोग़ा जी अपने अगले शिकार की तलाश में लग गए। इस तरह कई चालान कटे और शाम हो गई। दारोग़ा जी इत्मीनान से आकर अपने कमरे में सो गए। अगला दिन निकला। दारोग़ा जी के पास दिन निकलते ही एसपी ऑफ़िस से फ़ोन आ गया। दारोग़ा जी को पुलिस कप्तान ने बुलाया था। दारोग़ा जी दौड़े-दौड़े कप्तान के बंगले पर पहुँचे। कप्तान बस घर से निकलने ही वाले थे।

दारोग़ा को देखते ही एसपी साहब का पारा सातवें आसमान पर पहुँच गया। दारोग़ा जी समझ न पाए आख़िर हुआ क्या है। कप्तान ने जब पूछा कि तुमने किसी की बाइक पर बिना हैलमेट पहने व्यक्ति को बैठा कर चालान काट दिया है तो उनकी समझ में सारा मामला आ गया। वह समझ गए कि कोई दिन निकलते ही उनकी शिकायत कप्तान से कर गया है।

दारोग़ा जी ने बात बनाने की कोशिश की लेकिन कप्तान ने एक न सुनी। जब दारोग़ा जी ने बार-बार सफ़ाई दी तो कप्तान ने उन्हें पास बुलाकर अपना मोबाइल दिखाया। मोबाइल में एक वीडियो चल रही थी। उसमें दारोग़ा जी एक हैलमेट सवार को उतार कर जबरन किसी दूसरे व्यक्ति को बैठाते दिख रहे हैं।

दरअसल जहाँ दारोग़ा जी चेकिंग कर रहे थे वहाँ किसी ने छत से छिपकर उनकी वीडियो बना ली थी। इससे पहले दारोग़ा जी को भनक लगती वीडियो सोशल मीडिया पर वायरल हो गई। दारोग़ा जी की कुंडली पर उस रोज़ राहु-केतु की वक्र दृष्टि थी। जब चालान नहीं कट रहे थे, उन्हें तभी समझ जाना चाहिए था। अब टार्गेट पूरा करने के चक्कर में बेचारे दारोग़ा जी किसी स्टिंग मास्टर का टार्गेट बन चुके थे। उनके पास ग़लती मानने और कप्तान के पास उन्हें निलंबित कर पुलिस लाइन में भेजने के अलावा अब कोई और चारा न था।

कार ले लो दीवान जी

शेख़ फ़रीद बुख़ारी मुग़ल बादशाह अकबर के प्रमुख दरबारियों में से एक थे। उड़ीसा में अफ़ग़ानों के ख़िलाफ़ मुहिम में अहम योगदान के लिए अकबर ने शेख़ फ़रीद को पन्द्रह सौ घुड़सवारों का मनसबदार बना दिया। अकबर के बाद शहज़ादा जहाँगीर दिल्ली के तख़्त पर बैठे तो शेख़ फ़रीद का रुतबा थोड़ा और बढ़ गया। सन् 1606 में शहज़ादा ख़ुसरो ने बग़ावत की तो इससे निपटने की ज़िम्मेदारी शेख़ फ़रीद बुख़ारी को मिली। शेख़ फरीद ने ख़ुसरो को हराकर गिरफ़्तार कर लिया। इसके एवज़ में जहाँगीर ने शेख़ फरीद को मुर्तज़ा ख़ान की पदवी देकर, छह हज़ार घुड़सवारों का मनसबदार, और भरोवल के आस-पास की ज़मीनों का जागीरदार बना दिया। ख़ैर, सन् 1607 में इन्हीं शेख़ फरीद ने फ़रीदाबाद क़स्बे की नींव रखी जो आज दिल्ली-एनसीआर के सबसे ज़्यादा आबादी वाले क़स्बों में शुमार है।

फ़रीदाबाद ट्रैक्टर और दूसरे औद्योगिक उत्पादनों के लिए मशहूर है और गुड़गाँव के साथ मिलकर हरियाणा में सबसे ज़्यादा टैक्स चुकाने वाला इलाक़ा भी। आबादी है, औद्योगिक गतिविधियाँ हैं, तो ज़ाहिर है फ़रीदाबाद में पुलिस भी है। फ़रीदाबाद के बीस थानों में से एक है थाना पल्ला। पल्ला यानी यमुना पर दिल्ली की तरफ़ तक़रीबन आख़िरी सिरा। सेहतपुर रोड पर बने इस थाने में उन दिनों गुलशन नाम के एक व्यक्ति का ख़ूब आना-जाना था। दरअसल, हाथरस के रहने वाले गुलशन की मुलाक़ात उन्हीं दिनों पल्ला थाने में तैनात दो कर्मियों, मनदीप और सुरेश से हुई थी। गुलशन पास ही की कृष्णा कॉलोनी में रह रहा था। उसने मनदीप और सुरेश को बताया कि वह दिल्ली पुलिस में है और उत्तरी दिल्ली के एक थाने में तैनात है।

गुलशन जब मनदीप और सुरेश को पहली बार मिला तो पुलिस की ही वर्दी में था। एक रोज़ दोनों चाय की दुकान पर बैठे थे और वहीं उनकी गुलशन से मुलाक़ात हुई। गुलशन के बातचीत करने के तरीक़े ने दोनों को प्रभावित किया और तीनों आपस में दोस्त बन गए। अब तीनों सोशल मीडिया पर भी मित्र थे। गुलशन बीच-बीच में अपने फ़ोटो शेयर करता रहता। इन तमाम तस्वीरों में वह

वर्दी में ही नज़र आता था। वर्चुअल लाइक, कमेंट, वाह-वाह, और शानदार के अलावा अक्सर तीनों आपस में मिला करते।

गुलशन के ठाठ ही अलग थे। था तो वह भी पुलिसकर्मी ही लेकिन उसका रहन-सहन और ख़र्च, बाक़ी दोनों पुलिसकर्मियों से अलग था। मनदीप और सुरेश मन-ही-मन सोचा करते, 'काश वे भी दिल्ली पुलिस में नौकरी पाए होते। ज़्यादा तनख़्वाह होती, काम के घंटे निर्धारित होते और बेहतर जीवन होता। लेकिन नियति को जो मंज़ूर हो, उससे बेहतर भला किसको ही मिला है?' इधर गुलशन एक अच्छे फ़्लैट में रहता था। उसके पास ऑफ़िस जाने के लिए कार थी। अक्सर पार्टियों में भी वो चला जाता था। देखने वाला यही समझ सकता था कि गुलशन के जीवन में मनदीप या सुरेश जैसी किचकिच नहीं थी।

शनिवार का दिन था। मनदीप के पास गुलशन का फ़ोन आया। शाम को गुड़गाँव चलने के लिए बोल रहा था। वीकेंड पार्टी का प्लान था। मनदीप ने कहा कि रात में वापसी का कैसे होगा? "इधर से कैब करके आ जाओ, वापसी में मैं अपनी कार से तुम दोनों को ड्रॉप कर दूँगा," गुलशन ने प्रस्ताव रखा। मनदीप ने प्रस्ताव स्वीकार कर लिया। शाम को मनदीप और सुरेश तैयार होकर घर से गुड़गाँव यानी गुरुग्राम के लिए निकले। दोनों ने कैब बुक की लेकिन ओला के ड्राइवर बार-बार बुकिंग कैंसिल कर रहे थे। आख़िरकार, आधे घंटे की मशक्कत के बाद एक कैब आई और दोनों गुलशन की बताई जगह के लिए निकल पड़े।

"इतनी देर कहाँ लगा दी," गुलशन ने पहुँचते ही पहला सवाल किया।

"कैब नहीं मिल रही थी। मुश्किल से एक कैब वाला यहाँ आने के लिए राज़ी हुआ," मनदीप ने जवाब दिया।

"यार कब तक ये बाइक और कैब में झूलते रहोगे, अपनी कार क्यों नहीं ले लेते," गुलशन ने फिर सवाल किया?

"भाई तुम्हारे जितने पैसे नहीं हैं हम लोगों के पास। फिर परिवार भी है, घर का ख़र्च है, कार के पैसे कहाँ से लाएँ?"

मनदीप ने लाचारी जताई तो गुलशन ने कहा कि नई नहीं ले सकते तो एक सैकेंड हैंड ही ख़रीद लो। कम-से-कम वक़्त-बेवक़्त आने-जाने की सहूलियत हो जाएगी।

इस पर दोनों ने सोचते हुए हामी में सिर हिलाया और कहा कि इस पर सोचा जा सकता है। ख़ैर, पार्टी के लिए देर हो रही थी, सो बात आई-गई हो गई। दूसरे दिन मनदीप ने ही गुलशन को फ़ोन किया और कहा कि वह उसे दिल्ली से अच्छी हालत की एक सैकेंड हैंड कार दिला दे।

"किसी दिन करोल बाग़ चलते हैं या मैं अपने किसी जानने वाले से बोलता हूँ," गुलशन ने आश्वासन दिया। इसके क़रीब दो या तीन दिन बाद गुलशन मारुति कंपनी की एक स्विफ़्ट कार लेकर पल्ला थाने आया। उसने कार मनदीप को दिखाई, जो उसको पसंद आ गई।

"कितने की है?" मनदीप ने सवाल किया।

"माँग तो डेढ़ लाख रहा है," गुलशन ने जवाब दिया। साथ ही उसने भरोसा दिलाया कि पैसे कुछ कम करवा देगा।

गाड़ी देखने के बाद मनदीप ने गुलशन को पचास हज़ार रुपये नक़द दिए। उसने कहा कि फ़िलहाल कैश इतना ही है। बाक़ी पैसे वह बैंक ट्रांसफ़र के ज़रिए दे देगा।

गुलशन पर मनदीप को अब तक अच्छा-ख़ासा भरोसा हो चुका था। उसने पचास हज़ार रुपये देते वक़्त एक बार भी नहीं सोचा कि वह किसी अनजान को पैसे दे रहा है। आख़िर पिछले छह महीनों से तो वे दोनों मित्र थे ही। गुलशन पैसे लेकर चला गया। अगले दिन गुलशन का फ़ोन आया और उसने मनदीप से बाक़ी की रक़म ट्रांसफ़र करने के लिए कहा। आप पैसे भेज दो, मैं कल उधर से कार लेता हुआ आ जाऊँगा। चाहे तो "आप मेरे ऑफ़िस की तरफ़ आ जाएं, वापसी में हम लोग साथ आ जाएँगे," गुलशन ने कहा।

इस पर मनदीप ने कहा कि गुलशन ही कार लेता आए। बेकार इतनी दूर जाने का क्या फ़ायदा? कार तो देख ही ली है, और वह मनदीप को पसंद भी है। मनदीप ने उसी समय उनचास हज़ार रुपये गुलशन के बताए बैंक खाते में ट्रांसफ़र कर दिए। बाक़ी की रक़म अगले दिन भेजने का वादा कर लिया। इधर एक दिन पहले गुलशन की मुलाक़ात सुरेश से भी हुई थी। गुलशन ने उसको भी एक कार दिखाई और बयाने के पच्चीस हज़ार सुरेश से भी ले लिए। सुरेश ने भी बाक़ी रक़म ऑनलाइन ट्रांसफ़र करने का वादा कर लिया। अब मनदीप और सुरेश दोनों ही अपनी-अपनी कार आने का इंतज़ार कर रहे थे।

अगले दिन मनदीप के मन में अलग ही तरह की उमंग थी। उसने सुबह उठते ही गुलशन को फ़ोन किया और कहा कि वह सुरेश के साथ उसके दफ़्तर आ रहा है। दोनों कारें साथ ही लेकर सुरेश और मनदीप लौट आएँगे। गुलशन ने बाक़ी पैसे ट्रांसफ़र करने को कहा। "वहीं आकर ट्रांसफ़र कर देंगे," मनदीप ने आश्वासन दिया और फ़ोन काट दिया।

सुरेश और मनदीप तैयार होकर गुलशन के बताए थाने पर पहुँचे। रास्ते में उनकी गुलशन से दो बार फ़ोन पर बात भी हुई। थाने में दाख़िल होते ही उन्होंने

ड्यूटी पर बैठे मुंशी से पूछा कि गुलशन से कहाँ मुलाक़ात हो सकती है?

"कौन गुलशन," मुंशी ने सवाल किया।

"जी आपके थाने में सीनियर कांस्टेबल हैं," मनदीप ने कहा।

"कहाँ से आए हैं आप," मुंशी ने नया सवाल दाग़ा।

"जी फ़रीदाबाद से आए हैं, हम दोनों गुलशन के दोस्त हैं।"

"कब से जानते हैं गुलशन को?"

"जी कोई छह महीनों से।" इस बार जवाब सुरेश ने दिया।

"कैसे जानते हैं?" मुंशी ने फिर सवाल किया तो दोनों झल्ला गए।

"भाई आप बताइए ना कहाँ मिलेंगे गुलशन भाई, बेकार सवाल क्यों पूछे जा रहे हैं?"

मुंशी पर इसका शायद कोई असर नहीं हुआ था। "क्या करते हैं आप दोनों," उसने फिर पूछा। "हम दोनों हरियाणा पुलिस में हैं।" मनदीप ने थोड़ा ग़ुस्से के साथ जवाब दिया।

"हैरत की बात है, आप दोनों पुलिसकर्मी हैं और फिर भी... ?"

"फिर भी क्या?" इस बार सुरेश ने पूछा।

"यही कि आप दोनों ठगी का शिकार हो गए हैं। इस थाने में गुलशन नाम का कोई कांस्टेबल नहीं है। अभी दो-तीन दिन पहले भी एक साहब आए थे। उनको कार दिलाने का झाँसा देकर गुलशन ने क़रीब एक लाख रुपये ठग लिए हैं। उस मामले में विवेचना चल रही है। आप भी अपनी रिपोर्ट लिखवा दें।"

मुंशी की बात सुनकर दोनों चकरा गए। सुरेश ने जल्दी से जेब से फ़ोन निकाला। मुंशी की हँसी छूट गई।

"गुलशन को फ़ोन लगा रहे हैं," मुंशी ने नया सवाल किया।

"जी... जी..."

"लगा लीजिए। अब नहीं लगेगा।"

"लेकिन अभी रास्ते में तो बात हुई है।"

"ट्राई कर लीजिए..."

सुरेश ने नंबर डायल किया। "दिस नंबर इज़ नॉट एवेलेबल..." फ़ोन के स्पीकर से आवाज़ आई। इसके बाद डायल किया गया नंबर फिर कभी उपलब्ध नहीं हुआ और गुलशन दोबारा कभी दिखा नहीं। उसने पुलिस को पुलिस बनकर चूना लगा दिया। अब वह किसी नए शिकार की तलाश में होगा और ठगी का शिकार बनी पुलिस उसकी तलाश कर रही होगी।

पंखा चोर

बिहार के भागलपुर ज़िले में एक क़स्बा है नौगछिया। हालाँकि लोग इसे नवगछिया भी लिखते हैं। इसके एक तरफ़ गंगा नदी बहती है, जबकि दूसरी तरफ़ से कोसी नदी का बहाव है। नौगछिया के नज़दीक़ गंगा नदी पर बना तक़रीबन 4.7 किलोमीटर लंबा विक्रमशिला सेतु भागलपुर ज़िले को पूर्णिया और कटिहार से जोड़ता है। यह पानी को पार करने के लिए बना भारत का छठा सबसे लंबा पुल है। नौगछिया केले और मक्का की खेती के लिए मशहूर है। केले की अच्छी पैदावार की वजह से यह जगह केलांचल नाम से भी मशहूर हो गई है।

नौगछिया में एक जगह है ढोलबज्जा बाज़ार। इसी ढोलबज्जा बाज़ार में रहते हैं अपने सुबोध जी। यूँ तो सुबोध जी बड़े नेक इंसान हैं, मगर बात उनके मन की-सी न हो तो अड़ जाते हैं। अड़ भी जाते हैं और लड़ भी जाते हैं। फिर सामने ढोलबज्जा थाने की पुलिस ही क्यों न हो। ख़ैर, सुबोध चौधरी की ढोलबज्जा बाज़ार में एक दुकान है और दुकान के ठीक बराबर में घर। दुकान के बाहर सामने की तरफ़ एक छप्परनुमा शैड पड़ा हुआ है। अक्सर दुकान बंद करने के बाद सुबोध चौधरी घर के बाहर बैठकी करते हैं। इसके लिए शैड में एक चारपाई, एक-दो कुर्सी, स्टूल और पंखे का इंतज़ाम भी रखते हैं।

अभी इसी साल सितंबर की ही तो बात है। सुबोध चौधरी ने दुकान बंद की, घर के बाहर शैड में टेबल फ़ैन चलाया और मित्रों के साथ गपशप करने बैठ गए। बैठकी देर तक चली। उस दिन उमस भी बहुत थी। घर में जाने को किसी का मन न था। मौसम ऐसा था कि घर के बाहर ही थोड़ा सुकून था। सुबोध चौधरी जैसे-तैसे अपना परिवार चला रहे थे। कई बार एसी लगवाने का सोचा मगर बात बनी नहीं। पैसे होते तो एसी लगवाते और घर में आराम करते। बिहार में कहावत है कि ग़रीब का हाथ पंखा एसी से ज़्यादा ठंडी हवा देता है। सुबोध चौधरी के पास तो फिर भी टेबल फ़ैन था।

बहरहाल, रात के दस बजने वाले थे। घर के भीतर से अब तक तीन बार खाना खाने के लिए बुलावा आ चुका था। अबकी बार चौधराइन की धमकी आई थी। बेटे ने आकर कहा कि मम्मी बोल रही हैं कि जाकर समझा दो। अब अगर

खाना खाने भीतर नहीं आए तो फिर जिनके साथ बैठकी कर रहे हैं, उन्हीं के घर जीम कर आएँ। घर में खाना खाना है तो तुरंत भीतर चले आएँ। चौधरी साहब के मित्र समझ गए कि हालात बिगड़ लिए हैं, यहाँ से उठकर चलने में ही भलाई है। एक-दो को अपने घर का ख़याल आया और अंजाम सोचकर ही सिहर गए। ख़ैर, बैठक ख़त्म हुई और अगले दिन मिलने के वादे के साथ सभी लोगों ने विदा ली।

चौधरी साहब घर में घुसे तो खाने से पहले मन भर लानतें मिलीं। मगर लानतों से पेट तो भरता नहीं। पेट भरने को तो रोटी-भात ही चाहिए। दाँत निपोरकर चौधरी ने खाना देने की मिन्नत की। "आज दे दो, कल से समय रहते खा लेंगे," इस वादे पर चौधराइन भी पसीज गईं। खाना लगा, और चौधरी साहब ने जी भर कर खाया। खाने के बाद चौधरी साहब ने चाय पी और फिर घर से बाहर आ गए। अक्सर वह घर के बाहर शैड में ही सोते थे। इसकी दो वजहें थीं। एक तो घर में जगह कम थी और प्राणी ज़्यादा। दूसरे, घर और दुकान की चौकीदारी भी हो जाती थी।

सुबोध चौधरी की आँखें नींद से भारी हो रही थीं। बग़ल में बिस्तर दबाए चौधरी बाहर आए और पलंग पर बिस्तर लगाया। अब सोचा कि पंखे का प्लग लगा दें ताकि रात को अच्छे से नींद आ जाए और मच्छरों के गीत न सुनने पड़ें। मगर यह क्या, पंखा कहाँ चला गया? 'अभी जब खाना खाने भीतर गया, तब तो यहीं लगा हुआ था। उस कबाड़ पंखे को भला कोई ले जाकर भी क्या करेगा,' चौधरी ने मन में सोचा। इतनी खड़-खड़ करता है। डंडी से पंखुड़ी घुमाओ तो चलता है। बीच में रुक जाता है तो हाथ मार कर और पंखुड़ी घुमाकर चलाना पड़ता है। किसी चरसी, जुआरी या लुटियाचोर के अलावा वह पंखा सिर्फ़ चौधरी साहब के ही काम का था।

पंखे की क़ीमत भले कुछ न बची हो, लेकिन बाहर सोने का अकेला सहारा था। चौधरी साहब की नींद उड़ गई। एसी लेने की सोचते रह गए और खटारा पंखे से भी हाथ धो बैठे! बिरयानी मिली नहीं और चटनी कोई दूसरा उड़ा ले गया। सोचा, 'थाने जाकर शिकायत करें।' फिर ख़याल आया कि पुलिस बड़ी-बड़ी चोरियों में कुछ नहीं कर पाती, उनका कबाड़ हो चुका पंखा भला क्या खोजेगी? फिर ग़रीब की मनुहार भी कोई सुनता है भला? सुबोध चौधरी सब्र करके लेट गए। मगर बग़ैर पंखे के भला नींद कैसे आए? एक तो हवा नहीं ऊपर से पंखे की खटखट में मच्छरों के साथ-साथ कुत्तों का शोर भी दब जाता था। पंखा जाने से चौधरी साहब की रात लंबी हो गई। करवटों पर करवटें बदलते रहे मगर नींद को न आना था और न आई।

महीनों बाद सुबोध चौधरी आज सूर्योदय से पहले जागे थे। भला सोए ही कब थे बेचारे। बस आँखें बंद करके जैसे–तैसे रात काटी थी। आज ख़याल आया कि बहुत दिनों से सूर्योदय के समय पूजा नहीं की है। उन्होंने चुपचाप लुटिया उठाई और गंगा की तरफ़ क़दम बढ़ा दिए। गंगा किनारे पहुँचकर उन्होंने जल तर्पण किया, सूर्य नमस्कार किया और मन–ही–मन बिछड़ गए पंखे को श्रद्धाँजलि भी दी। इसके बाद टहलते हुए अपने घर की तरफ़ लौट आए। मगर ऐसा लगता था मानो जीवन में सब कुछ ख़ाली–ख़ाली है। किसी कबाड़ी को फ़्री में तौल दिया होता तब भी दुख न होता मगर चोरी गया पंखा मन से न निकल रहा था।

खोई चीज़ को आँखें तलाश करती हैं। चौधरी साहब घर लौटे तो एक बार फिर शैड में झाँककर देखा। सोचा, 'कभी किसी ने रात को मज़ाक़ किया हो और दिन निकले पंखा वापस रख गया हो।' मगर न गए लोग वापस लौटते हैं और न गई चीज़ें। सूरज चढ़ आया था, दुकान खोलने का वक़्त हो चला था। मगर सुबोध चौधरी अभी तक अनमने से टहल रहे थे। पड़ोस के संदीप ने उनको प्रणाम किया तो मानो चौधरी साहब नींद से जागे। "हाँ भैया, प्रणाम। कहो! क्या हाल," उन्होंने पूछा।

"चाचा हाल तो बढ़िया हैं, मगर आपने यह दुकान अभी तक क्यों नहीं खोली? सब ठीक है न?"

"ठीक तो है भैया, मगर वो पंखा..."

"क्या हुआ पंखे को?"

"चोरी हो गया।"

"कब, कहाँ से?"

"यहीं शैड से, रात में कोई उठा कर ले गया।"

"नया पंखा था?"

"नहीं। था तो पुराना, मगर यहाँ नया कौन लगाएगा अब?"

"सीसीटीवी कैमरा नहीं लगाया है दुकान पर आपने?"

सीसीटीवी का ज़िक्र आया तो चौधरी साहब की आँखों में अचानक से चमक आ गई। मानो उनका खोया पंखा मिल ही गया। "मेरी दुकान पर तो नहीं, लेकिन इधर पड़ोस वाली दुकान पर है। बस रात में चल रहा हो। पंखा न भी मिले, मगर चोर का पता लग जाएगा," चौधरी साहब ने कहा।

इसके बाद दोनों उठकर पड़ोस वाले सिन्हा साहब की दुकान पर गए और सीसीटीवी के बारे में पूछा।

"चल तो रहा है," सिन्हा साहब ने जवाब दिया। इसके बाद तीनों ने

मिलकर फ़ुटेज खंगालनी शुरू कीं। रात क़रीब साढ़े दस बजे के आस-पास की फ़ुटेज देखकर तीनों हैरान रह गए। पहले दृश्य में एक गाड़ी चौधरी साहब की दुकान के सामने से गुज़री और थोड़ा आगे जाकर रुक गई। फिर गाड़ी कुछ दूर पीछे की तरफ़ वापस आई। उस गाड़ी में से एक व्यक्ति उतरा और इधर-उधर की टोह लेने लगा। जब उसे लगा कि कोई नहीं है देखने वाला, तो वह तेज़ी से चौधरी साहब के शैड की तरफ़ लपका। अगले दृश्य में वह व्यक्ति पंखे का प्लग निकालकर तार लपेट रहा है और फिर वह पंखा लेकर गाड़ी में वापस बैठ जाता है। गाड़ी आगे बढ़ जाती है।

चोर का पता तो लग गया लेकिन चौधरी साहब का मन शांत होने के बजाय और अधीर हो गया। वह समझ नहीं पा रहे थे कि ऐसा कैसे हो सकता है? भला वह व्यक्ति उनका खटारा पंखा चुराकर क्यों ले गया? वह तो अच्छा-ख़ासा ऐसे ही कमाता है। किसी दुकान से नया पंखा ले जाता। न उसको पैसे की कमी है और न उसको पंखा देने वालों की कमी हैं। कोई भी बड़ा दुकानदार ऐसे ही दे देता। उन्होंने चोर को पकड़वाने की ठानी। लेकिन पकड़वाएँगे किससे? क्या पुलिस जानते-बूझते उनका पंखा चुराने वाले के ख़िलाफ़ शिकायत दर्ज करेगी?

बहुत सोच-विचार करने के बाद सुबोध चौधरी ने चोर की शिकायत करने का फ़ैसला किया। उन्होंने सिन्हा साहब से एक पैन ड्राइव में सीसीटीवी कैमरे की फ़ुटेज ली और सीधे पुलिस अधीक्षक के दफ़्तर पहुँच गए। कुछ देर बाद उन्हें दफ़्तर के भीतर बुलाया गया। कप्तान ने पूछा तो उन्होंने सारा मामला बताया। पुलिस अधीक्षक को चौधरी साहब की बात पर यक़ीन नहीं हुआ। इस पर चौधरी साहब ने सीसीटीवी कैमरे की फ़ुटेज अपने मोबाइल पर पुलिस कप्तान को दिखाई। फ़ुटेज देखकर कप्तान के भी होश उड़ गए।

फ़ुटेज में साफ़ दिख रहा था कि पुलिस की गश्ती गाड़ी से उतरकर एक पुलिसकर्मी ने सुबोध चौधरी का पंखा उठाया है। रात्रि गश्त पर निकली पार्टियों का ब्यौरा मँगाया गया। थोड़ी-सी छानबीन के बाद ही पंखा उठाने वाले का पता चल गया। उसको पुलिस अधीक्षक ने तलब किया। इस बीच शायद उसको मामले की गंभीरता का एहसास हो गया था। आते ही उसने कहा कि श्रीमान पंखा चुराया नहीं है, बल्कि बाहर लावारिस रखा था, इसलिए उठाकर थाने में जमा करा दिया है। भला घर के दरवाज़े के पास शैड में रखा पंखा लावारिस कैसे हो सकता है? मगर पुलिस तो पुलिस है। मामला रफ़ा-दफ़ा कर दिया गया। लेकिन यह बात तो साफ़ हो ही गई कि अगर क़ानून के रखवाले ही क़ानून की धज्जियाँ उड़ाने पर आमादा हो जाएँ तो किसी भी हद तक जा सकते हैं।

बताऊँ कैसे की चोरी?

छत्तीसगढ़ के बिलासपुर में ज़िन्दगी की रफ़्तार दिन में शायद ही किसी एक पल थमती हो। दरअसल इस शहर में कोयला, हस्तशिल्प और रेलवे समेत तमाम विभागों के बड़े क्षेत्रीय दफ़्तर हैं। पास ही में एनटीपीसी का एक बड़ा बिजलीघर है। यह इलाक़ा हस्तकरघे पर बनी सिल्क की टसर साड़ियों के लिए भी मशहूर है। शहर में कई छोटे-बड़े कल-कारख़ाने हैं। यहाँ पर एक केंद्रीय विश्वविद्यालय, राज्य सरकार की एक यूनिवर्सिटी, बड़ा-सा सरकारी इंजीनियरिंग कालेज, चिकित्सा आयुर्विज्ञान संस्थान, दंत चिकित्सां महाविद्यालय समेत दर्जनों छोटे-बड़े संस्थान हैं। इन सभी के चलते यहाँ लोगों की दिन-रात आवाजाही बनी रहती है। कह सकते हैं कि बिलासपुर शहर कभी भी नहीं सोता है।

तमाम हलचल और लोगों की आवाजाही के बावजूद बिलासपुर रात में घटित होने वाले अपराधों से अछूता नहीं है। हत्या, लूट, राहज़नी, चोरी की घटनाएँ यहाँ आम हैं। इसकी एक वजह शहर में लगातार होने वाली आवाजाही भी है। देर रात भी किसी को रोककर पूछताछ की जाए तो उसके पास काम से लौटने, स्टेशन तक रिश्तेदार को पहुँचाकर आने या स्टेशन जाने जैसे तमाम बहाने होते हैं। अब हर आदमी को तो रोककर पूछताछ नहीं की जा सकती। पुलिस आख़िर करे भी तो क्या करे?

ख़ैर, जब भी यहाँ अपराध होते हैं, कुछ अपराधी पकड़े जाते हैं, कुछ फ़रार हो जाते हैं। कुछ अपराध दर्ज होते हैं और बहुत सारे अपराध पुलिस की सजगता से रिकॉर्ड में दर्ज होने से रह जाते हैं। बरसों से यही होता चला आ रहा है। पुलिस इस व्यवस्था की आदी हो चुकी है और लोगों की आदत में भी ये सब जाने-अनजाने शुमार हो चुका है। फिर भी जब अपराध बढ़ने लगते हैं तो पुलिस लोक-लाज में थोड़ा मुस्तैद दिखने लगती है। कई बार अधिकारियों की तरफ़ से अपराध नियंत्रण का दबाव भी पुलिस बल के ज़ंग लगे हुए तंत्र में मिट्टी के तेल जैसा काम करता है। शायद यही उन दिनों बिलासपुर में भी हुआ था।

अभी अप्रैल-मई 2021 की ही तो बात है। शहर में चोरी की वारदातें अचानक बढ़ गईं। शायद कोरोना महामारी से बचने के लिए लगाया गया लॉकडाउन भी इसकी एक वजह थी। शहर के तमाम मॉल, व्यापारिक संस्थान और दुकानें लगभग पूरी तरह बंद थे। अधिकतर लोग घरों में क़ैद थे। इस दौरान बहुत से प्रवासी मज़दूर अपने-अपने गाँवों की तरफ़ लौट गए थे। इसके चलते कुछ घरों पर ताले भी लगे थे। इसका फ़ायदा शहर के चोरों ने उठाया। देर रात जहाँ मौक़ा मिला, वहीं ताला तोड़ा और सामान लेकर चंपत हो गए। अब ढूँढ़ते रहो कि कहाँ भाग गए।

बिलासपुर शहर में स्टेशन रोड पर एक थाना है तोरवा। यह थाना हेमू नगर मेन रोड पर काली बाड़ी के सामने बनी रेलवे कॉलोनी के ठीक बग़ल में है। चूँकि यह थाना रेलवे स्टेशन के पास है तो अक्सर कोयला चोरी, रेलवे का लोहा चोरी या रेलवे कॉलोनी के बंद क्वार्टर का ताला टूटने जैसी शिकायतें यहाँ अक्सर आती हैं। उस रोज़ भी थाने में किसी ने चोरी की शिकायत की तो थाना स्टाफ़ की परेशानी बढ़ गई। पिछले कुछ दिनों में यह चोरी की तीसरी या चौथी वारदात थी। थाना प्रभारी इसके लिए पुलिस कप्तान से डाँट भी खा चुके थे।

शिकायत आई तो प्रभारी ने शिकायतकर्ता से पूछताछ की और एक दारोग़ा को जाँच का ज़िम्मा सौंप दिया। दो-तीन दिन की मेहनत के बाद दारोग़ा जी ने चोरी का सुराग़ निकाल लिया। आमतौर पर पुलिस के मुख़बिर हर मुहल्ले में होते हैं। कुछ सिर्फ़ पुलिस से दुआ-सलाम रखने के लिए ही सूचनाएँ देते रहते हैं, कुछ को पुलिस इस काम पर लगाती है। इन मुख़बिरों में अक्सर छोटे-मोटे अपराधी या जेल से छूटे लड़के भी शामिल होते हैं जो पुलिस की मार से बचने या पुलिस से मिलीभगत के फेर में पुलिस के सूचना तंत्र में शामिल हो जाते हैं। हालाँकि पुलिस की अपनी एक अभिसूचना इकाई होती है लेकिन उसका काम क्या है, यह कम ही लोग जानते हैं।

ख़ैर, तोरवा थाने को एक मुख़बिर ने सूचना दी कि पास की बस्ती में एक चोर है। जिसकी हाल की चोरियों में तलाश है, संभवतः यह वही मुजरिम हो। मुख़बिर ने उस घर की भी निशानदेही की जहाँ आरोपी छिपा हुआ था। सूचना मिलते ही थाने से पुलिस की एक टीम आरोपी को दबोचने के लिए रवाना हुई। बस्ती में पहुँचकर पुलिसकर्मी ने एक मकान को घेर लिया। मुख़बिर मौक़े पर मौजूद था और उसने इशारे से पुलिस को मकान का रास्ता दिखाया। टीम में मौजूद एक सिपाही ने घर के दरवाज़े पर दस्तक दी। पहली दस्तक पर कोई बाहर नहीं निकला। जब दरवाज़ा ज़ोर से खटखटाया गया तो दरवाज़ा खुला। एक व्यक्ति आँखें मलता हुआ दरवाज़े पर आया। वह शायद उस समय सो रहा था और दरवाज़ा पीटने की आवाज़ पर ही उठा था।

घर में मौजूद शख़्स को शायद अंदाज़ा न था कि दरवाज़े पर उसकी गिरफ़्तारी के लिए पुलिस आई है। दरवाज़ा पीटने की आवाज़ सुनकर उसे लगा कि शायद मुहल्ले का कोई शराबी दरवाज़ा पीट रहा है। उसने दरवाज़ा खोला तो बड़े ग़ुस्से में था लेकिन पुलिस को देखते ही उसके होश उड़ हो गए। उसकी आँखों में कई सवाल थे लेकिन पुलिस उस वक़्त जवाब देने की फ़ुरसत में न थी। तुरंत दो-तीन सिपाहियों ने उसको दबोच लिया और हाथ में हथकड़ी लगा दी। तीन-चार सिपाही घर में दाख़िल हुए। घर में एक-दो लोग और भी थे। वे सहम कर कोने में हो गए। पुलिस मकान की तलाशी लेने लगी। अंदर दाख़िल हुए सिपाहियों ने घर का कोना-कोना छान मारा। आख़िर घर में बनी एक मचान पर बँधा परदा हटा कर देखा गया। मचान पर प्लास्टिक की दो-तीन बोरियाँ नज़र आईं। ऐसा महसूस होता था कि चोरी का सामान इन बोरियों में बाँध कर ऊपर डाल दिया गया है।

बोरियाँ खोल कर देखी गईं तो पुलिस का शक एकदम सही निकला। उन बोरियों में अलग-अलग सामान बँधा था और साफ़ पता चल रहा था कि यह सामान अलग-अलग घरों या दुकानों से चुराया गया है। पुलिस ने तमाम सामान इकट्ठा किया। घर में मौजूद लोगों से युवक को हिरासत में ले जाने के काग़ज़ात पर दस्तख़त लिए। इसके बाद वहाँ गई पुलिस टीम बरामद हुए सामान के साथ आरोपी को पकड़कर थाने ले आई। थाने लाकर आरोपी को लॉकअप में बंद कर दिया। टीम प्रभारी काग़ज़ी औपचारिकताएँ पूरी करने में जुट गए। अभी आरोपी से पूछताछ का समय न हुआ था। थाने में पूछताछ का समय अक्सर रात के खाने और तमाम कामों से निपटने के बाद ही आता है।

ख़ैर, रात हुई। आरोपी से मिलने का सभय हो चुका था। दारोग़ा जी अपना

परंपरागत अपराधी सुधारक अस्त्र यानी पट्टा लेकर दफ़्तर से बाहर आए। दो-तीन सिपाहियों को नाम लेकर पुकारा। वे दौड़े हुए आए। दारोग़ा जी ने हुक्म दिया कि अपने मज़बूत वाले डंडे ले आओ। चोरी के आरोप में पकड़े गए सनी मरकाम की सेवा-टहल करनी है। सिपाहियों ने हुक्म की तामील की। सनी को हवालात से निकालकर दफ़्तर के पीछे ख़ाली पड़े छोटे से मैदान में लाया गया। यह जगह दो ही कामों के लिए इस्तेमाल होती थी, या तो लावारिस बाइकों को पार्क करने या अपराधी कूटने के लिए।

आरोपी सनी को वहाँ लाया गया और ज़मीन पर उलटा लिटा दिया गया। दो सिपाहियों ने उसके हाथ-पैर पकड़ लिए और एक ने दारोग़ा जी के हाथ से पट्टा ले लिया। पट्टा क्या, चक्की की रोटर शाफ़्ट पर घूमने वाली बेल्ट का क़रीब डेढ़ फ़िट का टुकड़ा था जिसके एक सिरे पर लकड़ी का दस्ता लगवा लिया गया था। दारोग़ा जी ने मार्कर से इस पर 'आन मिलो सजना' भी लिख रखा था, मानो कोई आशिक अपनी माशूका के इंतज़ार में भूखा-प्यासा बैठा हो। इस वक़्त ज़मीन पर लेटे आरोपी की तशरीफ माशूका थी और सिपाही के हाथ में मौजूद पट्टा एक प्रेम व्याकुल प्रेमी।

सेवा-टहल शुरू हुई। पहली चोट पर दो आवाज़ें निकलीं। पहली यक़ीनन तशरीफ़ पर पड़े पट्टे की थी और दूसरी एक डरावनी चीख़ जो आरोपी सनी के मुँह से आई थी। दूसरी चोट पर भी यही हुआ। हालाँकि इस बार दोनों ही आवाज़ें पहली से तेज़ थीं। इधर सिपाही के हाथों ने रफ़्तार पकड़ी उधर सनी की चीख़ें 'हाय' से 'बचाओ' और 'बचाओ' से 'माफ़ कर दो' तक आ गईं। टूटती आवाज़ में उसने कहा कि सब बताता हूँ, छोड़ दो, मत मारो...

बस इसी का तो इंतज़ार था। मगर रुकते-रुकते भी दो-तीन बार चटाक-पटाक और हो गई। इतने में सनी के मुँह की आवाज़ और ठंडी पड़ गई। बहरहाल, वह अपराध क़बूलने को तैयार था। एक सिपाही उसके लिए पानी लाया। सनी ने पानी पिया और कुछ देर रुकने के लिए कहा। पुलिस किसी जल्दी में न थी। उनको भी मालूम था कि इतने पटाख़ों के बाद एक छोटा-सा ब्रेक तो बनता ही है। कुछ देर बाद सनी दारोग़ा जी के दफ़्तर में था। वह पुलिस को बता रहा था कि उसने कब, कहाँ, कैसे चोरियाँ कीं और एक मुंशी उसकी बातें दर्ज कर रहा था।

केस खुल चुका था। पिछली चोरी के अलावा सनी से इलाक़े में हुईं दो-चार चोरियों का और पता लगा। उसने बताया कि वह कैसे ताले तोड़ कर ख़ाली घरों से सामान निकालता था और कहाँ ले जाकर बेचता था। अब पुलिस को केस डायरी और जनरल डायरी में मामला, हवाले और ब्यौरा दर्ज करनी थी।

इससे पहले पुलिस अपराध की जगह पर ले जाकर सीन रिक्रिएट कराना चाहती थी जिससे अपराध की पुष्टि हो जाए और अदालत में आरोप साबित करने में आसानी रहे। दो सिपाहियों को सनी मकराम के साथ घटनास्थल पर भेजा गया।

घटनास्थल पर आरोपी सनी ने बताया कि कैसे उसने घर का ताला तोड़ा और कैसे अंदर दाख़िल हुआ। कैसे उसने सामान की पोटली बनाई और कैसे बाहर आया। इस दौरान सिपाही उसे देखते रहे। उसने एक सिपाही से कहा कि अगर आप मेरी हथकड़ी की रस्सी छोड़ दो तो मैं दिखाऊँ किस तरह से मैं इस घर के दरवाज़े से नहीं बल्कि पिछली दीवार से कूद कर भागा था। सिपाही ने हथकड़ी तो नहीं खोली लेकिन हथकड़ी की रस्सी आरोपी के हाथ में थमा दी। सिपाहियों को मालूम था कि इतनी मार-कुटाई के बाद आरोपी भागने की हालत में नहीं होगा।

सनी एक बार फिर चोरी वाले घर में दाख़िल हुआ। तमाम लोग यह तमाशा होते देख रहे थे। सनी ने घर में मौजूद एक चादर में बचा हुआ सामान बाँधा और एक छोटी-सी गठरी बनाई। इसके बाद वह घर के आँगन में गया। गठरी उसके कंधे पर थी। उसने आँगन में बने नल पर पैर रखा, एक हाथ से दीवार पकड़ी और दूसरे हाथ में मौजूद गठरी नीचे खड़े सिपाही के मुँह पर देकर मारी। इससे पहले कि सिपाही सँभल पाता, सनी दीवार फाँद कर उस पार। दोनों सिपाहियों के होश फ़ाख़्ता हो गए। वह भाग कर घर के पीछे पहुँचे। लेकिन सनी का कही अता-पता न था।

चोरी का आरोपी सनी अपने साथ पुलिस की हथकड़ी ही नहीं ले गया बल्कि पुलिस का इक़बाल और दोनों सिपाहियों की इज़्ज़त भी उसके साथ फ़रार हो गई। हालाँकि हाथ में हथकड़ी होने के बावजूद फ़रार रहना किसी अपराधी के लिए मुश्किल नहीं था लेकिन सिपाहियों का प्रशासनिक कार्रवाई से बच पाना अब नामुमकिन था।

लाश कहाँ चली गई?

सन् 1764 में बक्सर की जंग जीतने के बाद बिहार के तक़रीबन सभी क्षेत्रों पर अंग्रेज़ों का क़ब्ज़ा हो गया। सन् 1857 की असफल क्रांति के बाद अंग्रेज़ों ने प्रशासनिक व्यवस्था दुरुस्त करने के लिए तमाम राज्यों और ज़िलों का पुनर्गठन किया। इसी प्रक्रिया के दौरान सन् 1875 में तिरहुत के इलाक़े का विभाजन करके दो नए ज़िले बनाए। इनमें से एक दरभंगा और दूसरा मुज़फ़्फ़रपुर था।

मुज़फ़्फ़रपुर शहर का इतिहास इसके ज़िला बनने से थोड़ा-सा ही पुराना है। अंग्रेज़ों ने अपने एक राजस्व अधिकारी मुज़फ़्फ़र ख़ान के नाम पर इस शहर को बसाया। सन् 1864 में इसे नगर पालिका का दर्जा मिला। मुज़फ़्फ़रपुर शहर गंगा की एक उपनदी बूढ़ी गंडक के किनारे बसा है। सूती वस्त्र उद्योग, लाख की चूड़ी के अलावा ज़रदालू आम और शाही लीची के लिए मुज़फ़्फ़रपुर पूरी दुनिया में मशहूर है। बहरहाल, हमारी कहानी में न कपड़े हैं, न चूड़ियाँ हैं, न लीची हैं और न आम हैं। इसमें तो बस एक आम-सा आदमी है जिसने मुज़फ़्फ़रपुर की पूरी पुलिस व्यवस्था को हिला कर रख दिया।

अक्टूबर 2022 की बात है। बूढ़ी गंडक में उस रोज़ भी पानी अपनी अलसाई रफ़्तार से बह रहा था। सूरज बादलों के साथ लुका-छिपी खेल रहा था और मुज़फ़्फ़रपुर नगर थाने में पुलिसकर्मी ऊँघ रहे थे। रात भर कुटे-पिटे मुलज़िम अपने दर्द को आराम दे रहे थे। पहरा ड्यूटी पर लगाया गया हवलदार और थाने का मुंशी चाय पीने में मशगूल थे। कुल मिलाकर न कुछ नया हो रहा था और न अप्रत्याशित। शहर भर में ज़िन्दगी आम दिनों की तरह ही अपने मामूल पर थी।

"चाय पिएगा?" मुंशी ने हवालात में बंद क़ैदी से पूछा। क़ैदी क्या ही जवाब देता? सकपका गया बेचारा। रात भर पुलिस ने जिस तरह सेवा-टहल की थी, उसी से पेट भरा हुआ है। ज़रा पहलू बदलता है तो हड्डियाँ चीख़ कर कहती हैं, "बस कर। अब क्या बचा हुआ दम भी निकालेगा?" दीवार से सटकर कमर को सुकून देने की नाकाम कोशिश कर रहा था। बाहर को ज़रा झाँक लिया तो मुंशी को लगा, मेरी चाय पर नज़र गढ़ा रहा है। मुंशी ने हँसते हुए कहा, "डर मत। दिन में मार खिलाने की परंपरा नहीं है हमारे थाने में। दिन में तू जो कहेगा,

हम वो खिलाएँगे। बस, रात को तू ज़बान नहीं खोलेगा तो जी भर कर, हम जैसे चाहेंगे, वैसे ही मार खिलाएँगे।''

मुंशी ने कहा तो पहरे वाला दीवान हँस पड़ा। चायवाला तब तक वापस जाने के लिए मुड़ चुका था। हवलदार ने उसे आवाज़ देकर वापस बुलाया। ''इसे चाय पिला दे।'' चायवाला मुड़कर वापस आया और कप में चाय उड़ेल कर मुलज़िम की तरफ़ बढ़ा दी। मुलज़िम थोड़ा हिचकिचाया, मगर हवलदार ने थोड़ा प्यार से कहा, ''ले ले, हम भी इंसान हैं।'' उसने हवालात के मोटे सरियों वाले दरवाज़े से हाथ बाहर निकाल कर बढ़ाया और चाय ले ली। मुलज़िम अपना दर्द भुलाकर चाय पीने में मशगूल हो गया। हवलदार अपनी ब्रिटिश कालीन संगीन वाली थ्री नॉट थ्री रायफ़ल लेकर पहरे पर खड़ा हो गया। मुंशी अपना रोज़नामचा ठीक करने में व्यस्त हो गया।

अगले दो-तीन घंटे ऐसे ही गुज़र गए। थानेदार कुछ देर के लिए अपनी कुर्सी पर आकर बैठे थे। इस बीच दो-तीन फ़रियादी आए। उन्होंने शिकायतें सुनीं, मातहत सिपाहियों को कुछ निर्देश दिए और वापस अपने सरकारी आवास में चले गए। जाते-जाते हिदायत दी कि कोई अफ़सर आए तो तुरंत सूचना देना और अफ़सर से कहना कि एक तफ़्तीश के काम में लगे हैं। थानेदार के जाते ही बाक़ी स्टाफ़ भी सुस्त पड़ गया। मुंशी ने रोज़नामचा उठा कर रख दिया और गेट पर पहरा ड्यूटी दे रहा हवलदार फिर से मुंशी के साथ आकर गप्पें हाँकने लगा।

बादल थक-हार कर हवा के साथ बह गए। ''पता नहीं ससुरी बारिश क्यों नहीं हो रही,'' पसीना पोंछते हुए मुंशी ने कहा। अभी बादलों को कोसना ही चाहता था कि एक चौबीस-पच्चीस साल का नौजवान थाने में दाख़िल हुआ। पहरे वाले हवलदार ने किसी को थाने में दाख़िल होते देखा तो तुरंत कुर्सी छोड़कर गेट की तरफ़ भागा। ''ऐ! किधर मुँह उठाए घुसा चला जा रहा है?'' हवलदार ने घुड़कते हुए पूछा।

''दारोग़ा जी से मिलना है?''

''क्यों?''

''गिरफ़्तारी देनी है?''

''कौन-सा आंदोलन चल रहा है? और साथी कहाँ हैं?''

''अकेला हूँ।''

''क्यों देनी है गिरफ़्तारी?''

''मैंने अपने दोस्त की हत्या कर दी है।''

लड़का अपनी बात पूरी कर पाता, इससे पहले ही हवलदार के चेहरे पर हवाइयाँ उड़ने लगीं।

''क्या...क्या किया तूने?'' शब्द हवलदार के गले में अटक गए थे। उसके मुँह से पूरी बात नहीं निकल पा रही थी। उसके दिमाग़ में तमाम बातें आने लगीं। अगर यह लड़का सही बोल रहा है तो फिर पुलिस के पास क्यों आया? हत्या कर ही दी थी तो कहीं छिप जाता, भाग जाता। यहाँ मरने क्यों चला आया?

''कहाँ की है हत्या?''

''रामबाग़ में...''

''तो थाने क्यों आया है?'' हवलदार ने यह सवाल पूछ तो लिया लेकिन अपने ही सवाल पर फिर झेंप गया। ज़ाहिर है, लड़का ख़ुद ही बोल रहा है कि गिरफ़्तारी देनी है। उसने तुरंत लड़के का हाथ पकड़ा, और बोला, ''चल।''

''ऐसे मत पकड़ो,'' लड़के ने कहा। ''भाग नहीं रहा कहीं। भागना होता, तो थाने में आता ही नहीं।''

हवलदार फिर झेंप गया। बात तो सही है। भागना होता तो स्वयं चलकर थाने तक क्यों आता भला?

हवलदार लड़के को लेकर मुंशी के पास आया। ''देखो यह क्या कह रहा है?'' हवलदार शायद पूरी बात ख़ुद लड़के के मुँह से कहलवाना चाहता था। उसने लड़के से मुख़ातिब होकर पूरी बात बताने को कहा।

''हम और रिषभ अच्छे दोस्त थे। हम दोनों के बीच एक लड़की आ गई। हम दोनों को ही वो लड़की पसंद थी।'' लड़के ने अपनी कथा बयान करनी शुरू की। हवलदार आँखें फाड़कर सुन रहा था, जबकि मुंशी अभी भी माजरा समझ पाने में असफल था। ''अबे हुआ क्या है?'' मुंशी ने घुड़का तो हवलदार ने उसे चुप रहने को कहा। ''तू आगे बोल, फिर क्या हुआ,'' हवलदार ने लड़के से कहा।

''फिर क्या? उस लड़की को लेकर मेरी मेरे दोस्त के साथ कहासुनी हो गई। पहले गाली-गलौच हुई, फिर हाथापाई। उसने हमारे गाल पर थप्पड़ मारा। हमें आज तक किसी ने नहीं मारा ऐसे। हमसे बर्दाश्त नहीं हुआ।''

''फिर...''

''फिर क्या, वहाँ एक चाक़ू रखा था। हमने उठा लिया। हमें होश नहीं था हम कर क्या रहे हैं।''

''तो,'' अबकी बार मुंशी ने जिज्ञासावश पूछा। अब उसे मामला कुछ-कुछ समझ आने लगा था।

"तो, बस.... हमने रिषभ के पेट में चाक़ू घोंप दिया।"

"चाक़ू घोंप दिया! तू पागल है क्या? क्या बकवास कर रहा है?" मुंशी ने चीख़ते हुए कहा। सामने हवालात में बैठा मुलज़िम भी इस चीख़ पर चौंक गया। उसको अभी थोड़ी-सी नींद की झपकी लगी थी।

"हाँ! मैंने उसको एक नहीं, कई बार चाकू घोंपे। और तब तक घोंपे जब तक वो ज़मीन पर नहीं गिर गया।"

"फिर क्या हुआ?" मुंशी ने पूछा।

"फिर क्या होता? मैं थोड़ी देर वहीं बैठा रहा। कुछ ग़ुस्सा कम हुआ तो...बल्कि यूँ कहो कि पागलपन कम हुआ तो मैंने रिषभ को हिलाकर देखा। वह मर चुका था।"

"तू...तूने हत्या की है?" मुंशी के चेहरे पर हैरत के भाव थे। सामने हवालात में बैठा क़ैदी भी हैरत से ये सब सुन रहा था। उसकी आँखों की नींद काफ़ूर हो गई। सामने खड़ा लड़का हत्या करके ख़ुद थाने आया है। उसके लिए यही कम हैरत करने वाली बात न थी।

मुंशी ने लड़के को सामने बैंच पर बैठ जाने को कहा और हवलदार से कहा कि तुरंत थानेदार साहब को बुलाकर लाओ। और हाँ, दो-तीन सिपाही भेजो। जल्दी...

हवलदार भाग कर थानेदार के कमरे में पहुँचा। उसने हाँफ़ते हुए बताया कि एक लड़का अपने दोस्त की हत्या करके थाने में गिरफ़्तारी देने आया है।

थानेदार भी सुनकर चौंक गया। जल्दी-जल्दी चप्पल पहनी। वर्दी पहनने की फ़ुरसत इस वक़्त नहीं थी। आते ही लड़के को हवालात में डालने का हुक्म सुनाया और एक पुलिस पार्टी तैयार करने का आदेश दिया। थाने में तैनात एक दारोग़ा को ज़िम्मेदारी दी गई कि आरोपी के साथ जाकर वारदात में इस्तेमाल किया गया हथियार बरामद किया जाए और लाश को पोस्टमार्टम के लिए भेजा जाए।

थानेदार महोदय आदेश सुनाकर वापस अपने कमरे में चले गए और पुलिस पार्टी निर्देशों का पालन करने में जुट गई। लड़के को हथकड़ी पहना कर गाड़ी में बैठाया गया। ड्राइवर ने लड़के द्वारा बताए पते की दिशा में गाड़ी मोड़ दी। कुछ ही देर में पुलिस पार्टी बताए गए घटनास्थल पर पहुँच गई।

"बता, कहाँ मारा है तूने अपने दोस्त को?" दारोग़ा ने लड़के से पूछा तो उसने एक तरफ़ इशारा कर दिया। पुलिस पार्टी उसी ओर चल दी। पुलिस और साथ में हथकड़ी पहने एक लड़के को देखा तो आते-जाते लोग ठिठक कर रुक गए। थोड़ी ही देर में वहाँ भीड़ जुट गई। पुलिस पार्टी बताई गई जगह पर

पहुँची। मगर वहाँ न लाश थी, न हत्या में इस्तेमाल किया गया चाक़ू और न घटनास्थल पर मारपीट दर्शाने वाला कोई सबूत। मानो किसी ने पुलिस के आने से पहले ही वहाँ से सब कुछ साफ़ कर दिया हो। पुलिस हैरान थी और लड़का परेशान। आख़िर लाश गई कहाँ?

"कहाँ मार कर डाला था तूने उस लड़के को?" दारोग़ा ने आरोपी युवक से सवाल किया।

"सर मैं तो यहीं छोड़कर गया था।"

"छोड़कर गया था तो वो कहाँ भाग गया?"

"मुझे क्या पता, मैं तो यहीं छोड़कर गया था।"

"तुझे पक्का यक़ीन है कि वो मर गया था।"

"हाँ। मैं उसकी लाश के साथ कम-से-कम तीन घंटे यहीं बैठा रहा था।

"तो फिर चाक़ू और ख़ून के निशान कहाँ गए?"

"मुझे क्या पता?"

"फिर किसे पता है?"

"लाश और चाक़ू को पता होगा, कहाँ गए..."

"अबे उन्हें कैसे पता होगा?"

"मुझे क्या पता?"

पुलिस पार्टी हैरान-परेशान थी। लड़का दावा कर रहा था कि उसने यहीं हत्या की है। लेकिन वहाँ न लाश थी, न घटनास्थल पर हत्या किए जाने का कोई साक्ष्य। आख़िर थक-हार कर पुलिस पार्टी मुज़फ़्फ़रपुर नगर थाना वापस लौट आई। थानेदार को सारा मामला बताया गया। उसने लड़के से पूछताछ करनी शुरू की। लड़के ने अपनी बात दोहरा दी। लेकिन इस बार की पूछताछ में उसने घटनास्थल दूसरे मुहल्ले में बताया। एक बार फिर पुलिस पार्टी तैयार हुई और नए पते की तरफ़ रवाना हो गई। लेकिन वहाँ भी पुलिस को कुछ नहीं मिला। इस बार साथ गए दारोग़ा ने ग़ुस्से में उस युवक को चार-पाँच डंडे भी जड़ दिए। लेकिन डंडे जड़ने से न लाश मिली और न लाश का पता। थक कर पुलिस दल फिर थाने लौट आया।

अब सभी परेशान थे। एक युवक ख़ुद ही कह रहा है कि उसने हत्या की है लेकिन जिसकी हत्या की है, उसकी न लाश मिल रही है और न घटनास्थल। कुछ सोचकर दारोग़ा ने युवक से उस लड़के का नंबर माँगा जिसकी हत्या करने का वो दावा कर रहा था।

"नंबर से क्या होगा? वो तो मर चुका है।" उस युवक ने कहा।

"तू नंबर बता। फ़ोन से उसकी लोकेशन खोजेंगे। मुर्दे को कॉल नहीं लगाएँगे।" दारोग़ा ने जवाब दिया। लड़के ने कहा कि नंबर मोबाइल में है। उसको हवालात में डालने से पहले मोबाइल मुंशी के पास दाख़िल करा दिया गया था। मुंशी से लड़के का मोबाइल मँगाया गया। दारोग़ा ने उसमें से ख़ुद रिषभ का नंबर निकाला और अपने मोबाइल से वह नंबर डायल कर दिया। घंटी गई और फ़ोन उठा भी।

"जी, कौन बोल रहा है?" उधर से एक मर्दाना आवाज़ आई।

"मैं मुज़फ़्फ़रपुर टाऊन थाने से दारोग़ा मिथलेश झा बोल रहा हूँ। आप कौन हैं?"

"थाने से दारोग़ा? किससे बात करनी है आपको?" हैरत के साथ फ़ोन उठाने वाले ने कहा।

"ये रिषभ का नंबर है?"

"हाँ! मैं रिषभ ही बोल रहा हूँ..."

रिषभ नाम सुना तो अब चौंकने की बारी दारोग़ा की थी।

"रिषभ! तुम ज़िंदा हो?"

"हाँ! मुझे क्या होगा? क्या हुआ है?"

दारोग़ा अब परेशान था। जिसकी हत्या का दावा किया जा रहा है, वह उससे बात कर रहा है। मृतक के भूत ने तो फ़ोन नहीं उठा लिया? दारोग़ा ने रिषभ से तुरंत मुज़फ़्फ़रपुर टाऊन थाना आने के लिए कहा। कुछ ही देर में वह युवक थाने पहुँच गया। हवलदार उसको सीधे दारोग़ा के पास ले गया।

"तुम शमशाद को जानते हो?"

"कौन शमशाद?"

"तुम्हारा दोस्त है। बनारस बैंक चौक के पास रहता है? किसी इस्माइल का लड़का है।"

"अच्छा वो? हाँ...क्या हुआ उसे?"

"वो हवालात में बंद है।"

"क्यों?"

"उसका दावा है कि उसने तुम्हारी हत्या की है। हमें दो घंटे से इधर-उधर घुमा रहा था। आख़िर में हमने तुम्हारे नंबर पर फ़ोन किया। लेकिन तुम तो ज़िंदा हो। उसने फिर किसकी हत्या की है?

"वो कह रहा है कि उसने हत्या की है? पक्का झूठ बोल रहा होगा..."

"झूठ क्यों बोलेगा?"

"अक्सर वह नशे में ऐसी कहानियाँ बनाता है।"

"क्या मतलब?"

"अरे साहब! वह पक्का नशेड़ी है। हमें भी नशे में उल्टी-सीधी कहानी बनाकर सुनाता है।"

दारोग़ा को यक़ीन नहीं हुआ। उसने हवालात से शमशाद को बाहर निकलवाया। इस बीच शमशाद के घरवालों को भी थाने आने के लिए सूचना भिजवाई गई।

शमशाद आया तो दारोग़ा ने उससे पूछा। "इस लड़के को जानते हो?"

"हाँ। ये रिषभ है...मेरा दोस्त।"

"तुमने इसकी हत्या की थी?"

"किसकी हत्या?"

"तुमने कहा था ना कि तुमने अपने दोस्त की चाक़ू मारकर हत्या कर दी है?"

"किसने कहा था?"

"तुमने..."

"कब कहा था?"

"अबे तुम हमें दो घंटे से इधर-उधर किसलिए घुमा रहे थे?"

"कौन, किसे घुमा रहा था?"

"तुम घुमा रहे थे। और हमें घुमा रहे थे..."

"सर, आपको ग़लतफ़हमी हुई होगी। मैं किसी को नहीं घुमा रहा था। वैसे मैं थाने में क्या कर रहा हूँ?"

दारोग़ा चकरा गया। इतनी देर में शमशाद के घरवाले भी थाने पहुँच गए।

"इसने आपको भी कोई कहानी सुनाई है?" शमशाद के पिता इस्माइल ने आते ही सवाल किया।

"मतलब?"

"मतलब यही कि यह एक तो मंदबुद्धि है। दूसरे, यह नशे में नई-नई कहानियाँ बनाता है और जब नशा उतरता है तो सब कुछ भूल जाता है।

दारोग़ा ने सिर पकड़ लिया। मन में आया कि अभी डंडा लेकर शमशाद का नशा हमेशा के लिए उतार दे। गज़ब का मंदबुद्धि है जो नशे में भी फ़िल्मी कहानियाँ बनाता है...

❑❑❑